藏 地 孤 旅

藏地孤旅

（纪念版）

村郎 著

新星出版社 NEW STAR PRESS

献给邢博，我的 Jen，是她的理解和宽容成就了我的生活。

///// 一切生命都是行走的导师
——《藏地孤旅》纪念版自序

2006年我在博客里记载过去三年里在甘肃、四川、青海、云南和西藏的行走时，未曾想过有朝一日这些文字能变成铅字，更未想过能一版、再版直至今天的第三版。新星把第三版称为"纪念版"，我非常喜欢这个说法，甚至觉得这三个字应该出现在封面上。我在生命中的一个重要周期里完成了我的藏地孤旅，后来又旅居拉萨八年。考虑到年纪和身体因素，那样的旅行和生活不可能再现，我也终将辜负大家的厚爱和期待，不会再有第二本《藏地孤旅》。纪念版的问世，既是对那段难忘岁月的纪念，也是对本书的纪念。

关于《藏地孤旅》，我从未自谦地称之为拙作。智力识其边界。我也只是在精神有所寄托的短暂瞬间，拿出老子无所不能的姿态，怡然自得。当我试图表现出自己的学识或智慧的同时，难免在某处露怯，贻笑大方。令人遗憾的是，在过去十几年里，我没有趁热打铁再写出一本好书。有读者从《藏地孤旅》中摘抄了他们认为的一些金句当作村郎语录发布在网上，这无疑是对本书和作者的最大褒奖。关于村郎客栈，尽管和《藏地孤旅》一样积攒了令我骄傲的好评，但已在2016年无疾而终。对此，既不需要写一篇软文来推广，也不需要写一篇墓志铭来盖棺论定，就让它成为一个传说，在风中飘扬。

我和新星的姜淮在微信上商议我是否该为纪念版写一篇新序。我在第二版的序里分析过藏地旅行和旅居拉萨带给我的全新体验和深刻反思，今天我却想避免再次

上图：2012年在拉萨团结新村东区82号村郎客栈内我和那豆的合影。这张照片一直被我在社交媒体上用作头像。
下图：2015年，巴桑在村郎客栈。不知道巴桑在外流浪了多少年，每天她最期待的事情就是开饭。

阐释自己的行走和创作，那样可能导致某种偏差或有失公允。我告诉姜淮我想在新序里写写我的狗和猫。我深爱他们，但没有写过他们。当藏地孤旅已是追忆，拉萨的日子也渐行渐远，唯有我不辞辛劳带回江南的汪星人和喵星人成了我的慰藉。如果现在的我还能感情充沛地写下些什么，那非他们莫属。我想让他们出现在纪念版的序里，权当暖场，日后正式粉墨登场，成为新书正文里的主角。姜淮表示赞同，回答了被我最终引作本文标题的一句话：一切生命都是行走的导师。姜淮没有去过西藏，他说他对西藏的全部认知来于《藏地孤旅》。

当年，刚在拉萨落脚的我兴冲冲地跑去夺底路上的拉萨市工商局，想用"藏地孤旅"这四个字注册一家客栈。或许是这个名字太易令人产生遐想，未获核准；改名更具农家乐色彩的"村郎客栈"后，一举通过。后来做招牌的时候，我特意用书的封面做了一个灯箱，挂在团结新村东区82号的墙体上，本意是想弥补一下在工商局留下的遗憾，却被后来光临客栈隔壁藏家宴的读者们意外发现。他们强忍着门后那豆发出的低沉吼声带来的恐惧感，勇敢地敲开了客栈的大门，见面就说，终于见到一位活的作家了。

我邂逅那豆是在藏族朋友的家里，当时只有巴掌大。朋友见我着实喜欢，就忍痛割爱，把那豆送给了我。后来我才知道那豆是一条纯正的西藏梗犬，名贵自不必

摄于2015年夏天。我在拉萨的生活半径很小，行动范围基本都在步行半小时以内。八廓街最常去，那豆以及后来的卡奇和美琪也跟着一起去。拉萨这座城市对小动物非常宽容。

说，而且濒临绝种。我一直把那豆称为犬子，那豆也深知他在我的心目中地位要远高于我后来陆续收养的孩子们。膝下猫狗成群，搁以前我都无法想象，因为我曾经是一个十分怕狗的主儿。只身上路，行走藏地，难免与狗狭路相逢，有时候甚至被几十条狗里三层外三层地包围。但藏地孤旅最终治愈了我的心魔，教会了我一条真理，世间万物皆有相处之道。与人相处，与动物相处，与环境相处，说到最后无非就是与自己相处。这也应验了加缪说过的那句话：一个人之所以踏上旅途，是为了自我养成，即是去锻炼我们最内在的、对永恒的感受。后来江湖人人皆知，村郎爱猫狗。在村郎客栈，猫狗地位最为崇高，住店客人次之。我觉得言之凿凿，住店客人也欣然接受。大家都正确地定位了自己。

2014年秋天的某个周五，我回客栈，门口遇到一只老态龙钟、皮毛邋遢的猫随我进门，从此成为一家人。我给她取名巴桑。"巴桑"在藏语里是星期五的意思。

3

巴桑有不可治愈的口疾，经常口水涟涟，也不善于打理自己，体味较大，天天趴在厨房门口等吃。2016年的秋天，巴桑随我一起回到了江南。临行前去办托运手续，位于二环路上的拉萨忠美宠物医院的齐院长对我说巴桑来日无多，劝我留下巴桑。我没同意。不是我给他们送终，就是他们给我送终。巴桑又多活了两年，于去年九月咽气。

　　往生前，巴桑表现异常。很少上床的巴桑跳上来挨着我睡。在生命的最后几天里，巴桑不吃东西，只喝水。喝水也只喝新鲜清洁的水，剩水绝不再碰。最后一晚，巴桑蹒跚地走到回廊，冲外一动不动趴着。我对她有分别心，很少抱她。我心怀愧疚地坐在她身边，任凭夜空深邃，秋雨惆怅。我对巴桑说，如果这次你真的要去远行，就往西方走，那样就会一直走在我的视线里。

　　巴桑咽气的时候，我对她说，巴桑，不要再留恋这个家，我们的缘分已了。你的离去分开了我们，我的死亡也不会使我们重逢。解放你的精神，继续你的前程吧。我把巴桑送去火化，要回了骨灰。当晚，夜深人静，我沐浴焚香，打开盒子。骨灰仿佛是古珠的碎片，洁白、晶莹。此时此刻，实相抑或虚幻，皆乃真相。有一天我会把巴桑装入行囊带回拉萨，撒入拉萨河。我也想好了告别语。我会对巴桑说，我最后就送你到这儿，以后就靠你自己了。

　　2004年在色达佛学院，斜背着一只军挎的顿珠喇嘛邀请我去看天葬。他对我说，通过观摩天葬，我们可以深刻体会生命无常的道理。因为要赶路，我没去。去年，巴桑给我补上了这一课。她的离去于我是一场开示。如此来讲，她是我的根本上师。

　　写到这里，我承认这不像是一篇序，而只是个人所剩无几的真情流露。现在的我停下脚步意守丹田憩于内心，但我知道，这世上有一个地方，距离自己很远，同时又很近。我庆幸自己在那里待过几年。我不止一次梦见自己带着那豆他们重返高原，在那里度过余生。

村郎

2019年6月于苏州甪直

////// 还在路上

接到许彬电话的时候，拉萨正下着雨，空气很湿润。许彬告诉我出版社计划再版《藏地孤旅》。

若非许彬的赏识和坚持，《藏地孤旅》永远不会成为铅字。我从没有称呼许彬老师，而是一直叫阿姨，因为从小爸妈就是这样教我的。几年来，许彬一直关注我的藏地旅行和游记，见我许久不更新博客就会冒泡催一下。《藏地孤旅》的创作费时两年，完全是为了愉悦自己和朋友，写完后才知道有可能会出版。统计字数，发现不知不觉中已经写了十五万字。我顿时觉得自己很牛逼。谁也别拿写作吓唬我，那不是一件难事。我根本不必绞尽脑汁，完全不用闭门造车，需要做的只是真实还原旅途中的故事和感受。

书名的出炉却没有写作过程那样轻松。我喜欢海子的《九月》，当初想用"只身打马过草原"当书名。出版社不同意，说你去的是高原，不是草原。正式交稿前我才仓促想起"藏地孤旅"这四个字。未曾料到两年后在拉萨，我想用这四个字来

注册一家客栈,却遭到怀疑和拒绝。工商局的领导甚至给我打电话追问这四个字的意思。他们把无限的想象力落实到了具体工作中。就这样,客栈变成了"村郎客栈",听起来很像农家乐。

游记写作一向不被看好,仿佛那是小学生春游后的作文。我想持此观点的家伙们肯定没有读过纪德和奈保尔。所幸《藏地孤旅》出版后很快售罄,没有辜负出版社编辑们的美意,还有读者把书中话语摘抄成村郎语录。我很得意,于是萌发再写一本书的念头。但是至今我没再像以前那样旅行过。尽管还是会出门,却摇身变成了旅行顾问,拿着高额酬金,坐在陆虎的高级皮椅里,大部分时间睡觉,偶尔睁开眼,发现走错了,就将错就错,告诉雇主驶离正道走歪道,反正也能到。我曾经尝试把这些故事也写下来,但最终不了了之。因为这不是我的旅行。苍茫的远山和无尽的长路依旧,但是风景已不再重要,重要的是心情。我在乎的是与谁同行。那样的旅行剧情感强,拍成公路片也许会很叫座。

出书是个意外,在拉萨开客栈却是蓄谋已久。我心目中的客栈,应该有一个花草茂盛的院子,有一个可以通宵灯火通明的公共空间和开放的阅览室,有覆盖每个角落的无线网络,有价位不等的床位和房间,有干净的卫生间和二十四小时热水,有一个厨具和食材齐备的大厨房,有免费提供的茶水和瓜果,有中西式早餐和符合客人口味的晚餐,有狗,有猫……客人踏入客栈,背包在肩,就已然如释重负、身心放松。《藏地孤旅》出版的两年后,我真的拥有了一家这样的客栈。我感觉自己还在路上。旅行改头换面,还在延续。

但是，这样的感觉极具欺骗性，因为一旦停下脚步，长久驻留某处，潜移默化中美好变得熟视无睹，丑陋却扑面而来。有时候，旅途中充满假象，我们按需取舍，在冲突的环境里麻痹自己，获取感官的享受和心灵的解脱。时过境迁，过去的旅行令人神往，却只能通过文字而不是足迹再现。我至今都很喜欢这句话：假如不能走向深刻，我就走向广阔。也许这是当初在为自己出门找借口。不料走了很远，自以为很广阔，停下脚步后却不得不面对所谓的深刻。这样的转变极具颠覆性，令我怀疑当初自己的某些感受是否过于主观，体会是否过于草率。

这篇序言写得很辛苦，远比十五万字的游记难写。客栈里人来人往，朋友之间的神聊没有令我文思泉涌，却令写序断断续续，反复无常。Jen因此嘲笑村郎才尽。我原本可以延续《藏地孤旅》的那些原始冲动和感受，为自己的老驴生涯立块丰碑（我已经把"老驴"定义为中老年驴子），但那样只会令我言不由衷。我曾经写过，没有另外一个旅行目的地可以和拉萨一样成为那么多人的精神家园。当那些感动归复平静，沉淀致人痛苦。旅行的自由和美好，城市的禁锢和丑陋，天壤之别，哪怕这个城市是人人向往的拉萨。如同梦醒，后知后觉的我终于明白任何实名化了的精神家园其实名不副实，无法免俗。这些充满个人色彩的看法看上去相互矛盾，但是如果一个人把生命中的十年奉献给一段旅程，那必定是一个内心纠结、再三反思的过程。

现在的我专注于经营位于拉萨的村郎客栈。将来我也许会拥有几家这样的客栈。这是眼下在拉萨我能做而且能做好的一件事情，只需认真努力。忙里偷闲，我还会独自去八廓街和大昭寺广场走走，吃藏面，喝甜茶，淘珠子，看见走过的人们，我就会想，那些怀揣梦想来到西藏的年轻菜鸟，其实也就是当年的我。

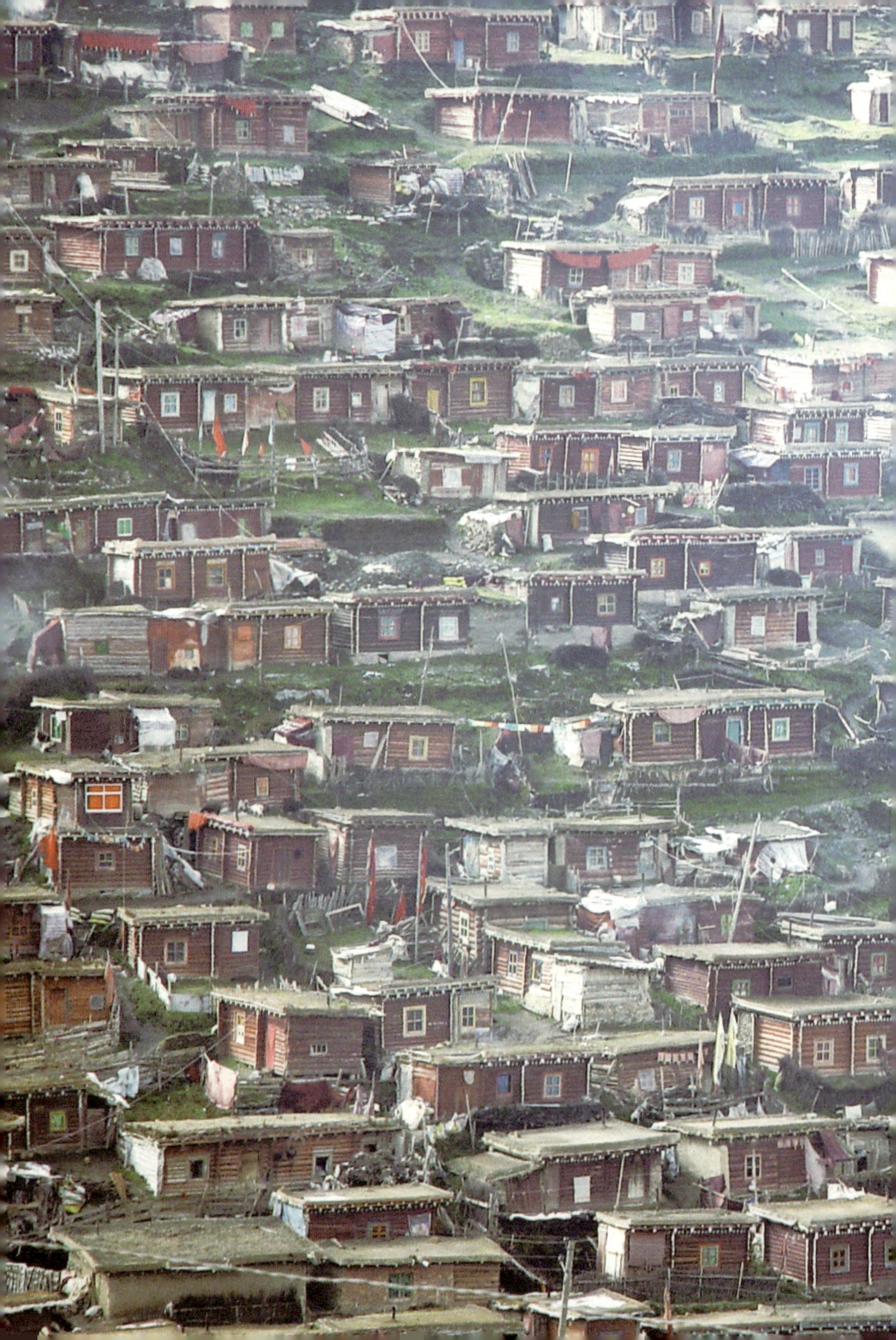

我回忆着你，你熟悉的悲痛
压迫着我的心灵
那时，你在哪里？
什么样的人围绕着你？
说着什么样的话语？
纯真的爱情为什么会突然降临在我身上
当我感到悲伤，并觉得你在远方？

——智利诗人巴勃罗·聂鲁达

目录

序 在路上

川行 My Footsteps In Sichuan   1

3　夏　河
10　郎木寺
16　若尔盖
18　马尔康
24　丹　巴
28　海螺沟
36　康　定
37　理　塘
45　稻　城
47　亚　丁
57　东　义
59　东义—永宁
70　永　宁
72　香格里拉

在那遥远的地方 Once Upon A Time In The West　　75

77	西宁
79	玛多岔口
80	玛多
81	扎陵湖乡希望小学
99	玛多—玉树
101	玉树
107	囊谦
111	囊谦—类乌齐
117	类乌齐
124	昌都
127	江达
129	德格
136	雀儿山
139	甘孜
143	色达
160	班玛
162	玛沁
164	拉加
167	湟中

零公里 Zero Point 169

- 171 叶 城
- 175 219国道
- 185 狮泉河
- 188 札 达
- 190 古 格
- 194 札达—塔钦
- 196 冈仁波齐
- 202 玛旁雍错
- 205 巴 嘎
- 208 巴嘎—萨嘎
- 210 萨嘎—拉孜
- 212 萨 迦
- 214 日喀则
- 217 江 孜
- 220 拉 萨
- 228 西 宁

站在山口望五明佛学院，对面山头白雪般的风马旗、雄伟的坛城、满山遍野的僧房、飘扬的经帐……一种神秘的、震撼的力量悄然而至，无声无息。

萨迦寺在西藏政教合一的历史上，有着极其重要的地位。和我见过的许多藏传佛教的寺庙不同，萨迦寺更像一座威严的城堡。

在路上

　　他去过的藏地，我几乎都去过；
　　我到过的藏地，有些他至今都还没有到过。
　　但这个有心人，把在藏地的经历，写成了这本厚厚的书，使藏地在我渐行渐远的记忆中慢慢变成了另一种神话。
　　四年前的那个盛夏，我从十世班禅的青海老家回来。他说，他会把出行当作一种生活方式，目标直指藏地。在众多为他的安危担心的听者中，我是为数不多的支持者。他想去的那些地方，我都或长或短、或深或浅地停留过，内心竟是非常希望他能达成这个心愿。
　　从那时起，他的脚步就没有停下。不是在云南，就是在四川，要不就是从青海发来短信，或者拉萨的朋友说他们正在小聚。当行走成为一种生活方式的时候，在茫茫的藏区，他的足迹如星星之火。对于牵挂他的人来说，唯一的希望便是他能安全，而他却兀自享受那被他称作"自由而贫穷"的曼妙过程。
　　在几年的行走中，我分明能感觉到他如稚童般的开怀：夜宿无人的冰川边，幽静的天籁，一轮明月，即便是相思，也因少人有这样的体会而温柔起来；搭乘拉油的卡车，穿行于茫茫的新藏线，体能消耗巨大，却对生命有了别样的感受；甚至在从稻城到香格里拉，负重徒步三天，盘缠遗失时，他也能坦然找到前行的动力和方法……
　　于是，这几年，他的身影出没于藏地一个个偏远的村落：在黄河源头，他给孩子们上课，在海拔四千五百米的天边，教孩子们打篮球、学画画；借宿西藏老乡家，全家人都把他当亲人，情窦初开的女儿甚至嫉妒任何一个和他搭腔的女人；在金沙江边，他能和村子里的老奶奶聊半天，似一个久别家乡的游子……在藏地，他就像是回家。几天洗不上澡，吃不到可口的饭菜，都不会令他不快。或许从开始行走的第一天起，这个曾经每日收拾得光光鲜鲜，出入高级写字楼的都市人，就成了藏人中的一个，有酥油茶喝，有高原的空气，觉得人生的幸福也不过如此。

从几年前选择不工作，十几年前扔掉铁饭碗，到二十几年前回国……每一次选择，在别人看来都要痛下决心，于他，只是水到渠成。

"喝淡汤，读闲书，看美人梳头。"

这点理想似乎不再矫情，如果能试着去理解他的每次选择。

喝淡汤，成了他生活的一种；读闲书，也成了他生活的一种；只是，看美人梳头，完全就只能是生活的幻影。他读的闲书，是有别于许多人的。在他远行的背囊里，有安德烈·纪德、以赛亚·伯林做伴。在他，他只说是补课，补当年去国离乡时的缺。所以，他的文字时时透着想要学习的乖巧，却难免会流露出稚嫩的笔迹。好在，那些文字没有董桥的造作，个别地方偶尔也有屠格涅夫的纯真，于是，便欣喜他那些点灯熬油的功夫并没有白费。看到他的字，便不会奇怪，他为何喜欢浪迹的生活；读他的文，细心的人会发现，其实，这个自以为是的"藏人"笔下时时飘着江南的杏花春雨；而他的照片，绝对透出了画家父亲的基因……

旅行中，他也会露出倦意，别以为他会就此止步。他常常把蝎子乐队带在身边，《到达顶峰不止步》(Don't Stop At The Top)，遒劲激越，好比阵阵鼓点催他上路。他也喜欢听马克·诺夫勒 (Mark Knopfler)，那首《西部往事》(Once Upon A Time In The West)，娓娓道来的仿佛正是他在西部旅行的故事。

选择了一种生活，他便想好了担当。

对他，生活只简单成一种状态：走在路上。

而把他推出家门的那个人，是我。

Jen

一川行

My Footsteps In Sichuan

丹巴是出美人的地方。碉楼的建造虽说是战争的需要，但更像图腾。

///// 夏 河

01

提起甘肃,我会想起古代关于出塞的那些著名诗篇。我对塞外的印象就起始于这些文学描述,睁眼闭眼全是大漠孤烟,长河落日。我猜,古代文人对塞外一边忌惮,一边神往,不然他们怎么能把那么苍茫辽阔的地方写得如此美丽而又哀愁?

我们一直需要一个精神家园来帮助自己幻想自由而幸福的生活。到了今天,西藏就是这样一个遥远的真实存在,我们对她的复杂感受和诗人的塞外情怀不谋而合。

直到知道甘肃有一个甘南藏族自治州,我才意识到这里不仅曾经通往突厥,还通往吐蕃。甘南一点都不荒凉,有美丽的雪山、碧湖和喇嘛庙,是我藏地之旅的第一站。

出发去甘南的那天是九月的第一个星期天。在兰州,大家还过着夏天,可在300公里以远的夏河,听说已经下雪了。夏河是甘南的一个县,几乎可以成为甘南代名词的拉卜楞寺就在县城的西面。县城的名字就叫拉卜楞镇。

凌晨六点,天色幽暗,行人稀少。朋友老四带我来到兰州城有名的金鼎牛肉面馆,一定要我吃一大碗香喷喷的牛肉面以后再出发。

老四告诉我说:"到了夏河就没什么好吃的啦。"

显然,老四很不放心我的这次藏地孤旅,送我去车站的路上还在一个劲儿地劝我改变主意。这多少让我感到几分沮丧,仿佛前行的道路疑云密布,落脚的地方凶险莫测。当沿着213国道经过六个小时相当舒适的旅行过后,我站在夏河街头,头顶色彩高度饱和的蓝天，旅行的冲动和兴奋终于回到了身上。

夏河县城海拔将近三千米，大夏河穿城而过。县城只有一条主要街道，街名毫无特色，叫人民街。车站位于街的东头，拉卜楞寺在街的西头。

我从车站沿街西行，找到了在背包客中声誉日隆的卓玛旅社，可在蓝色的大招牌下面，却是家杂货店。卖货的老头见我站在门口张望，便指着店内紧闭的一扇小门，招呼道："这就是卓玛旅社。"

卓玛旅社给了我"大隐隐于市"的第一印象。只要不是缘悭一面，来自远方的客人总能推开那扇不起眼的小门，把沉重的背囊卸下，暂时歇歇脚。

转过街角，卓玛旅社还有一个出入口，铁门常掩。门口始终坐着一个回族老汉，与其说是看家护院，不如说是享受阳光。

眼下显然已经过了旅游旺季，空荡荡的旅社里客人只有寥寥数位。旅社不提供膳食，但每天早六点到晚十点提供洗澡的热水，这对很多"驴子"（注：旅游达人。后不再一一注明）来说，已经是奢侈的享受了。

我楼上楼下转悠，最后挑了三层晒台上更像是临时建筑的一间玻璃屋。服务员开始麻利地收拾屋子，扫出了几百具苍蝇的尸体。我抓起被子使劲一抖，又有N多只死苍蝇像伞兵一样从天而降。服务员抱歉地解释说这屋子空关很久了。她更换了干净的被褥，并按我的要求拧上了一只大灯泡，好让我在晚上效仿古人，写下点广大人民群众喜闻乐见的篇章来。

这样的一间屋子，旅社收我二十块钱一天。苍蝇贪图安逸，在这间屋子里全军覆没。我不在乎这些。我实在是喜欢每个角落都有阳光驻脚的这间屋子，更何况躺在床上就能望见拉卜楞寺的转经道和远处青翠的山梁。

半夜时分，我被一阵紧似一阵的风雨声惊醒，冰雹敲打着这间孱弱的玻璃屋。些许担忧并没有妨碍我重返梦乡。再度醒来已是清晨。唤醒我的不是风雨，不是阳光，也不是鸟鸣，而是松柏树枝燃烧时所产生的清香，它们源源不断从窗缝钻到我的鼻前。

我起身来到晒台，看到一位老太太正在煨桑。

透过炉内升腾起的烟雾，我发现远处云雾低垂，山坡披上了薄雪，整个拉卜楞寺安静地卧在初秋这个清凉的早晨里。

在藏地旅行，煨桑炉随处可见，而且是在精心选择的洁净之处。煨桑时，先将松柏树枝塞进炉内点燃，然后撒上糌粑、茶叶、青稞，最后用树枝蘸上清水向燃起的烟火挥洒三次，同时，念六字大明咒。佛经上说，神灵不食人间烟火，只要闻到桑烟之香味便宛如赴宴。所以，煨桑就是请菩萨吃饭。菩萨吃高兴了，就会引导自己脱离苦海。

我和老太太语言不通，只能以微笑传递问候。后来我得知，老太太是卓玛的母亲，她的闺女目前居住在美国，很少返乡。近年来，夏河县政府为了鼓励海外藏胞回来建设家乡，以极其优惠的方式帮助他们建立起了类似卓玛旅社这样的旅游服务实体。卓玛旅社旁边的华侨饭店也是这样兴办起来的，档次比卓玛旅社高出一截，一进门就有人跟你说英语。

在夏河的日子里，几乎有一半的时间我都待在洒满阳光的玻璃屋里，哪儿都懒得去，不是斜躺在床上读书，就是不可抗拒地在秋日的暖阳里反复睡去。

书是我在夏河的新华书店买的。这是一家呆板得可爱的书店，简直就是计划经济时代的真实写照。那个时代的一大特征就是商品极度匮乏；在这里，书同样少得可怜。老式的柜台把我和书分开，像是考验我的视力，柜台后面站立着面无表情的服务员。环境决定了一个人说话的方式。我模仿以前流行的革命口吻说："同志，请把那本书拿给我看看好吗？"我始终认为偏远小镇上的书店隐藏着意外和惊喜，这样的场景令人忍俊不禁，也算是一种黑色幽默吧。

我买了两本书。一本是阿来的《大地的阶梯》，一本是龙冬的《藏行笔记》。这两本书写的全是藏地，和我的方向不谋而合。

老四说过夏河无美食，我不信。经高人指点，我在夏河的再就业市场找到了一家无牌无匾的牛肉面馆，桌椅全摆在院子里，无遮无掩，伙计端着碗灵巧地像鱼儿一般在桌边穿梭游走。牛肉面的味道很好，丝毫不输于兰州的马子禄或金鼎。吃得兴起，我便学草莽英雄状，一拍桌子，喊道：

"小二，切一斤上好的牛肉来！"

02

1928年以前，夏河县的正式名称叫拉卜楞设治局，为当地的最高行政机构。如果没有建于康熙年间的拉卜楞寺，夏河至今也只是一条河流的名字，默默无闻地流过甘南。

黄昏，拉卜楞镇的街道上，身穿绛红色僧袍的喇嘛们来来往往，整座县城似乎就是拉卜楞寺的生活区。按照寺规，天黑后喇嘛不应该外出，可还是有人耐不住寂寞，溜到县城里打台球，看录像，或去网吧玩游戏，甚至去剧场里看草台班子的下流演出。有时候，寺庙管理委员会的僧官深夜蹲守桥头，把那些贪玩的喇嘛逮个正着。据说，处理方法是轻者警告罚款，重者逐出寺庙。

其实在藏地，只有达赖、班禅和一些德高望重、学识渊博的僧人才能被尊称为喇嘛，寺庙内的普通僧人叫扎巴。多数扎巴只能干杂活，真正能读经的很少。但在平时，我们把身披僧袍的出家人通通称为喇嘛。

我坐在杂货店门口，喝着犒劳自己的可口可乐，兴趣盎然地望着这些比幻想还离奇的景象。

有一个小孩儿凑了过来，紧挨我坐下。他是个早熟的孩子，一看就知道整天混迹街头，镇子上没有他不知道的事情。但是他的个头太小了，当他告诉我已经十四岁的时候，我满心狐疑。他的汉语讲得不错，很多大人远不及他，这很出乎我的意料，因为他告诉我他没上过学。

我给他买了一瓶可乐，名叫才让的男孩儿开心地笑了。那一刻，我看到了他的稚气。

他拧开瓶盖，咕咚喝了一口，问我："叔叔，你是从北京来的吧？"

我点了点头，反问他："你怎么知道我是从北京来的呢？"

小家伙又咕咚一口。"猜的。那你是住在海淀区吗？"我不由得对他刮目相看。

才让接着说："我还知道伊拉克呢，伊拉克的首都是巴格达。"他举着可乐，就像是在指点江山，两眼放光。

在我眼里，才让从一个不良少年一下子变成品学兼优的好孩子。我相信他的世界观来自于形形色色的游客，简单而实用。我问他："你这么聪明，为什么不上学？"

才让摇摇头说:"不喜欢。"

"出家当喇嘛呢?"我见到很多小喇嘛在空地上光着脚踢足球。

"不,喇嘛不能娶媳妇。"才让说话的神情,完全跟他的年龄不匹配。

"那长大了想做什么?"

才让干脆地回答说:"开车。"话音未落,他摸了摸自己的后脑勺。"我要开车去兰州,我还没去过兰州呢。"

他的话使人觉得既亲切又伤感。

第二天,我在旅社门口又遇见才让。他表现出自己是偶然经过的样子,但我知道他是在专门等我。他拍着胸脯,充满江湖豪气地跟我说:"我带你去参观寺庙,不用买门票。"才让也许是想碰运气,趁人不注意的时候,带我溜进大经堂。他没有成功。当有个喇嘛向我走来要查看门票的时候,我找不到才让了。

我回到售票处买票,小家伙又钻了出来,脸上堆满了歉意。

中午我请他吃饭。我们坐在街边饭馆的二楼走廊里,沐浴着无处不在的阳光。才让不吃菜,狼吞虎咽地干掉了两碗蕨麻米饭。米饭里拌了酥油和白糖,外人看着香,却根本无福消受。

分手的时候,我给了才让十块钱,告诉他这是导游费。才让跑去给自己买了夹克、牛仔裤和球鞋,美滋滋地跑来给我看。我到现在还没弄明白才让如何用十块钱给自己置办了那身行头,而且看着还真不赖!

才让为了表示感谢,带我爬上拉卜楞寺南面的山坡。这是他和小伙伴们最爱来的地方,山坡上开满了紫色的八瓣梅。我们躺在花丛中向下瞭望,但见山谷间炊烟缭绕,拉卜楞寺四周青山合抱,大夏河环绕东去。用五十公斤黄金修成的拉卜楞寺

上图:从我夏河玻璃行宫的窗户,可以望见拉卜楞寺的转经道,日升日落,人来人往。

中图:拉卜楞寺是一座开放的寺院,宽敞的土路两旁是僧舍。我蹲坐在路口,透过密密匝匝的电线,眺望那用五十公斤黄金修成的大经堂屋顶。

下图:拉卜楞镇是一座具有宗教氛围的小镇。在声声梵音中,我望见炊烟升起。这样的情景叫我沉醉。

的大经堂屋顶，在晚霞的映照下，熠熠生辉，分外耀眼。

03

　　桑科草原对于兰州人民来说，就像北京城外的坝上，是个时髦的去处。周末呼朋唤友去骑马无疑是健康生活方式的具体表现。但是我挺排斥这种纯属自我安慰的体验，大家在意的是骑马带来的刺激和快感，根本不在乎人畜合一，共图前程。

　　我没去过坝上，但我到过桑科。我到桑科不是为了骑马，因为我听说过很多游客挨宰的荒唐故事。兴冲冲的游客常常被一些貌似憨厚的老乡所蒙蔽，在草原上策马扬鞭的时候并不知道老乡正跟在身后数着他们抽马的鞭数，一次十块，下马结账，谁敢不给。如果你没骑马，对不起，你也得交十块，算是赔偿你踩过的草地。游客面对凶巴巴的老乡，往往选择花钱免灾，间接助长了老乡的嚣张气焰。在旅行中，我告诫自己要尊重当地的习俗，但一定要看紧口袋，别让坑人的刁民抢走自己的血汗钱。

　　桑科草原距离拉卜楞镇十五公里，县里新修了柏油路，路况好得令人称奇。卓玛旅社提供山地车的出租服务，一天二十元。近在咫尺，不去可惜。于是，我决定骑车去桑科。

　　时值午后，艳阳高照。路的一侧是葱郁的山坡，另一侧是潺潺流淌的大夏河。路上鲜有人车通过，仿佛就是我一个人的公路。

　　在我的旅行生涯里，目的地永远不比途中来得更有趣，这样一个骑行的下午也不例外。刚出镇子，我就被几个孩子招手拦下了。为首的一个女孩儿落落大方地问我："叔叔，你能给我们照张相吗？"

　　她戴着一顶毡帽，模样可爱，岁数也比其他孩子要大。这样的请求我没法拒绝，就让他们在路边站好。当我数到三按下快门的时候，听到了熟悉的喊声，"耶！"孩子们凑过来看到自己的样子，扔下一串笑声就跑开了。领头的女孩儿没跑。她亭亭玉立地站在原地，优雅地说："谢谢你，叔叔。"

　　跟孩子们告别后，我接着往前骑。遇到连续的下坡，我就起身立在脚踏板上，像飞机俯冲一样，呼啸而过，情绪恣意嚣张，无以复加。

忽然，我听到身后车铃声一阵紧过一阵。我捏住闸，回头望见一位回族老汉气喘吁吁地赶了上来。老汉开口就问："你从哪儿来？"

这样的问题我遇见多了，丝毫没觉得唐突，就回答："北京。"

老汉接着问："胡锦涛是不是住在北京？"

我多少觉得自己泄露了国家机密，但依旧如实奉告："是。"

老汉笑了，总结性地说道："那你们是一块儿的。"

我正想解释，老汉又说话了："当年我们一起修刘家峡水库，还在一个宿舍住过哩。"

我不由得对老汉刮目相看，问他是否还记得当时的劳动场面。老汉抬起右手，在空中用力一挥："热闹得很。"

没等我再问，老汉摁了摁车铃，拐下公路，扬长而去。

再往前走，夏河县桑科寄宿制小学赫然跃入眼帘，我打算参观学校。校园很大，尚未竣工的二层教学楼显得非常醒目。学校门口有好多背着书包的孩子在玩耍嬉戏，他们友好地跟我打招呼，簇拥着我往学校里走。有个孩子怯怯地问我能不能让他骑骑车，我把车往他手里一塞。瞬间，我身边的孩子全跑光了，他们像快乐的小鸟一样，兴高采烈地追逐着那个骑车的少年。

我遇到了学校的教导主任豆格加老师，他向我介绍了很多关于学校的情况。学校有教师二十多名，学生四百多名，基本上全是桑科乡藏族牧民的孩子。教学费用来自乡里的教育集资款，贫困的学生每学期还能领到四十元的助学金。豆格加老师带我参观了即将改建为学生宿舍的旧教室。我发现教室里只有课桌，没有座椅。豆格加老师显得很尴尬，解释说经费不够。我注意到教室后墙上的黑板报，上面的文字打动了我。我读的时候，孩子们在身后应和着。

少年的梦睡在春风里
梦里有一颗嫩绿的心
少年的梦好大好大
能与星星拉手
可与大海亲吻

少年的梦好美好美
可使沙漠披绿衣
可使山上开红花
少年的梦好奇好奇
能让花儿空中开
可让少年海底游
少年的梦是未来的写照
有了她，世界才变得无比瑰丽

我读小学和中学的时候，班级和学校的黑板报一直是我的专项，画和写往往由我一人包办。我的每期黑板报都比在桑科小学看到的精彩漂亮，但从未像今天这样让我感触良多。

回到北京后，我买了很多科普读物寄给了豆格加老师。

离开学校，我一直骑行至路穷处，大夏河阻断了路面。周围，八瓣梅开遍原野，如诗如画。但是此刻，风景不重要了，一路上的见闻已经令人难忘。

////// 郎木寺

01

离开夏河时，我显得有点狼狈。由于没有听到闹钟声，睁眼已经过了开车的时间，颂拓（Suunto）手表发出的鸣叫声微弱得只有蚊子才能听见。我匆忙打包，冲上街头。

旅途中，我的每次出发几乎都在天亮前。摸黑起早曾经令我身心疲惫，叫苦不迭，但慢慢地，我开始适应并喜欢在黎明前的黑暗里上路。当班车行进在高原，颠簸使我半梦半醒。这个时候，东方的地平线渐渐亮了起来，远山像剪影一样挂在透明的墙上。我睁开惺忪的睡眼,好奇地打量在晨光里苏醒过来的大地,每一秒钟光影的变化都像大师的作品那样令我怦然心动。

在昏黄的街灯下,停着一辆农用车。在夏河,农用车往往还是拉客的出租车。白天五毛,晚上一块。我把背囊往车上一扔,冲司机喊道:"快,追班车。"

司机像是经常遇到这样的非典型要求,没等我坐稳就加大油门蹿了出去。

还好,由于乘客不多,班车一直在车站外磨蹭,赖着不走。司机如愿以偿,终于又等到了一个乘客。我刚上车,车里就有人喊:"好了,这下可以走了吧。"

合作是甘南的首府。我要从合作换车去郎木寺。

夏河和合作之间的距离只有七十多公里。班车带着昏昏沉沉的旅客,一路狂奔。到合作的时候,晨雾尚未散尽,路人若隐若现,阳光穿过树枝投射到路面。

合作有两个车站,一个是国营的,一个是个体的。我们的班车只能停在个体车站,个体车站空间狭窄,司机需要过硬的技术才能把车头冲外停放。去郎木寺的班车也在这里发车,一天一趟,中午出发。

我把行李寄放在车站门口的花店,找了家小饭馆填饱了肚子,然后在合作城

在我眼里,这样热闹的街景背后,隐藏着另外一层意思。郎木寺越来越有名的时候,真正的郎木寺已经消失了。

里转了一圈。国营的车站在城里最热闹的十字街口，大得出奇，简直赶上中等城市的长途汽车站了。车站里很空旷，一问才知道班车都出发了。国营车站的车不去郎木寺，他们一律奔向大城市，比如兰州和西宁。

我回到个体小车站，开始犯困，就坐在花店外面的马路牙子上打盹。花店的小姑娘搬出一把椅子，说："哥，坐椅子上吧，地上多脏啊。"

我心头一热，倦意顿散。"我反正没啥事，帮你干点店里的活吧。我在家里可是干活的好手。"小姑娘扔下一串笑声转身进了店里。

我拍拍衣服上的灰尘，坐在椅子上，顿时觉得自己像是个看场子的，顾客见了我难免退避三舍。直到离开，我都没见到顾客光临。不过原因不是我猜想的那样，合作城外的草原上鲜花绽放，谁会像买生活必需品那样掏钱买花呢？我透过车窗往花店投去最后一瞥，那把我枯坐了一上午的椅子孤零零地守在门口，承受着烈日刀割般的雕琢。

合作和郎木寺之间距离两百公里，原本应该轻松的旅行却万般艰难。出城后就没有像样的公路了。路面就像被子一样被掀翻在床边，纵使班车驶过平整的路面，也无舒适可言，因为几寸厚的灰土如同被引爆一样从各个缝隙逼进车厢，甚至钻进牙缝挤走了隔夜犹存的余香。

所幸，我担心的抛锚或者翻车没有变为事实。在离开合作将近十个小时以后，司机在一片黑暗中停车，告诉大家下车。下车并不是因为到站，而是没路了。炸山的巨石阻塞了前途。

很多时候，我坐班车旅行。我喜欢在街边、桥头甚至村落等候班车，那样的感觉仿佛是在等待爱人，心中忐忑，却充满温暖。

司机好心地提醒我:"沿着电线杆走,大概半小时就到郎木寺了。"

白天我一直在幻想抵达郎木寺的情形:车停在村口,婆娑的树影下,木板房子里烛光摇曳。我敲门而入,茶香四溢,好客的老乡收留我。现实总是过于严峻,我被抛弃在了荒山野岭,进村还要凭造化。

我背上包,戴上头灯,沿着电线杆往前走。翻过一道山梁后,终于见到了点点灯火。我打消了心中的忐忑不安,满脚带泥地闯进了陌生的村庄。

我找到仁清宾馆,花五十块钱包了一个标准间,这足够授人以柄骂我腐败了。标准间有单独的卫生间,二十四小时供应热水,床上有电热毯,至少可以烘干潮湿的被褥。这些让我心甘情愿地多掏银子。

在旅途中,有些享受是免费的,有些需要代价。我不会刻意把自己装扮成苦行僧的样子,祸福苦乐全凭机缘巧合。

翌日醒来,阳光明媚。推开窗户,草香扑鼻。刹那间,昨天的艰辛烟消云散,旅行再次赋予我惊喜。我曾经把我的郎木寺之旅比喻成朝圣,这样做多少有点轻率,因为这只是旅行的开始。当脚印越来越远,我渐入佳境,但旅行永远无法超越朝圣!

02

在郎木寺,我认识了两个女人。

一个很有名,有点国际声誉,她就是会做苹果派的丽莎。丽莎是回民,这一年她三十五岁。空闲的时候,身材修长的丽莎喜欢坐在门口的小板凳上往外张望,我知道她是在等待那些怀揣《孤独星球》慕名来投奔她的老外。

另外一个姓程。尽管她的岁数比我小,我依然叫她程大姐。程大姐的江边小馆虽然没有丽莎咖啡馆那样尽人皆知,可我偏爱有加。"小馆"两字有不俗的境界,却透着不经意。

郎木寺是甘南碌曲县的一个乡镇,热闹的地段却在四川境内。白龙江穿过镇子,江北是甘肃,江南是四川。作为嘉陵江主要源头的白龙江,在郎木寺却更像是一条临时的人工引水渠。我从合作坐车而来,其实是先到四川,跨过镇子里的水泥桥往

郎木寺山谷，炊烟弥漫。我见不到一个人，却能感觉到村舍里一家人温暖的团聚。

北走，才又回到甘肃。仁清宾馆和江边小馆在四川境内，丽莎咖啡馆在甘肃。

我在很长一段时间分不清两省的界线。可事实上，我在郎木寺的活动，并不非得划清界限。就像我在藏地旅行，其实并不在乎这条江、这座庙究竟属于哪个行政区域，它们就是我要去的地方，它们甚至可以存在于我想象中的任何地方。郎木寺只是个地名，四川境内的格尔底寺，甘肃境内的色止寺，加上仁清宾馆对面的清真寺，放在一起就叫作郎木寺。信仰的不同并没有妨碍它们相安无事。

据说，最先把郎木寺当作旅游目的地进行介绍推广的是老外，但要证实这样的传说得先问过兰州的驴子。郎木寺距离兰州一天的路程，他们肯定不会视而不见。我更愿意同意是老外造就了丽莎传奇般的创业经历。丽莎做的苹果派被驴子们誉为全国第一，尽管言过其实，但无疑是郎木寺最响亮的广告词。在一个穷乡僻壤，烤得金黄的苹果派像小山丘一样堆在你的眼前，香味扑鼻。这个时候，谁还会去矫情地纠缠究竟是全国第几？丽莎十年前来到郎木寺，开了间小饭馆。当时穷得没钱进原料，连面粉都要赊账。她的时来运转很有戏剧性。一天，有个老外光顾丽莎的饭馆，丽莎灵机一动，干脆提供原料，让老外自己操刀。如此这般偷师学艺，丽莎终于扬名立万，甚至还在九寨沟开了分店。

我在郎木寺的午后艳阳里，顺着桥头路牌的指引，找到丽莎咖啡馆。那是一栋红砖砌就的平房，还有个不小的院子，院子四周有篱笆围挡。房子有两间屋子。大的那间摆了一排陈旧的皮革沙发和一些木桌椅，屋子中央是只大炉子，炉子上的水壶里似乎有喝不完的茶。墙壁是屋子里最精彩的地方，被驴子的物品和留言贴得密不透风。这样富有小资情调的咖啡馆与乡村宗教背景格格不入，却是人气聚集的地方。驴子不远万里，来到郎木寺，似乎就是为了寻找这样一种安逸得超越现实的氛围，暂时麻醉自己。

另外一间屋子是丽莎的厨房和卧室。常年的烟熏火烤使房间里的东西早已不见了原来的色泽，墙壁黑得像炉膛。丽莎和她的丈夫、儿子就睡在这间屋子靠窗的大炕上，被子堆在炕角，散发出一股油腻的味道。

丽莎的丈夫人称老丁，地位像家丁。老丁身材高大，天生一张令人望而生畏的脸，头发和胡子像草藤一样纠缠在一起。老丁也是回族人，土生土长的郎木寺人。老丁对丽莎言听计从，连打麻将的钱都要向丽莎申请。丽莎对老丁颐指气使，呼来唤去，好像老丁命该如此。事实上，老丁很有自己的想法。他特别反对乡政府改造郎木寺的方案，不止一次在我面前揶揄乡干部。"他们去了一趟九寨沟，就想把这里也弄成九寨沟。"我很支持老丁的想法，我告诉他我看过一本老外写的书，名叫《消失的地平线》，讲的是香格里拉的故事。我说："我回去后写一篇文章，就叫《消失的郎木寺》。"

丽莎的口碑毁誉参半，但当年我认识的丽莎绝对不像现在这样趋炎附势，唯利是图。她更喜欢接待老外，毕竟老外教会了她谋生的手段，对她恩重如山。丽莎知恩图报，体现出中国悠久的传统美德，这一点不难理解。没有老外的日子里，丽莎对国内的游客也还不赖。我临走前，她去杂货店买了个打狗棒送给我，还演示了打狗的方式。打狗棒一直伴随着我的藏地之旅，可从来没有派上用场。有时候，我煞有介事地拿出来比画，就会想起丽莎。看到网上骂丽莎的帖子越来越多，我很为她担忧，却又无能为力。

我虽然和丽莎一家混得很熟，但没在丽莎咖啡馆里吃过一顿正餐。我不喜欢吃西餐或者疑似西餐，我只是在想喝下午茶或者是找人聊天的时候才会晃晃悠悠地迈进丽莎咖啡馆。在郎木寺的几天里，我最喜欢江边小馆。临走前，我还为小馆重新画了招牌。跟丽莎相比，程大姐平静温和，身上没有丝毫的嚣张和专横，而这一点恰恰是丽莎最致命的地方，给她招来很多非议。

江边小馆门前，白龙江日夜不停地流过。江面只有两米宽，门口有一块木板，算是桥。小馆只有两张桌子，四把椅子，适合三两好友小酌。屋子里井井有条，一尘不染，真正体现出我熟悉的回民本色。那几天，我是江边小馆唯一的客人，程大姐会提前问我想吃什么，然后悉心准备。早晨是新鲜的牛奶和饼子，中午是面片，晚上是大姐亲手做的羊肉包子或饺子，配上大米粥。这是我在旅行中得到的最好照顾，至今无出其右者。

小馆的后面有个很私密的院子。院子就像花园，开满了月季和菊花。花丛中摆着一张躺椅，我会捧着书躺在上面午睡，直到阳光把我烤得几乎丧失意识，才挣扎着醒来。午睡是一种享受，可在当时的情形下，午睡毫无疑问是对良辰美景的极大浪费。若非考虑到回汉之间的习俗差异，我也许会搬进程大姐的小院。

程大姐原本有个不错的家，可由于丈夫赌博恶习难改，就毅然离婚了。听她淡淡地讲述自己的经历，我这才感觉到在程大姐身上有一股隐藏的力量，毫不外露，却绵绵不绝。在封闭的小乡村，离婚需要很大的勇气，这样的决定也往往意味着选择了孤独的后半生。程大姐不在乎，她说："自由的生活比什么都重要。"

她的话犹如醍醐灌顶，甘露洒心。

我对程大姐除了敬重，甚至还产生了爱慕的感觉。这样的爱慕不具备爱情的典型意义，却充满了真挚，同样发自内心。临走的时候，我说会再来，但是至今没有兑现诺言。

///// 若 尔 盖

在兰州开往夏河的班车上，从头至尾放着一名藏族歌手的MV。我问司机歌手的名字，司机告诉我是阿勇泽让。我问他来自何方，司机回答了三个字："若尔盖。"

天没全亮，我站在郎木寺的街头，张望着班车的影子。我无法判断天气的好坏，就像我无法揣测自己的运气一样。我的下一站就是若尔盖。

郎木寺邮局的藏族局长告诉过我，来往郎木寺的车辆没有规律，甚至邮车也难以保证一周光顾小镇一次。这位局长是光杆司令，手下没有兵。每天邮局开门后，就不见了他的踪影，可老乡们都知道，这小子一准又去打麻将了。他的话我将信将疑。但事实很快证明了局长的话还是有权威的。

离开郎木寺的前一晚，我满街打听班车的消息。平常班车会停在邮局的院子里，可那里却空空如也。老乡的话令人沮丧，他们七嘴八舌地告诉我："已经两天没来车了。"

我依旧一大早起来去等班车，完全没有把握，只是想碰运气。我甚至都想好了，走不成的话就直接去敲程大姐的门。我很快发现想撞大运的不只我一个，街头三三两两地站着一些人，看装束像是出远门。我觉得有戏，老乡比我有经验，无利不起早。

果然，有一辆破旧不堪的宇通客车摇摇晃晃地朝我们驶了过来，简直就像是从地底下钻出来一样，预先毫无征兆。我听见有人喊我，原来是丽莎的丈夫老丁。他从车窗里探出身来，朝我挥手。这辆车开往迭部，老丁说我可以在热当坝下车，转乘去若尔盖的班车。我在车上还意外地发现了一个老外，捷克人，前进方向跟我一样。

只一会儿，我们就在热当坝下了车。热当坝位于川甘边界，靠近山坡的路边建有一排平房，它们分别是小饭馆和修车铺。废弃的轮胎堆在屋前屋顶，暗示着经过这里的车辆命运多舛。

热当坝是个丁字路口，我们由西而来，往东走是红星乡，往南走就是若尔盖。

班车从红星乡始发。我看了一下时间，还不到八点钟。身后的饭馆还没开张。往南望去，道路湮没在晨雾中。对初来乍到的游客来说，无疑预示着未卜的前途。捷克人很无趣，英语水平相当有限。我想跟他聊聊米兰·昆德拉，不料这小子死活没听明白，露出一脸的茫然。我不相信捷克人不知道米兰·昆德拉。一转念，我又开始佩服起这小子来，他的旅行跟哑巴聋子闯天下没分别，没勇气实在不行。在这点上，他倒是和米兰·昆德拉有几分相似。米兰·昆德拉离开自己的祖国后，客居法国。他有名的作品，都是以法语而不是他的母语写就的。

当我们再次上车，沿着213国道，翻过几道山梁，一望无际的草原就映入了眼帘。我的视线被牵引到天边。秋霜染黄了草原，大雁在空中飞过。班车在草原的腹地穿行，很容易让人产生错觉，以为自己是搭上了一辆开往天堂的班车。这是我见过的最辽阔的草原，大得让我丧失了对距离的判断。我迄今没有去过内蒙古，所以，这样的认知不算偏颇；我同样没去过北京城外那些供游客骑马取乐的所谓草原，因为我始终认为商业开发会彻底颠覆我们对牧马生涯的完美想象。海子写过这样的诗句:"我的琴声呜咽,泪水全无,只身打马过草原。"他说的草原应该就是若尔盖草原,不然不会有那样深邃的意境。

若尔盖距离郎木寺九十多公里。走到四十多公里的时候,在213国道的南侧,出现了一汪池水。她有个美丽的名字,叫花湖。这个小池塘近年来声名鹊起,引得无数驴子前往。拍回来的照片基本相似,斑斓的晚霞里,花湖像绝代佳人身上的一条绸带那样凄美,令人断肠。可惜,我经过她身旁的时候,她素面朝天,我轻易把她让到了身后,连照相机也懒得掏出来。

到若尔盖县城已是中午。若尔盖海拔三千五百米,空气发烫,阳光所向披靡。县城规划整齐,十字路口矗立着交通信号灯,铁制的路牌竟然是中世纪的欧洲宫廷风格。

我有点发蒙。我的心还在草原,身体却又回到了城市。这让我意识到无论怎么努力,我们的内心始终与自然相去遥远。一盏闪烁的红绿灯,一块媚俗的路牌,就轻而易举地把我们置身于彷徨的路口,与自己的内心挣扎。

我在一家装修得像藏式茶馆的唱片店里找到了阿勇泽让的专辑,递给唱片店的女孩要求试听,然后一屁股坐在被鞋底蹭得发亮的木头地板上,打开一罐冰凉的可乐,"啪"的一响,美妙的歌声倾泻而出。阿勇泽让深情款款地唱着:

"弯弯天上月哎,缓缓地上水,弯弯眉下波荡漾,哎呀我的若尔盖姑娘……"

////// 马 尔 康

01

我在睡梦中感觉到有人推我,睁开眼睛,发现是捷克人。屋子一片漆黑,捷克人问我:"你是不是也走?"

我跳了起来,就像听到紧急集合号一样,快速整理好行李。我住过的旅馆,都不要求客人交押金，也不在你退房的时候派服务员查看房间。有的时候，我甚至为了交房钱而到处找服务员。这样的旅馆，真正做到了来去自由。我和捷克人在夜色中匆匆离开香巴拉宾馆，朝车站赶去。

车站里人声鼎沸。捷克人要去九寨沟，就上了去松潘的车。等我找到去马尔康的班车，车上几乎已经满员了。车站管理得很严，尤其不允许超载。我跟司机说："我把行李放车上，人去路口等。"这种办法能躲过车站的检查。司机想也没想，指着他身后的工具箱说："不用，你就坐这儿。"他还充满人道关怀地把腰后的靠垫抽出来递给我，保护我免受皮肉之苦。

九个小时后，三百公里的旅行结束了，我手脚麻利地迈出车厢。按照司机的好心指引，我很容易地找到了马尔康宾馆。在陌生的地方旅行，若没有背包客云集的青年旅社，当地政府的招待所就是打尖住店的最好选择。

马尔康不算太遥远，但很多人闻所未闻。大学毕业那年，我在北京礼士路口的书摊上买了一本美国作家哈里森·索尔兹伯里的《长征——前所未闻的故事》，第一次注意到红军曾经到过一个叫卓克基的地方，毛主席还在那里的土司官寨休整歇息，读土司老爷的藏书。卓克基就坐落在四川省阿坝藏族羌族自治州的首府马尔康。

马尔康被誉为高原新城，可她的海拔并不高，颂拓显示还不到两千七百米。县城位于山谷之间，水流湍急的梭磨河穿城而过。县城规划整齐，外墙贴着瓷砖的新楼林立。临街多店铺饭馆，营业到很晚。由于水电发达，夜幕下的马尔康县城霓虹闪烁，光影迷离。其光明程度，让我感觉恍若隔世。

在藏语里，"马尔康"的意思就是灯火旺盛的地方，据说此命名来自于一位得道高僧。在藏地，这样的高僧往往又是伟大的预言家。今天，古老的预言再次成真，山谷见证了马尔康的万家灯火。

到达马尔康的第二天，我沿着梭磨河徒步溯流而上，来到离县城八公里之遥的卓克基镇，这里的陡峭石崖上耸立着阿来笔下麦其土司官寨的原型。官寨始建于清代末年，曾毁于大火，后又重建。虽是藏式建筑，格局却是北京的四合院。如今土司官寨成了一座空寨。用人忙碌的身影、土司艳丽的衣饰以及骏马的嘶鸣，都已随尘埃落定。只是，留下了索尔兹伯里称赞的"东方建筑史上的一颗明珠"。

官寨因年代久远发生垮塌而不向游客开放。我无缘看到传说中厚达一米的石墙、五百余间的大小房间、镶有金银珠宝的家具、藏有经典古籍的图书馆、天然矿物染料画成的唐卡以及琳琅满目的佛教法器。

官寨闭门谢客，我只得把目光投向了对面的西索村。村子里的羌族民居鳞次栉比，错落有致。各家各户经幡飘动。屋顶堆放着白石，窗台盛开着鲜花。几乎所有村民的家门上都贴着阿坝州旅游局核发的"旅客之家"标示，村民委员会的院门上方赫然立着一门土炮，炮口瞄准桥头，下方却贴着"就餐晚会"的标牌。

时值正午，骄阳似火，饱满的蓝天不时飘过几朵白云，村庄显得安详静谧，连跟我擦身而过的长毛狗都慵懒得没有抬眼看一下贸然闯入的陌生人。正当我站在桥头的核桃树下回味着这空灵遥远的感觉时，一位白衣女子从我眼前走过。

"你就一个人？"她诧异地看着我。

"是呀。"我发觉她不像是这里的村民。

"你好厉害！来屋里头喝口茶吧。"女子热情地邀请道。

她家是一栋四层的小楼，有着全村最漂亮的窗台，灯盏花、月季和菊花争相斗艳。与传统的藏族民居一样，一层饲养牲畜，二层为客厅，三层是主人的卧室和客房，四层晒粮食并储物。当她把这里的主人，也就是她的丈夫介绍给我时，我大跌眼镜，这位长相白净、穿着时尚的藏族小伙正在他家客厅宽大的墙上创作壁画呢！

香喷喷的酥油茶端上来了，画家搁笔小憩，和我攀谈。他名叫多吉巴桑，爷爷曾是官寨里土司的大管家。大学毕业后，他娶了同班的汉族女同学为妻，并在成都开了间设计工作室，成都那间著名的藏式酒吧就是他的得意之作。为了潜心于唐卡的创作，他偕妻带子回到了西索村。

多吉巴桑的故事让我羡慕不已，有多少人能像多吉巴桑这样把事业和归隐结合得如此富有诗情画意？

当他了解到我旅行的计划后，对着媳妇说："他是个修行者！"

就这样，英雄惜英雄，互相吹捧，都没注意到女主人已经准备好了一桌香喷喷的饭菜。

饭后，多吉巴桑一家三口带着我再次在村中转悠的时候，多吉巴桑的眼神里多了一份对现状的忧虑，言语中多了一份对未来的责任感。因为，村里出现了与传统文化格格不入的审美取向和误解。

在这里，让我描述一下那些为旅游开发而安装在村里的高大的金属路灯吧。其原型是北京长安街两旁的白玉兰路灯，被克隆到偏远的藏地村寨，这让多吉巴桑痛心疾首。

"我当时给村里报了我的设计方案。我把路灯设计成酥油灯的形状，既符合藏式风格，又不会阻碍视线。可村干部觉得不够现代，没有采纳。"说起来多吉巴桑仍然耿耿于怀。

我为多吉巴桑感到惋惜，不禁想起了松赞干布聪明的求婚使臣利用酥油灯最终赢得文成公主的传奇故事。看来，传统的酥油灯在电力充沛的今天已经过时了。

多吉巴桑踌躇满志地表示过想承包官寨整修工程中的彩绘部分。我不知道，年轻艺术家的理想火焰后来有没有被官僚和世俗的水泼灭。

离开西索村的时候，我没有向画家夫妇支付饭金。对于热情好客的他们来说，那样做无异于羞辱。

02

山谷里飘起了细雨，密如牛毛。

我沿梭磨河顺流而下，去拜访十五公里以外的松岗碉楼。松岗乡是曾经当过拖拉机手的藏族作家阿来的家乡。雨天打乱了我的徒步计划，我就在河边叫了辆面的，谈好跑来回，加上等候，三十块。价钱很公道。

烟雨迷蒙中，两座石砌的碉楼依山而立，气势伟岸。我沿着山路缓缓攀上，水汽氤氲的河谷不时有炊烟升起。要想接近碉楼，必须穿过山顶上的村落。这里与西索村一样，没有凶猛的藏獒，村民热情好客。你可以放心地在村子里的石板小道上

在西索村，有一对画家夫妇。女主人邀请我进屋喝茶的时候，男主人正在家里的墙上创作壁画。他家的窗台与众不同，鲜花盛开，像极了我当时愉悦的心情。

马尔康的羌族民居在藏地独具风格,外面全是石头,里面全是木头。

优哉游哉地看房顶上的野花,身旁伴着和你一样优哉游哉的禽畜。你甚至可以敲门讨要一杯热乎乎的酥油茶。如果你连喝三碗,额头升腾热汽,主人会高兴地冲你点头。

碉楼显然不是建于生产目的,因为碉楼上的孔眼是用来瞭望和射击的,而宽敞的内部空间可以用来储存粮食和安置妇孺。如果不是因为战争,不是关乎生存,谁又会处心积虑、劳师动众地在当时的技术条件下建造高度超过三十米的庞大建筑?

我向村民打听碉楼建于什么年代,得到的答案居然版本不一。大多数的村民会告诉你,好几千年吧。据考,碉楼建于清朝乾隆年间,当时数量惊人,用来抗衡清朝军队的进剿。清兵在得胜后拆毁了绝大多数的碉楼,因为他们容不下自己的身边有这么多异族的军事工事存在。

几百年过去了,金戈铁马已成追忆,碉楼也无可挽回地老去。我指着其中一座中间部分垮塌的碉楼,问村民原委。

"那是在'文革'武斗的时候,被迫击炮轰出来的。"村民的回答出乎我的意料,但我毫不怀疑答案的真实性。

"碉楼的上面就那样悬空着,会不会倒呢?"我担心地问。因为碉楼下面是村民的屋舍和菜地。

"碉楼是从地里长出来的，怎么会倒？"他盯着我的眼睛，很认真地反驳我。

这是关于碉楼的种种传说中最为扣人心弦的一句话！

03

西索村和松岗碉楼，还有邱二餐馆用梭磨河里的冷水鱼做出来的鲜汤，可以让我心满意足地离开马尔康了。由于道路发生泥石流，去往丹巴的班车无法正常发车。售票员建议我次日一早再来碰碰运气。这样的意外在我看来实属稀松平常。人在旅途，到达和离开都不是一件容易的事情。我来到宾馆对面的雪域网吧整理照片，打发时间。

"好漂亮啊！"有悦耳的声音从身后传来。

听到有人赞赏自己的作品，不免洋洋自得。我回头望去，说话的是一个梳着长辫的女孩儿，个子不高，模样俊俏。她拉过一把椅子，在我身边坐下。

"我叫张琼梅，琼瑶的琼，梅花的梅。"她自我介绍道。

我笑了。琼瑶的"流毒"都已经传播到了遥远的藏地山谷。她补充说："我是藏族，藏族名字叫作次仁拉姆。"

"次仁拉姆"的藏语意思是长寿的仙女。甫一出生，她的父母就把他们最直接、最真诚的祝福深深地烙在次仁拉姆的身上，人们对她的每一声呼唤，都是最美好的祝愿。

在查户口般但不令人生厌的盘问之后，次仁拉姆问道："你去过马尔康寺吗？我带你去看看吧。"

次仁拉姆的热情相邀让我不忍拒绝。曾经是苯教寺庙的马尔康寺，香火旺盛，后来成了这座高原新城的名字。马尔康寺的原址，现在是政协的宿舍。新的马尔康寺建在了可以俯瞰整个县城的向阳山坡上了，人们在县城的每一个角落都能抬头望见。

我没有把马尔康寺列为必看的景点。红卫兵捣毁了旧寺，缺乏历史沉淀的新寺无法给予我应有的那份虔诚和感动。

显然，次仁拉姆不擅攀登，来到寺庙门口，居然有点体力不支。她没有理会我让她歇息的建议，指着寺庙的转经墙说："按照我们的习惯，要转三圈才行。"说罢，便开始沿着墙根顺时针行进，转经筒在她的手中嘎吱嘎吱地转了起来。本来已经气喘吁吁的次仁拉姆，好像迅速恢复了体力，行动敏捷得令我难以追赶。

等我转完最后一圈，次仁拉姆已经气定神闲地站在寺庙的门口等我，手里多了两根鲜艳的黄绸带。她把一根系在了自己的手腕上，把另外一根递给了我："这是我为你求的，如果你不想戴它，也不能随手扔了。"

我把这根黄绸带系在了我的背囊上，一直带回到北京，又把它系在家中的一株柳叶榕上。令人匪夷所思的是，枝枯叶落、奄奄一息的榕树居然就此摆脱了病虫的折磨，长出新叶，重新茂盛了起来。

下山前，我想用手中的照相机记录下次仁拉姆的身影，她没有应允，理由是她没有穿戴藏族的服饰。

在另一个秋雨淅沥的早晨，我离开了马尔康。

我为了寻找而来，带着怀念离开。

///// 丹 巴

01

丹巴出美女，有人干脆把丹巴叫作美人谷。

在旅途中，真假难辨的传说层出不穷，我常常一笑了之。其实，在我的内心深处，我更愿意对这样的传说深信不疑。民间故事总是令人神往，仿佛爱情唾手可得。何况，丹巴还真是一个美人窝，但是美人都去了九寨沟做舞娘。网上有很多她们的照片，看了让我多少有点失望。美人们摆出我们熟悉的姿势，个个美目盼兮，巧笑倩兮。她们的美并没有传说中那样清新脱俗。

在很多人的眼里，面孔长得好看就是美。丹巴的美女符合我们的审美习惯，那是因为她们的家园和汉族地区长期融合，潜移默化，还由此产生了一个专属的名词，叫嘉绒。"嘉"代表着汉族居住的地区，"绒"就是种田；按照字面的意思来解释，"嘉绒"就是靠近汉族地区的农业区。农耕意味着定居，象征逐水草而居的放牧生涯已成往事。更敦群培赞扬这里的女子肌肤柔软，就是田园生活的文明特征。更敦群培是西藏历史上一位离经叛道的奇僧，他的人文主义精神一直被人颂扬。在他的著作中，《欲经》最为惊世骇俗。更敦群培在比较不同藏区的女子时并没有忘记拉萨女子，说她们擅长做爱技巧，床上功夫了得。更敦群培的这番夸奖，肯定令天底下所有男人对拉萨女子想入非非。至少，当我坐在马尔康驶往丹巴的班车里，望着细雨纷飞的窗外时，脑海里充满了这种不可告人的胡思乱想。

这是一幅美丽的图画。丹巴城外，秋雨纷飞。在孤独而又漫长的旅行中，这样的邂逅怎么不叫人心动！

途中经过小金县城，停车吃饭。我不饿，就在街上溜达，时不时抬头眺望东方，其实我根本看不到五十多公里以外的四姑娘山。四姑娘山有"东方阿尔卑斯山"的美誉，可惜她不在我旅行的线路上。从小金到丹巴，就等于从阿坝州来到了甘孜州。两地相距四十多公里，可似乎比马尔康到小金的一百四十多公里还要遥远。出了小金县城，班车就在大金川河谷里磕磕绊绊地前行，路面经常被泥石流阻断。大金川流到丹巴，与小金川汇合，诞生了一个新名字，如雷贯耳，叫大渡河。

班车司机像是大队会计，沿途几乎没有他不认识的人。有一次，他遇到了在河谷收购农副产品的小贩，把车停在路当中，向小贩抱怨两块钱一斤的核桃收购价太低了，小贩露出无辜的笑容，站在路边摇晃脑袋。村民似乎更相信司机，在他们眼里，他手握方向盘，不仅去过马尔康，还到过成都呢，那多有见识啊。

同车有一位出家人，我很后悔没有请教他的名字。在我看来，他就是一名云游僧人，有点疯疯癫癫，嘴里又说又唱，绛红色的僧袍又旧又脏。他见我对他露出几分好感，就神神秘秘地凑近了告诉我他还在中央民族学院进修过呢。我将信将疑，他那口字正腔圆的普通话也许能证明他所言非虚。但是，在司机和其他乘客眼里，他更像个江湖骗子。僧人不会像他这么轻佻痴狂。我想到了更敦群培。在某种程度上，他们

25

还真有几分形似。途中，一块大石头挡在了路中央，大家喊着号子，费了好大的劲才把石头推开。回到车上，售票员清点人数，发现少了一位，正是那位僧人。司机摁响喇叭，还是不见人影。司机终于失去了耐性，骂骂咧咧地发动车，继续前行。我忍不住回头张望，替他着急。车拐过一个弯，有人喊了起来："快看啊，他在前面呢。"

这位仁兄正把双手背在身后，摇摇晃晃地迈着方步呢。我听见司机从喉咙里憋出三个字："龟儿子。"

僧人回到车厢，也不向大家道歉，嘴里一直哼着小曲。几乎所有人都对他怒目侧视。我喜欢他那满不在乎的样子，充满了叛逆的味道。

离丹巴还有六公里的时候，班车再也无法前行了。泥石流把道路彻底割断了，人能跨过去，车就只能调头往回走了。我拒绝了乘人之危漫天开价的夏利出租车，背起二十五公斤重的背囊，花了九十分钟走进了丹巴县城章谷镇，一屁股坐在一家杂货店门口，打开一瓶冰凉的可乐就往嘴里灌。我喜欢可乐，可真正觉得好喝的时候并不多。这一次，它不仅解渴，还让我觉得自己无所不能。

我很容易地找到了丹巴公寓。那是一个家庭式旅馆，很干净。我的房间对着大金川，彼岸是冷峭的山崖，好像被刀斧削过。这让我躺在床上的时候，产生了一种错觉。山向我倾倒，河床被抬高，水从窗口挤了进来，一切都湮没在涛声里。好在这样的错觉不是高原反应，转瞬即逝。

丹巴的海拔只有一千八百米，与兰州一样。

02

我的旅行，有时候难逃虎头蛇尾之嫌，丹巴就是佐证。

我按照在家中设计好的线路，一路南下，西行，跋山涉水，打尖住店，看似中规中矩，却没有了率性而为的随意和惊喜。记得从马尔康县城徒步前往卓克基，经过路边的村落，我正想离开大路，进村一探究竟，路边树荫底下纳凉的老头儿冲我摇手喊道："去不得，去不得。"

我收住脚步，连想都没想就回到了大路上。我不是一个胆小如鼠的人，但老头儿的劝阻轻易令我改变了主意。我每次都以为村民会捧出美酒来招待我这个远方的客人，从来没想过可能发生的糟糕情形，比如恶犬，比如猎枪。我对当地的认知程度根本无法跟老头儿相比，他的喊声多少带有一点不可预知的神秘主义色彩。我记起了那句老话，不听老人言，吃亏在眼前。但真正促使我放弃的原因是这个村子本来就不在我的旅行计划里，好奇心在很多情况下不能一味地寻求满足，反而需要克服。既然有反对意见，我就顺势表现出从善如流的优秀品质。几乎所有人都不屑于总结旅行中的得失，重要的原因是实践的机会太少，总结经验无异于纸上谈兵，太没意思。但我相信，我们在旅行中学会旅行，就像我们必须在水中才能学会游泳一样。在离开丹巴的那个凌晨，我的思想根本没有现在这般复杂。复杂的思想总是把我们折磨得苦不堪言。不幸的是，在这一点上，我未能免俗。

在丹巴的那几日，始终在下雨。雨天适合坐在大落地窗的后面喝喝茶，发发呆，怀怀旧。但这样的雨天肯定不适合在山谷里访古探幽。我放弃了去墨尔多神山的念头，慕名去了梭波乡看碉楼。墨尔多是一座嘉绒藏族心目中的神山。传说神山中有野人曾下山掳走一名村姑。作为交换，野人给村姑的家人留下了一捆豹皮。隔了一年，村姑的家人又收到一捆豹皮，打开一看，里面裹着一个孩子。神山孕育了传说，传说造就了神山。这样的传说无处考证，却是文学创作的诱人题材。

从丹巴公寓往东南方向走上大约1公里，有一座新建的水泥桥。桥下，大、小金川汇聚成大渡河。

我平生第一次不喜欢一条河流，这条河流就是大渡河。

我不喜欢掩饰自己的看法。大渡河是一条折磨人的河流，汹涌的波涛声持续不断地冲击着人们的心理防线，令人惶惶不可终日，仿佛山洪即将爆发，家园毁于一旦。藏族作家阿来一针见血，指出大渡河极具破坏力。有过亲身经历的人肯定都会同意这样的说法。

梭波乡距离丹巴县城三公里，漫山遍野的核桃林间，屹立着图腾一般的碉楼。

几天前，同样是一个容易引发愁绪的雨天，我来到马尔康的松岗乡。那是我第一次见到传说中的碉楼，我靠得很近，能触摸到那些沧桑久远的石块，仿佛它们都是活着的生命。在梭波乡，我选择了与碉楼远望，而非近观。大渡河像切割山谷那样把历史生硬切开，这边是我，那边是碉楼；这边是和平岁月，那边曾经战火纷飞。

碉楼根本算不上坚固的军事设施，更像是防野兽的掩体。可在冷兵器时代，碉楼几乎决定了战争的胜负。乾隆年间，朝廷用兵平叛。仅仅是因为金川土司占据碉

没想到，在丹巴这样遥远的部落，"拆"字也随处可见，难道China的正确翻译就是"拆"吗？

楼，易守难攻，战争打了八年，叛乱方才平定。

我坐在公路边，仿佛坐在巨大的环形银幕前，历史的大幕拉开又闭上。脚下浊水腾浪，把一切都带走。土司肯定没有想到，如今的碉楼不再是军事设施，而是旅游景点，迎来的不是武士胯下的战马，而是载满游客的班车。斗转星移，物是人非。

我沿着大渡河，穿过伤痕累累的山谷，几经周折，才到泸定。我站在那著名的铁索桥上，更加看清了大渡河的模样。它是人，是兽，是神，是魔。它带走的，正是它给予的。在大渡河的两岸，只有丑陋的东西才能生存。

我的丹巴之行，在大渡河的咆哮声中草草收场。

///// 海 螺 沟

01

除非选择徒步旅行，不然你总得搭乘交通工具。从北京到兰州，我坐喷气客机，一千六百公里的路程，两小时就到，还有吃有喝。从兰州到夏河，交通工具变成了豪华巴士，车里有音响电视，椅背松软，两百公里的路程花了三个小时。把我从泸定带到五十公里以外的磨西镇的，是一辆嘉陵摩托车。

泸定简直就是内地小城镇的翻版，嘈杂，肮脏，令人感到不适。我睡到日上三竿才起身。从泸定有微型面包车去磨西镇，但司机非要凑齐五个人才肯走。司机冲我嚷嚷："老板，你包车嘛，你包车嘛。"我摇摇头。车站外停着一排摩托车。一问，有人愿意带我去磨西，价钱不算便宜，要四十块。我没还价，但提出了一个要求，不走大路，我要他带我穿越山谷里那些美丽的村庄。小伙很高兴，说："那还近一点呢。"

我至今无从知晓那些村庄的名字，以及那些穿过村庄的溪流。当我们从溪流里疾驰而过的时候，除了飞溅的水珠外，还有我兴奋的喊声。穿过橘林时，我不得不把头藏在小伙的身后，闭开青涩的橘子偷袭我的嘴巴。田埂上的骑行最令人心醉，身边稻浪翻卷，远处青山叠翠。这无限接近我想象中的幸福生活。如果在幸福面前，你还能意识到自己的存在，那样的幸福就很可疑。旅行中，我更愿意像丧失意志那样丢失自我，变成风，吹过稻浪；变成鱼，游过溪流。在与自然的相望中，我不想站在自然的对面。

磨西因为海螺沟而闻名，镇子里有不少气派的酒店，路边的小饭馆一家接着一家。海螺沟像九寨沟一样，有着完善的旅游服务设施。景区的门票每张七十块，对背包旅行的人来说，显得很贵。景区里有班车来回于入口和三号营地，两处相隔三十五公里。游客花五十块钱买一张车票，可以全程往返。我买了车票，却选择弃车徒步上山。

出门以来，我还没有经历过对体力的真正考验，但我很快发现这样的考验无异于折磨。山路路况很好，全是水泥路面，宽阔而且平缓。但从我迈出的第一步起，我就发现我的前途只有上坡，没有下坡。很快，烈日就把我烤得大汗淋漓，心慌意乱。我在路边宽衣解带，换上最简短的衣裳。尽管这样，我也丝毫没有感到一点轻松。二十五公斤重的背包像大山一样压在肩上，令我举步维艰。

走到离一号营地大概八公里的时候，路边有一个小村子。我又渴又饿，就问村民是否可以给我做顿饭。一位大叔把我请进了家门。家里没有女人，只有大叔和他的儿子。大叔把儿子赶进厨房做饭，自己端起茶杯就开始对农村政策发表意见，就好像

郎木寺午后的阳光很温暖,但海子里的水依旧冰冷。
在海子里游泳是我一直想做而不敢做的事情。

　　我是个微服寻访的政府大员。饭菜很快就绪,有乡村卤肉、虎皮辣子和西红柿鸡蛋汤。大爷的儿子很有创意,他并没有给我盛一大碗饭,而是直接把电饭锅抱给了我。这顿饭花了我十五块钱。大爷开价的时候没有了指点江山的激越神情,反而面露羞涩。后来的旅行中,我再也没有遇到这样既强烈抨击时弊却又保留宽厚本性的老乡。

　　不算吃饭耽误的时间,我总共走了四个小时才到达一号营地。我注意到一路走来,路边几乎没有适合露营的平地。一号营地的宾馆贵得出奇,标准间要四百八十块。我重新抓起已经撂在地上的背包,转身就走。服务员在身后喊:"那你说多少钱合适嘛!"我举起一个手指:"一百块。"服务员面露难色,在请示经理后终于答应了。

　　我是当天宾馆里唯一的客人。厨房还打电话到房间问我晚上吃什么,态度殷勤。后来我才知道,班车司机告诉了他们我徒步上山的匹夫之勇,让他们肃然起敬。我坐在装修豪华的餐厅里独自进餐的时候,服务员告诉我,这么多年来,他们只见过老外这样干过一回。

　　饭后,我躺在宾馆外面的露天温泉池里,享受着精疲力竭后的那种满足感。夜空里繁星闪耀,山风吹过森林,哗哗作响。在景观灯光的微弱光线里,四周热气缭绕，仿佛仙女要降临。我似乎忘记了自己的辛苦跋涉，好像这里就是自家的花园，自如舒坦，轻松惬意。

02

  温泉是神手妙医。一夜囫囵觉，醒来周身通泰，神清气爽，丝毫没有连续爬山所带来的腰酸腿痛。我第一次相信了温泉的神奇医用价值。海螺沟的温泉有一个武侠小说里才有的名字，叫贡嘎神汤。它从地底下喷出来，温度接近沸点。

  一号营地的宾馆叫作温泉假日酒店。尽管它并不是那家有名的国际连锁酒店，但硬件服务都不错，够得上三星水准。我趴在门外走廊的栏杆上眺望日出的时候，房间的电话响了。原来是厨房问我早餐想吃点什么，接着问我是去餐厅吃还是由服务员送来房间。这样的服务顿时让我受宠若惊。酒店成了我一个人的酒店，加上昨晚我泡在神汤里独自凝望川西群山魅影，我敢认定，这不仅空前，而且绝后。我在电话里大声告诉厨房给我准备稀饭、包子、鸡蛋、咸菜，最后我没忘叮嘱一句："量要多，我要接着爬山呢。"

  从一号营地出发，我的目标是二十公里以远的观景台。

  天气晴好，阳光强烈得不能直视。我看不清太阳的位置，却感到它无处不在。我沿着不断上升的盘山路，咬牙前行。有时候，一段看似超过百米的直坡就几乎能彻底挫败我的自信，感觉那简直跟登天一样难。

  当我在路边歇脚的时候，竟然像中暑似的短暂丧失知觉，昏昏沉沉地趴在背囊上睡着了。恍惚之间，我听见呼唤声，睁眼看到一辆上山的班车停在路中央，司机和一车乘客正望着我。

  司机冲我喊道："兄弟，没事吧？"

  我累得不想说话，摇摇头算作回答。

  "上车来吧，你才走了一半。"司机昨天已经见过我，就好心地劝我。

  我努力放松自己僵硬的面部肌肉，朝司机笑了笑，说："我能行，你们走吧。"

  司机见状，通过窗边的乘客递给我一瓶农夫山泉，没再说话，踩下油门走了。我怔怔地望着车影，心里涌起一阵感动。刚才的遭遇颠覆了我对人性日益悲观的认识,它没有缩短我与前方的距离,却给我了跨越的力量。我重新背起包,迈着缓慢却很坚定的脚步向山上走去。

经过三号营地时,我已是饥肠辘辘。那里有一个叫金山的三星级酒店。餐厅经理迎了上来,情绪热烈地说:"我刚坐班车从山下上来,跟大伙说有个人愣是背着大包走上来,大伙还不相信呢,都以为只有老外才这样。"

我撂下背包,有点飘飘然,俨然觉得自己是个民族英雄。我要了一大盘蛋炒饭,外加白菜豆腐汤。会账的时候服务员告诉我:"我们经理吩咐了,给你打八折。"

从三号营地再往上走,只有不到四公里就是缆车站了。再度上路的时候,信心和力量回到了我的身上。我还发现了一条比较隐蔽的小路,尽管比较难走,但可以缩短距离。沿着这条小路,我毫不费劲就到了缆车站。这里是班车的终点站,水泥路到此结束。从缆车站前往观景台,还有将近一公路的崎岖土路。由于已近黄昏,早不见了游客身影,只有挑夫们三三两两地坐在路边闲扯。

他们见到我很是惊奇,围了上来,有一个伸手摸了摸我的小腿,回头对同伴说:"凶!凶!"

我被他的举动逗乐了。在他们眼里,结实的小腿是生存的需要。我拍拍他的肩膀说:"哪有你凶啊!"他得意地笑了,抓住我的胳膊,指着腕上的颂拓问我:"你这块电子表不便宜吧?"

我没有告诉挑夫们令人咋舌的真实价格,只是点点头表示它身价不菲。这块颂拓(Metron)确实不便宜,是我很早在香港花了将近四千块钱买的。除了心率监测,它还是一个海拔仪和电子罗盘。尽管我每次旅行都戴着它,但已经很少关注除时间以外的其他功能了。这些挑夫们脚穿解放胶鞋,为生计而攀山不止。从他们身上,我开始反思自己对户外装备的过多关注。这无疑是一大收获,让我能全身心地去体验旅行本身,而不是那些花里胡哨的形式主义。

走到被废弃的观景台,已经是离开一号营地的六个小时之后了。趁着时间尚早,我在山崖边木栅栏前的空地上搭起帐篷。从这个位置可以清晰地望见大冰川从贡嘎山峰倾泻而下,蜿蜒汇入原始森林。

磨西镇海拔一千五百米,观景台海拔三千米。

03

  观景台有家客栈,是一栋西式的木房子。老板姓张,是当地的农民。他靠在木栅栏上跟我闲谈的时候,举手投足还保留着质朴的农民本色,可言辞之间透露出商人才有的狡黠以及小富过后的那份得意。老张穿着西服,我注意到袖口的商标没有揭去。西服不代表身份。上山途中,我还见过村民穿着西服开拖拉机呢。老张递给我一张名片,名片上写着,他的客栈叫游客接待站,乍看有点官方色彩。他一直在说服我放弃露营的念头,搬进他的客栈。他指了指看上去并不遥远的贡嘎群峰,特别认真地告诉我:"山里有土匪,你睡在这里不安全。"

  顺着老张的手指,我依稀看到暮色中有条小路,辗转延伸到我们站着的地方。"是吗?你的客栈就是土匪联络站吧。"

  老张嘿嘿笑了起来,试图掩饰不能自圆其说带来的尴尬。其实,我一点都不在意他那显而易见的谎言。他的谎言里没有丝毫恶意,却妙趣横生。川西的土匪早就肃清了,江湖上流传的匪情无非是一些不良村民拦截过路车辆索要钱财。在后来的旅行中,我就亲身经历过这样的匪情,但有惊无险,事后只觉得有趣。

  老张见我没有改变主意的意思,索性邀请我去客栈喝茶。我把所有家当都放进帐篷,却拿出一双拖鞋放在帐篷外。老张不明白,问我,我语气轻松地告诉他:"如果土匪经过,见到拖鞋,就不敢贸然闯进帐篷。"没想到,我这点小聪明让老张不住地点头,直说:"凶!"

  尽管老张的客栈是观景台唯一的一家,可生意差强人意。缆车索道修成以后,很少有人像我这样光顾观景台了。大家坐上缆车,从空中俯瞰冰川,就结束旅行下山了。老张的赚钱秘诀多少有点不太光明,但又让你觉得非他莫属。老张会开着他的红色夏利车接送游客进山,帮助游客逃票。在海螺沟,老张的夏利就好像是北京城里的特权军车,进出都没人敢查。老张炫耀他曾经从康定拉了一车香港人,他连说带比画地告诉我:"五个人啊,还有行李,像你那样的背包。"

  聊得正欢,老张接到电话,有生意上门,就匆匆下山去了。跟老张一起经营这个客栈的是他的妹妹。她给我做了一碗羊肉汤,烤了鸡串,算是我的晚餐。后来,我在康定把老张的联系方式转告了其他驴子,但我不知道老张是否又一次施展了瞒天过海的绝技把人偷运进山！这样的买卖毕竟难以长久。

山里的夜总是特别黑，流水和树叶发出的声音显得尤其真切。趁着还没睡着，我尝试去辨别帐篷外的各种声音。我仿佛还听到有急促的脚步声，就费劲地猜是老鼠、野兔还是狐狸，我在如此纯静的世界里反而不知所措。这样的做法有点像强迫症，实在不宜推广，胆小一点的人难免把自然界美妙的声音幻想成魔兽光临，吓着自己。

海螺沟真是个神奇的地方，我睡在冰川的旁边，却丝毫感觉不到凉气，反而在天亮前被热醒了。我钻出帐篷，已经能依稀看到贡嘎群峰的绰约英姿，山峰的四周一尘不染，云彩也不知踪影。我突然意识到，我即将看到传说中的日照金山啦！这是我生平第一次看到自然界最具梦幻色彩的光影变化。雪峰渐次染成金色，身后碧空如洗。天地众神凝神屏息，翘首等待。在我的眼前，紫气东来，君临天下。

我用泉水洗脸，收拾行李。等我再起身，神奇已化为平淡。读秒之间，风起云涌，贡嘎时隐时现。我忽然丧失了对冰川的好感，脚下的黑色冰川让我觉得更像是条污染严重的河流，它甚至不该出现在蜀山之王的脚下。但是，目睹金山真面容给了我无比的满足感，让我不再埋怨昂贵的门票和艰苦的旅程。这样的心情像是一个人经过苦修，终于脱胎换骨，得以进入到新的境界。夫复何求！

我没有完全浪费那张班车票。我心安理得，坐班车回到了磨西镇。

"空谷幽兰"是一本书的名字，但这张照片对这四个字做出了最形象的诠释。海螺沟一夜，带给了我太多的文学想象。

///// 康　定

　　好听的歌总是带有一定的欺骗性。记得我第一次来到新疆的达坂城，站在风中举目张望，根本就没有看到"那里的姑娘辫子长呀，两只眼睛真漂亮"。第二次路过达坂城，我干脆就没有下车。当我哼着康定情歌来到康定的时候，有人指着城外一座其貌不扬的土丘告诉我："喏，那就是跑马山。"我知道歌里唱的并不可信，但平庸的跑马山还是彻底摧毁了我对康定的美好期待。

　　康定还有一个名字叫打箭炉，显得很有历史渊源。《三国演义》里有一段精彩的故事，叫七擒孟获。诸葛亮率军南征，在此造箭，故得此名。也有一种说法，说"打箭炉"其实是藏语"打折多"的译音，意思是两条河流汇合的地方。令我不解的是，"打箭炉"和"打折多"的发音相去甚远，不至于相似得能够以讹传讹吧。

　　一百年前，康定被确定为官方名称，1939年成为新设立的西康省省会。1950年，西康省被中央政府命名为西康省藏族自治区，康定成为自治区人民政府驻地。但是五年后，西康省被撤销，将西康省所属行政区域划归四川省。西康省有五个浙江省那么大，关于它的撤销讳莫如深。当时，西藏自治区正处于筹备阶段，尚未正式成立。

　　摄影师孙明经在1939年拍过一张康定的鸟瞰图。据说这是一张令历史学家如获至宝的照片。照片里，康定县城夹在山缝中间，折多河由南向北穿城而过。县城里黛瓦木楼连缀，青石间巷纵横。可是现在，河两岸矗立着兼具藏汉风格的崭新楼房，已经很少有人会去缅怀那些沉淀在旧照片里的老房子了。孙明经参加西南科学考察时拍摄的照片被集结成书，书名为《1939年：走进西康》。书评里有一段话打动了我：照片揭示了一段已经淹没了的历史，再现了一个已经消失了的省份。

　　这些远离尘嚣的高原小城，最终还是无法独善其身，永远地退出了历史舞台，只剩下冰壶秋月般的传说让后人无限神往。

　　我找到离康定汽车站仅百米之遥的军分区招待所，花五十块钱住进了单间。单间的那张大床至今令我怀念。这样的停留，往往是我大洗的日子。我把积攒多日的脏衣服洗干净，跑到楼顶挂在晾衣绳上。记得那天下午天高云淡，风和日丽。我干脆除去身上衣物，全身只留下一块遮羞的短布，然后仔细地把橄榄油抹在裸露的身体上，趴在防潮垫上晒起了日光浴。我对晒太阳有特别的嗜好，我甚至觉得自己之所以迷恋藏地，多半是受了高原阳光的诱惑。我望着自己日益黝黑起来的肤色，心中莫名地升起一种自豪的归属感。

我最终还是没有去看看已经成为民俗景点的跑马山，我也没去探访已经沦为皮鞋大卖场的康定天主教堂。我隔着折多河想给教堂拍张照片，取景框却怎么也捕捉不到干净的画面。看着折多河水翻滚着从我脚下流过，听到从城里的每个角落里传来声嘶力竭的刺耳声音，我开始怀疑自己追寻的动机。康定，像是我生活的城市里那些熟悉的街区，我不会无缘无故地恨它们，因为我根本就不爱它们。

我在一个黑暗的黎明离开了康定。在打印出来的车票上，写着我该下车的地方——新都桥，它有一个口口相传的美丽名字，叫"摄影师的天堂"。当班车沿着318国道，翻过折多山口，我在柔和的晨光里看到了起伏的山峦下弯弯的小溪流过，一排排的白杨树后面是彩色的藏式民居。对久居内地的汉族人来说，这是完全陌生的风景。这样的风景，在很多人眼里就是天堂了。新都桥距离康定只有两个小时的车程，它就像是康定的郊区。如果能够深入藏地继续旅行的话，很多人也许能够改掉轻率定义天堂的幼稚毛病。

我在建筑工地一样的新都桥镇待了不到一小时，就决定继续赶路去理塘。

///// 理 塘

01

新都桥镇上修路盖房，尘土飞扬。我在车站附近的小饭馆里草草吃了早饭，就坐在路边等车。车站的售票员也跟我一样坐在路边，只不过她坐在一把椅子上，面前有一张木桌。这就是她的车站了。从她嘴里，我知道有一趟康定开往乡城的班车会经过这里。

班车如约而至,瞬间被一帮藏族老乡堵住了车门。后来我才得知,他们来自同一个村子,一起去乡城修路,报酬是每天五十块钱。等我挤上车,过道里已经堆满了行李。我的位子在最后一排。这让我在接下来的两百多公里的行程里饱受颠簸之苦,经常在瞌睡当中被抛向车顶。

我是乘客中唯一的异族,不免成为老乡们重点关注的对象。我喜欢这些看上去蓬头垢面、衣衫褴褛的藏族乡亲。他们上车后开始喝酒唱歌,像过节一样兴高采烈。他们说着我听不懂的语言,邀请我参加盛宴,还把装着青稞酒的酒瓶递给我,朝我喊道:"喝酒,喝酒。"我当时恨不得背囊里装的全是美味佳肴,可以掏出来跟兄弟姐妹们分享。

接近黄昏的时候,班车抵达理塘。司机和乘客都要在理塘过夜,第二天早晨才接着上路。我跟老乡们道别后,背起包往城里走去。

在很长一段时间里,理塘在我心中就像它的海拔一样崇高,我至今对她心生敬畏。

至今我都觉得这是我最好的摄影作品。
那是理塘的一个黄昏,光影的变幻,让我想起了高原反应。

有人说理塘是世界上最高的县城，我一度信以为真。就像拉萨让很多人望而生畏一样，我也担心自己在海拔四千米的高度上被高原反应轻易击倒。理塘汽车站在城东，我要投宿的高城宾馆在城中心。不算很长的这段路让我感受到自己仿佛漫步在一个异度空间，出现在视线里的街道、房屋和路人像是浮在空气里，一切都软绵无力，无声无息。我当时就怀疑这是否就是传说中的高原反应，令我有点措手不及。

理塘一度被描述成海内外游客云集，就好像是茶马互市的盛景再现。我没有看到这样令人鼓舞的景象。我猜，除非迫不得已，没有多少人愿意在生命禁区的海拔高度上冒险过夜。宾馆的服务员很漂亮，她们的妩媚多少缓解了我内心的焦虑。她们也许想安抚我的身体，就建议让门外的出租车带我到城外泡温泉，但是她们的话不像她们的容貌那样容易打动我。在旅行中，我恪守安全第一的原则。初到一个陌生地方，我通常选择住进最好宾馆的最便宜房间，也是出于安全的考虑。我对那些温泉一无所知，回避无疑是稳妥的选择。我始终认为，旅途中对额外享乐的追求容易引人误入歧途，招致不必要的风险。

我在宾馆的旁边，随便挑了一家小馆子，吩咐厨娘给我做一碗辣椒肉丝面。高压锅里煮出来的面条没了韧劲，但不妨碍吃饱，一辣遮百丑。从光线幽暗的馆子里钻出来，阳光穿过云层照在身上，我顿时觉得周围的一切不再像是虚幻的景象，都恢复了本来面目。理塘远不及康定那样热闹喧哗，路上行人稀少。陈旧的街道两旁杂货铺和旅馆一家连着一家，门口的招牌上沾满了灰尘。

几乎就在我走神发呆的时候，城里的高音喇叭里响起了欢快的舞曲。我寻声而去，发现在宾馆对面的广场上聚集了很多人，大家正围成一圈跳锅庄。我好奇地发现跳舞的人群中还有穿制服的女警察和戴着胸牌的银行职员。身边的一位老伯拍了拍我的肩，指着跳舞的人群对我说："小伙子，你看，那个穿西装的是我们的县委书记。"年轻的县委书记一边跳舞，一边邀请旁观的人们加入。如果不是对理塘的海拔高度始终心存忌惮，我也想跟大家一起手舞足蹈。老伯告诉我这是县城居民每天的固定节目。我喜欢这样的场景。小城和她的居民安分守己，宠辱不惊，用自己的方式享受生活。在我面前，跳舞的人很尽兴；在他们的眼里，观舞的人也很开心。

适才还是黄昏落日中空旷寂寥的街道，转瞬之间就人声鼎沸，歌舞升平。发生在理塘街头的这一幕如此神不知鬼不觉，宛如电影中的蒙太奇镜头，把我再次拽回

39

到梦境当中。在每一个遥远的地方，对每一个孤独的魂灵，也许只有歌舞才能带来众人相聚时才有的那份快乐和安全！

02

假如浪漫的六世达赖喇嘛没有写过那些向往理塘的诗句，这座高原小城肯定至今默默无闻。仓央嘉措的情歌有很多汉语版本，有些版本实在太糟糕，佛爷的灵感被唐突成了打油诗。我更愿意接受这样的版本，比如写理塘的这首：跨鹤高飞意壮哉，云霄一羽雪皑皑。此行莫恨天涯远，咫尺理塘归去来。这多少符合我们对诗歌的认识和理解。诗歌是文学的最高形式。在诗人面前，再优秀的人也无足轻重，何况诗人还是一位万众景仰的宗教领袖。

六世达赖喇嘛对理塘情有独钟，但理塘并不是佛爷的家乡。仓央嘉措出生在藏南的达旺。我能在收集到的西藏地图上轻易找到达旺，但我一辈子都到不了那里，因为麦克马洪线把包括达旺在内的九万平方公里土地划给了印度。按我国的行政区划，达旺属于山南地区错那县；按印度的行政区划，却成了印度的阿鲁纳恰尔邦。在对六世达赖喇嘛身世的探寻时，我还惊讶地发现，仓央嘉措不是藏族人，而是门巴族。门巴族也信仰藏传佛教。江湖上流传门巴族女人善于在客人的酒里下毒，目的不是谋财害命，而是要把客人的好运气移花接木到自己身上。我曾想，倘若有一天经过门巴族的村庄，见到女人我一定要躲得远远的。

还是回到理塘。

这首诗看似平淡无奇，却是六世达赖喇嘛钦定接班人的神来之笔。后来，拉萨派出的高僧在理塘寻访到七世达赖。从此，理塘声名鹊起，成为圣人的摇篮。

第二天，我照例起得很早。空气稀薄的高海拔地区，激发出我对睡眠的莫名恐惧。这样的恐惧绝非空穴来风，因为传说中有很多人躺下就此长眠不起。只有醒着，才能让我意识到真实的存在。晨雾尚未消散，理塘出奇的安静。我努力使自己回想起昨晚令人温暖的歌舞场面。仅仅一晚，却已经恍若隔世，往事如烟了。

城里有一条林荫大道，两排杨树生机勃勃。在高原上见到树，就如同体察到一个人的生命特征，欣喜涌上心头。林荫大道的尽头是县政府，沿着围墙下的土路，

这是理塘长青春科尔寺外的一户普通藏族人家。我敲门讨茶喝，院内别有洞天，差点让我放下行囊，安逸地过两天神仙日子。

按顺时针方向往北走，远远就能望见山坡上理塘寺分外刺眼的金顶。理塘寺也叫长青春科尔寺，是康巴地区最大的黄教寺庙。据说明朝年间，三世达赖喇嘛前往蒙古弘法，返回西藏的途中经过理塘，坐骑突然失踪。寻马时发现理塘山色秀丽，遂决定在此修建寺院，取名为长青春科尔寺。

沿着山坡缓缓而上的时候，我觉得自己身轻如燕，仿佛云中漫步。一向被我蔑视的高原反应还在纠缠我，我开始思念酥油茶。对付高原反应，最好的方法就是喝酥油茶。很多人迷恋藏地的风土人情，却顽固地排斥酥油茶。有人甚至闻到酥油的味道就开始翻江倒海。每当遇到这样的人，听到这样的言论，我都会毫不掩饰地投去鄙夷的目光。酥油茶是一张试纸，测的是你和藏地的缘分。

我四处张望，寻找喝茶的地方。路边的民居门户紧闭，偶尔有戏耍的孩子跑过我的身边。我注意到路边坐着一位雕像一般的老婆婆，她的肤色像岁月一样深沉凝重。我们正用相同的目光打量着对方。在她眼里，我也是风景。接着往上走，有一户人家柴扉半掩。透过不宽的缝隙望进去，满园春色令我怦然心动。我得承认，最终促使我敲门而入的不是酥油茶，而是鲜花。我惴惴不安地站在门前，揣测主人会

有朋友说西藏的孩子苦，新疆的孩子甜。我想那是自然环境造成的。每当看到西藏的孩子那纯真无邪的笑容时，我知道他们内心也充满希望。

如何打发我这个不请自来的冒失鬼。院子里的看家狗首先表明了态度，开始吠叫。若非铁链拴着，小家伙肯定扑上来。把我迎进门的是一对父女。大叔很和善，没等我表明来意就用汉语说："请进来，请进来喝茶。"女儿完全不像爹，肤色白皙，头发整齐地扎在脑后。她打扮入时，橘红色的毛衣和蓝色的牛仔裤突出了妙龄少女的迷人身材。

院子不大，却颇见匠心。地上铺着厚厚的青草，墙上盛开着太阳花。窗台下开满紫色和黄色的八瓣梅，墙根的一排大花盆里，娇艳的大丽花正在绽放。大叔带我参观他美丽的家，包括像佛堂这样私密的地方，佛堂里高悬着佛爷的大幅画像。我相信每个藏族家庭都有这样的画像，那是他们的精神寄托。

女儿用酥油茶桶打出的酥油茶味道非同寻常，口感醇厚绵密。在藏地旅行，越来越多的酥油茶是用搅拌器打出来的。通电后，你只能听到刺耳的马达声，没有味觉上的冲击，只有听觉上的冲击。喝了很多杯后，我感觉自己又像大力水手那样无所不能了。

临走的时候我把大叔的联系方式记在一张纸上，但是后来那张纸条随同我的钱包消失在了川滇交界的大山里。回到北京，我整理出在大叔家拍的照片，塞进信封。我在收件人一栏里只写了六个字——理塘县公安局。大叔的大女儿是名警察，我在锅庄舞会见过她。当时印象很深，因为她穿着警服。我有十分的把握相信大叔能看到那些能令他开心的照片。在那样一个塞外小镇，无人不相识！

我告别大叔一家来到寺门时，已经是正午。寺门洞开，万籁俱寂，喇嘛踪影全无。头顶上，饱满的蓝天一尘不染。倚门回望，川西群山的怀抱中，是青青的毛垭草原。川藏公路就像一条绸带，在草原上迤逦穿过。

在那一瞬间，我多么想知道，岁月无情，那些动人的传说是否也会随风而逝？

03

县城最大的十字路口中央,矗立着一块纪念碑。纪念碑上除了"中华高城草原明珠"八个字外,还标出了理塘确切的海拔高度,4014.187 米。世界屋脊精确到了毫米,我觉得太矫情。

我不急着赶去稻城,就坐在纪念碑下面喝可乐,东张西望。稻城距离理塘不到一百五十公里,两地之间没有固定班车。我打算碰碰运气,一会儿去车站等过路车。与此同时,我心里早已有了没车的应急方案,就是回到大叔家,在他的院子里搭帐篷,喝大叔的女儿打出来的酥油茶。也许,打心眼里我就不想离去。有时候,去和留不是不可调和的矛盾,哪种选择都会使我心安理得,没有遗憾。

这时,我看到有一对年轻夫妇朝我走来。从装束来看,他们跟我一样,是游客。小丈夫跟我打招呼:"哥们儿,你是从北京来的吧?"我点点头。他回头朝自己的媳妇喊道:"我说得没错吧,敢出来这么玩的肯定是咱北京人!"

好心情立刻化为乌有。我赶紧改口:"哦,我不是北京人。"

我不由得想起那句话,英雄不问出处。旅行本来可以使人脱胎换骨,焕然一新,可总有人鄙吝复萌,兜售自己的无知和偏见。我对这种狭隘的地域观念深恶痛绝,也许跟我的尴尬经历有关。在北京,除非我掏出身份证,不然包括出租车司机在

西藏的每一个寺庙都有一个传说,长青春科尔寺也不例外。正午时分,艳阳高照,那个孤独的身影,去往何方?

内的很多人会把我当成外地人。我回到苏州，在家乡人民的眼里，我俨然是个北方佬，有同学甚至讥讽我是野蛮人。看来，在很多人的潜意识里，北方人永远是和野蛮人画等号的。

我常常为自己的身份认同犯愁，甚至已经有点麻木不仁。终于有一天，我来到藏地旅行，一位牧民认真对我说："你就像我们藏族人！"

这样的评价让我喜出望外，仿佛茅塞顿开，我的归属就是令我魂牵梦萦的藏地！恍然大悟令我如释重负，甚至为此感到自豪。

他们应该是从我的表情，而不是言辞里觉察出我的不快的。两人面面相觑，丢下一句再见转身走了。我默默地坐着，没有朝他们道别。话不投机半句多，他们的出现令我扫兴。有时候，我很庆幸自己是千里走单骑，不用在旅途中迁就任何人。这样的迁就不仅针对行动，还包括思想。我固执地认为，如果你想再造城市里朋友相聚的欢乐场面，又何苦浪迹天涯呢。

天色已不早，乌云从天边滚过来。去车站的那段路已经没有了我初来乍到时的那种疏离感。理塘一夜，就使我把这个小镇当作自己的小镇了。如果换了现在，我想我不会这样离开，肯定不会。人来人往，我愿意像一颗沙粒沉在水底。

车站很热闹，有乘客，但是没有工作人员，因为下午不会有班车路过理塘了。我终于见到了几个老外，才知道书上所言非虚。有两个年轻的老外见到我，就像找到组织那样，激动得就差泪流满面了。他们来自瑞士，我挂在背包上的希格水瓶也来自瑞士。他们不知道中国的那句著名成语，但肯定尝到了老乡见老乡的滋味。这是一种属于全人类的朴素感情，我能理解。还好，瑞士人民觉悟挺高，没有骄傲地告诉我只有瑞士才能生产这么牛逼的水瓶。大家萍水相逢，后会无期，根本没有必要去费力探讨多么深奥的人生难题。一个小故事，一段小插曲，不管过去了多久，谁都可以按照自己的理解，品尝到快乐。

我不知道瑞士人最后去了哪里。反正我和几个当地人拼了一辆面的，每人二十块，在乌云化作雨之前，离开了理塘。

///// 稻 城

出了理塘城,有两座海子山。一座在理塘和稻城之间,另一座在理塘和巴塘之间。前者巨石堆垒,后者土匪出没。巴塘自古以来就是个土匪窝,恶名远扬。可到了今天,如果还有人说巴塘土匪荷枪实弹,在海子山上设卡埋伏,抢劫来往车辆,我会觉得有点像天方夜谭。解放区的天是晴朗的天,巴塘焉能例外?传说中的土匪早就改头换面成了路霸,专门勒索在海子山抛锚的单车。海子山上新设立了派出所,就算证明了传言基本属实。

同样都叫海子山,境界可大不相同。通往稻城的海子山被人描绘成科幻胜地、火星的表面。如果没有散布在海拔四千五百米以上的那些高原湖泊和巨石,海子山也许就乏善可陈。藏族人称高原湖泊为海子,海子山上据说有上千个海子。她们都隐藏得很好,你不离开公路就不能一睹芳容。在匆匆行进的车里,我看到漫山遍野的石头。我把这些身世扑朔迷离的石头称作大鹅卵石。但科学家不会像我这么无知和草率,他们经过慎重研究,把这些石头叫作花岗岩漂砾,把这样的地形命名为古冰帽。其实,我根本不在乎这些专业词汇,我只知道这些石头曾经生活在汪洋大海里,被鱼儿依偎,被水草爱怜,绝不像现在这样孤单。

翻过海子山,经过桑堆,行不多远就到稻城了。稻城不大,唯一的十字路口是最热闹的地方。有一台挖土机趴在那里。我至今清晰地记得我对稻城的印象,城外很美丽,城内很丑陋。我这样的评价肯定会招来痴迷稻城的驴子洪水一般的责骂,但我有照片为证,谁的旅行目的地会是一个建筑工地?旅途中,我路过了很多建筑工地。所以,当我见到稻城的街头趴着一台挖土机的时候,我瞬间想到的就是这个庞然大物不是在建设稻城,而是在埋葬稻城。

路口的东南角,有一幢三层的黄色小楼,那就是江湖上有点名气的"亚丁人社区"。楼

左边树后的那一幢三层的小楼,就是江湖上颇有名气的亚丁人社区。但稻城街头的庞然大物似乎是来埋葬稻城的。

顶上加盖了一层，怎么看都是违章建筑：一层接待，二、三层住宿，"违章建筑"是大家喝茶聊天的地方。由于加了这么一层，亚丁人社区居然成了全稻城最高的建筑物。大家坐着喝茶的时候，多少还会产生俯瞰苍生的优越感。

有一点我疑惑不解，直到我离开，始终没人向我收过茶钱。

还是来聊聊雪狼子。因为喝茶没花钱，我对他的好感只增不减。

雪狼子是亚丁人社区的掌门，形象符合自古以来官府缉拿江湖侠客的种种描述。他的头发像蒿草一样乱蓬蓬，脸上似乎永远积了一层尘土，显得干巴巴，又像要裂开。他走起路来随风摇摆，像是时刻准备着逃之夭夭。我从没见到他正眼看过人，他似乎更习惯用余光来观察一切。雪狼子说话最让我受不了，气若游丝，声音低得像苍蝇抖动翅膀，也许只有内功深厚的高手才能听出他声若洪钟。

当时，我和雪狼子没什么交情，其实现在还是没有多大交情，平淡得就像白开水。旅行开始前，我从当当买了两套《剑桥少儿百科全书》寄给雪狼子，让他转交给傍河小学。书里有很多彩图，从动物到机械，我猜孩子肯定喜欢。雪狼子告诉我书都收到了，先在社区存着。雪狼子没有忽悠我，后来还真在稻城开了一家雪域阳光图书馆，免费对小学生开放。雪狼子从帮助城里的小资白领用自虐的手段治愈抑郁症转向更崇高的人文主义关怀，境界上升了一大截，使人刮目相看。我不由得把这个亦庄亦邪的侠盗形象与位卑未敢忘忧国的仁人志士联系到了一起。

我住在社区的一间多人间里。价格很便宜，二十五块一张床。恰逢国庆，服务

稻城河静静地从稻城城外流过。我固执地认为，这样宜人的田园风光不该出现在高原，这会让人丧失斗志。

员请示雪狼子是否也将我的床铺涨到四十块，雪狼子很讲义气地摆摆手，令我觉得享受VIP待遇并不非得花大价钱。我至今保留着亚丁人社区的住宿收据。我喜欢收藏旅行中的各种票据，它们总是在过去了很久以后还能提醒我曾经有过的美好时光，一切仿佛就是在昨天。

我最近一直在想自己是否会重返稻城。雪狼子建起了新的亚丁人社区，我看过照片，烛光摇曳，很诱人。听雪狼子讲，这些年来稻城像丽江一样发生了很多艳情故事。有的女孩大胆而不失浪漫，半夜还为意中人留门，情节就像好看的电影一样。这些故事离经叛道，却总令人神往。

我有时候会感叹，苦行僧的时代已经一去不复返了。大家从四面八方兴冲冲地来到传说中的香格里拉，其实都是为了寻欢作乐。

////// 亚　丁

01

自打离开兰州，关山迢递，我来到稻城。稻城不是旅行的终点，亚丁也不是。我的终点是永宁。永宁在云南，泸沽湖边。从亚丁，我要翻越一百多公里山路方能到达。

这一年的旅行，我似乎格外关注体能，而不是沿途风景。这让我在旅行结束后的反思中心情并不轻松，因为许多绝世风景和我擦肩而过。不管我多么振振有词，还是难掩失落。反思促使我放弃逞强好胜的幼稚做法，学会了在以后的旅行中更多关注自然和人。

我没有像其他慕名前来稻城的游客那样去亚丁转山。亚丁的仙乃日、央迈勇和夏诺多吉雪山非比寻常，给雪山取名的是藏传佛教的教主莲花生大师。大师用在佛教密乘中分别代表观音、文殊和金刚菩萨的统一称谓"三怙主"来为雪山开光加持。据佛教典籍记载，三怙主雪山在二十四个世界佛教圣地中位居第十一，排名第一的是五台山。

据说转三怙主雪山三次，可以抵消屠杀八条性命的罪恶。当地的土匪似乎都患有人格分裂症，他们一边杀人越货，一边转山赎罪。在长长的转山队伍中，忠奸难辨，善恶不分，但雪山承载了所有人共同的心理追求。

我对三怙主雪山没有表示出足够的敬畏和尊重，试图按逆时针方向抄近路赶往卡斯村。行色匆匆中，我只是抬眼望见观音菩萨的背影。这让我立刻受到了寓言般的惩罚。我在四川和云南交界的茫茫大山里丢失了身份证件、银行卡和现金，我几乎不得不靠沿村乞讨才走出大山。这样的意外事件干扰了我的旅行心态，我把原因联想成神的嗔怒。但在事后我更愿意把这样的惩罚当作是善意的提醒。容后再禀。

离开稻城出发去亚丁的那个早晨，天很黑。我钻出亚丁人社区下落到一半的卷帘门，往车站走去。车站外的小饭馆已经是灯火通明，人头攒动。门口堆着小山似的背囊。我径直来到昨晚光顾的那家饭馆，老板娘给我做了一大碗醪糟粉子，并把预订的煮鸡蛋和饼子塞进了我的包里。来到车上，全是游客，他们成群结队，只有我形影相吊。亚丁距离稻城一百多公里，路况差强人意。到龙龙坝的时候，已是正午了。大家一下车，立足未稳，就被向导包围了。我使劲挤出人群，调整好呼吸，向冲古寺走去。

从龙龙坝到冲古寺，大约四公里，海拔从三千七百米上升到四千米。此时此刻，背囊仿佛千钧重担压在肩上。冲古寺早已被毁，只剩下残垣断壁。我跟老乡打听去卡斯村的捷径。老乡手指西方，跟我说："前面有一片树林，你可能找不到路。你给二十块钱，我来带路。"

一个人体力不支的时候，意志也变得脆弱。我答应了老乡，重新上路，我的背囊转移到了老乡肩上。我空身行走，紧赶慢赶，才勉强跟上向导。经过一个岔路口，老乡问我去不去看珍珠海。我摇了摇头。我没有多余的体力分配给珍珠海。我见过一张珍珠海的照片，水面不大，波澜不兴，却仿佛深不可测，把仙乃日挺拔身躯的完整倒影揽入怀中。

当一条不算狭窄的土石路出现在视线里，老乡停住脚步。"好了，你沿着这条路一直走，就到垭口了。"

老乡带我走的这段路，比我想象得要长。我把向导费如数付给老乡，并从包里拿出鸡蛋和饼子，邀请他跟我分享。老乡咬了一口饼子，开心得像个孩子般笑了，举着手里的饼子跟我说："甜的！"

02

我孑然独行在大山里，根本就没有心思来摆弄照相机。不是风景不够美，而是疲劳使我身心涣散。如果有一天，你跟我一样，行走在海拔超过四千米的高度，肩上扛着二十五公斤重的大背包，你肯定不会没事找事，打乱行走的节奏，去进行子虚乌有的艺术创作。我只在卸下包袱休息的时候，才会随意地拍些小品。

我越来越觉得我的旅行其实就是一场高强度的拉练，沿途美景算是对我的犒赏。旅途中和我有一面之缘的人，仿佛都被赋予了某种使命感，为我指点迷津，是我长征的引路人。所以，当我在路边的灌木丛中见到一个小男孩儿时，我没有惊讶地张大嘴，更没有暗问自己小家伙从何而来。他像一阵风一样吹到我的跟前。他不会说汉语，拍拍自己的胸脯，然后指向前方。

小家伙带着我没走多远，视线里出现了一间低矮的牛棚。所有亚丁的转山地图里都没有提及这间牛棚，看来我走的真的是非比寻常路。小家伙把我引进屋子，光线的强烈反差顿时让我眼

在旅途中，背囊是我的伙伴。当我把它从双肩转移到地上的时候，它跟我一样，直立不倒。

前发黑，等了好一会儿，我才看清牛棚里的情形。这是小男孩儿和他爷爷夏天放牧时的栖息场所，所有的生活用品摆放得杂乱无序，我猜那是因为没有女人的缘故。屋子里最能传递现代工业信息的是一只电子壁钟和手电筒。壁钟被搁在墙体一块突出的石头上。我下意识地看了看腕上的手表，时间居然分秒不差。语言的隔阂使这样的邂逅流于平淡，喝茶成了唯一的内容。我再次掏出原本给自己预备的鸡蛋和饼子，我知道如此平常的食物对他们来说肯定稀罕。当我准备道谢离去的时候，一转身望见了仙乃日雪山。她近在咫尺，仿佛正立在门口等候老爷爷请她进屋喝茶呢。一瞬间的视觉冲击使我觉得牛棚变成神的居所。

等我钻出牛棚，小家伙执意在前面带路。看着他灵活的身影，我猜他应该十岁出头。藏地的孩子由于营养不良，身体普遍发育缓慢，身高完全不和年龄成正比。他咧嘴笑的时候，露出罗纳尔多招牌式的一对兔牙，特别可爱。走到平缓的路面，我会和小家伙并肩走着，把手搭在他肩上。两个人分别用各自的母语说着只有自己才能听懂的话。但这丝毫不妨碍我们的友谊。我多少有点黯然神伤。小家伙本该有很多一起嬉戏的小伙伴，可他却与世隔绝地生活在高山之巅，孤独寂寞，只能对着一个陌生的过路人述说自己的童年生涯。

我低头看了看手表，已经是下午四点钟，尽管依旧烈日当头，但寒风刺骨。这个时候，我已经能看见海拔超过四千五百米的垭口了。顺时针转山的香客翻过这个垭口，就可以在完全天黑之前赶到龙龙坝。对我来讲，这是去往卡斯村需要翻越的唯一制高点。

风中有铃铛声传来，我屏气凝神才能望见有马队从山坡上缓缓下行，像极了神仙下凡。这里空气洁净，能见度极好，我看得要比寻常远很多。

当我和小男孩儿来到山坡下的时候，马队正在原地休息。那是一帮来自广州和重庆的驴子，雇了向导和骡子转山。他们见到我步履沉重地迎面走来，开始鼓掌，大声喊道："加油，哥们儿，加油！"

事后我想，如果山谷里没有响起这些掌声和喊声，我可能不会在万念俱灰的跟跄之间鼓起余勇，向垭口发起最后冲击。人再强壮无畏，也需要有人擂鼓助阵。我为此深信不疑。

我没有允许小家伙跟我一起翻越垭口，而是劝他跟马队返回牛棚。我拿出十块钱给他。我知道这是一个错误的选择,但我的行李里面实在没有多余不用的东西可以相赠。在那样的情形下,只有钱显得多余。驴子们见状也纷纷解囊,凑出一大袋吃的,交给了他。

我迄今不知道小男孩儿的名字,但这无关紧要。如果有人碰巧读了拙作,也碰巧去做相同的旅行,我猜可能还会在那个不知名的牛棚遇见这对祖孙。

只是,孩子应该长大了许多吧。

03

垭口不仅羁绊了旅人的脚步,也阻挡了阳光。东面的山坡被阴影笼罩,寒风凌厉,像是要彻底摧毁我的意志,把我击倒在山坡上。我不得不沿之字形吃力爬坡。为了对付不断袭来的绝望,我任自己的思绪信马由缰。我甚至觉得可笑,自己费力做的事情好像不是为了上天堂,而是下地狱。好在这样的心情在登上垭口的刹那随着恶劣天气一起风吹云散了。

站在垭口西望,树静风止,山野沐浴在柔和的霞光里,远处山冈的牛棚上,炊烟正袅袅升起。祥和的气氛不仅温暖了我寒冷的身体,还抚平了我颓丧的情绪。我从包里掏出照相机,记录下垭口的模样。看照片,垭口像村口,一点也不令人生畏,更无法联想到它那拒人门外的逼人气势。

几乎是在登上垭口的同时,我听到了狗吠声,声音遥远却极具穿透力。我无法捕捉到狗的影子,安全起见,就把打狗棒拿出来,缠在腰间,随时准备打狗自卫。狗情并没有破坏我的高涨情绪,我几乎是一路跑下山,把垭口甩在了身后。

我和那条藏獒狭路相逢,是在先闻其声的一个小时以后,地点是一间牛棚。如我所愿,藏獒被牛筋绳牢牢地绑在了树上,让我性命无忧。我必须承认,面露惧色之前,我首先心生的是敬意。仅仅凭着自己的敏锐嗅觉,它就让不速之客在一箭之遥不寒而栗。我站在牛棚前,没敢用正眼打量这家伙,直到在一阵紧似一阵的狂吠声中,从牛棚里钻出一个人来。

这个叫斯朗道丁的小伙子冲藏獒喊了一嗓子。藏獒乖乖地闭上嘴巴,伏在地上不出声了。直到分手,它再也没有充满敌意地冲我嚷过。晚上,我在牛棚旁边露营。

浓浓的夜色里，月亮被密密匝匝的云层挡住，伸手不见五指，我唯一能看见的是藏獒那对绿眼珠。它那凶狠的目光，在任何时候想起来都令人惊悚，却意外地给我带来安全感。因为我知道，离我的帐篷不远，趴着一个靠得住的家伙。

斯朗二十多岁，特腼腆，没有传说中康巴汉子英俊飘逸的外表和豪放不羁的性格。他长着一对可爱的眯缝眼，一头天然的卷发就像山顶飘过的云朵。他在这片夏季草场放养着二十多头牦牛，那可是斯朗家一笔不小的财产。斯朗全家就住在我要去的卡斯村。

他把我让进牛棚，把他的奶奶介绍给我。我很幸运，斯朗念过小学，文化程度不低，会说不少汉语。他说奶奶不放心他独自放牧就上山来照料他的生活。奶奶穿着传统的藏服，却始终戴着一顶旧军帽。奶奶跟她的孙子嘀咕了两句，斯朗像个称职的翻译一样，认真地把奶奶的话转告了我。

"奶奶说她一整天都在等她的儿子上山，没想到把你等来了。"

我心头一热，眼角泛湿，却不知道如何表达我的感激之情。我努力使自己绽放出真诚的笑容，对奶奶说："您就把我当儿子好了！"

奶奶捡起一块牛粪饼，塞进火塘，抬头朝我调皮地笑了笑。

斯朗劝我晚上住在牛棚里。牛棚里除了他和奶奶，还有两头小牛犊，空间很小。我拍了拍我的行李，对斯朗说："我带了帐篷，可以睡在外面，看看星星。"

那晚我并没有看到星星，半夜里小雨不期而至。但这并没有令我失望。斯朗的录音机早就没电了，容中尔甲不再唱着跑调的歌谣。

这是一个令人难忘的夜晚，纯粹而深厚。雨滴穿过悠长的夜空打在帐篷上，发出噗噗的声音，大山沉寂一片。

04

对我来说，露营，实属不得已而为之，毕竟在一寸方圆的帐篷外面，时刻酝酿着不测风云。如果我把这样的野外生活描绘成吟风咏月，席地幕天，就不很真实。浪漫难掩艰辛，幸福源自苦难。好在我的运气始终跟我不离不弃。每当我钻出帐篷，见到的不是月白风清，就是云蒸霞蔚。

奶奶还真把我当成儿子了。夜半雨急的时候,斯朗大声问我要不要搬进牛棚睡,他说:"奶奶担心你呢。"

奶奶那与生俱来的母爱还远不止这些。翌日清晨,奶奶和斯朗的谈话声把我唤醒。我索性起身,钻出帐篷。雨已停了,云雾笼罩山头。奶奶和斯朗这天要从夏季牧场迁往山下的冬季牧场,所以早起商议搬迁的细节。昨晚祖孙俩谈到很晚,似乎还没有一个满意的方案。

吃完糌粑后,斯朗和奶奶就分头去挤牛奶。放牛是为了挤牛奶,然后分离出酥油,最终卖掉挣钱。我有幸见证了这种古老的产业模式。奶奶用她的茶缸从奶桶里舀出一缸子牛奶,递给我。我没有辜负奶奶的好意,仰起脖子一饮而尽。牛奶依旧带着牦牛的体温,浓稠得像奶油,口感香甜。后来有人提醒我这样的牛奶没有经过消毒,不符合卫生标准。我听了这样矫情的话很不耐烦,就忍不住自毁形象,脱口骂娘。这些牦牛生活在海拔四千多米的地方,远离工业污染。消他妈什么毒啊!

打那以后,我对牛奶的认识发生了根本性的改变。我不再怀疑牛奶公司往我们喝的牛奶里掺水,而是深信他们在水里掺牛奶。

斯朗接下来的工作就是把新鲜的牦牛奶加工成酥油。夏季的牦牛奶能够提炼出

其实当晚我是被邀请睡在牛棚里,但里面除了祖孙俩,还有两头小牛,我实在找不到足够的地方让自己躺下。

金黄色的酥油，那是一年里品质最好的酥油，在市场上价格也高。在以前，做酥油是女人的工作。她们先把牛奶加热煮熟，冷却后倒入酥油桶，然后用特制的木柄上下来回抽打。据说这样的场面很热闹，夸张的形体动作，配上悠扬的歌谣，极具观赏性。牛奶在酥油桶里经过数百次的抽打，油水分离，把浮在上面的黄色脂肪灌进羊皮囊，冷却了就是酥油。

在牛奶分离器越来越普及的今天，只有偏远的牧区还在使用这种古老的方法。斯朗当然不会为我再现传说中迷人的歌舞场面。他安静地坐在地上，摇动牛奶分离器的手柄，酥油就从那一头流了出来。整个过程不再耗费很多时间，却单调枯燥，令人感到乏味。

接近中午的时候，斯朗和奶奶把本来就不多的家当往马背上一驮，赶上二十多头牦牛，浩浩荡荡地往山下开拔了。

下山途中，斯朗像只灵活的猿猴前后跑着，照看着他的牦牛。我背包走在奶奶的身后。从她坚实的步伐里我丝毫看不出她患有腿疾。昨晚我把给自己预备的狗皮膏药送给了奶奶，是治跌打损伤的，估计对风湿性关节炎也管点用。奶奶牵着那条人见人怵的藏獒。这家伙显然已经把我当成了自己人，都不抬眼瞧我，这帮助我重新获得了与畜生和平相处的信心。

我们的迁移就像是坐电梯，从顶层下到一层，费时很短，垂直距离却超过了两千米。冬季牧场没有大片的草甸，更像是一片丛林。丛林深处有一间跟山上相似的牛棚。斯朗推倒挡在门口的石块，一股腐朽气息扑鼻而来。这间牛棚在江湖上有点名气，叫卡斯牛棚。几乎所有的亚丁转山地图上都有标注。

三人合力把牛棚收拾停当，开始生火煮茶。有脚步声由远及近，我告诉斯朗有人来了，斯朗开心却又羞涩地说："是我老婆到了。"

那是一个模样俊俏的女孩，斯文得看上去更像是希望小学里的老师。她脚穿解放胶鞋，跟奶奶一样戴着顶军帽。我又好奇又恍惚，仿佛忘记了所处的年代。斯朗的老婆一样很腼腆，我始终看不清帽檐底下那双扑簌美丽的眼睛。她显然很不适应我这个陌生人在场，拉着丈夫小声嘀咕半天，我猜是打听来者何人。

喝完茶，我起身告辞。斯朗拉住我，让我记下他阿爸的名字，之后指指我的照相机说："你去找我阿爸，让他看看我和奶奶的照片。他是乡里的护林员。"

地狱谷远没有名字那样恐怖,林间溪流潺潺,草木青翠,阳光穿过缝隙投射到地面。徒步其间,心情和脚步一样轻快。

斯朗抢过我的背包扛在肩上,把我送到地狱谷的入口,告诉我沿着溪流边的小路走,穿过森林,天黑前就能到达卡斯村了。

走出很远,我回头还能看见奶奶站在牛棚前不停地朝我张望。

05

稗官野史赋予了地狱谷不同的传说。一个版本说,地狱谷是居住在雪山上的神仙们惩治恶魔的地方。每当月黑风高时,山谷里回荡着的哀鸣嚎叫让人不寒而栗。另一个版本说,这里是审判台,人死后,在此审判后才能决定来世去向。

如果没有佛教典籍上的记载,地狱谷只会以卡斯峡谷的名字被人熟识。佛教典籍上说，我们生活的世界有八处存放肉身的地方，称之为寒林，是人类从凡界升入天堂的必由之路。地狱谷就是其中之一。于是穿越峡谷被赋予了轮回重生的宗教寓意。

当我一头扎进地狱谷，并不觉得阴森恐怖，但也没有惊世骇俗的美丽让我匍匐跪拜。在我眼里，地狱谷既不是地狱，也不是天堂。它也许更像是一座被神仙抛弃了的花园，凌乱，荒芜，没人打扫。所谓的原始森林其实多为碗口粗的杉树和青冈树。青冈树上挂满了被当地人称作树须的松萝，在风中摇摆，这倒是像极了神话故事中那些冤屈的魂灵在哀号。

地狱谷全长十二公里，我花了三个小时就钻出了峡谷。斯朗告诉过我，本地村民走地狱谷，一般耗时也在三个小时左右。由于我是负重穿越，就觉得特牛逼。但这样的狂奔导致心余力拙。我在途中休息，屈身解缚背囊，不料失去重心被拽倒在地，挣扎着才转身爬起来。后来看到背囊的防雨罩上千疮百孔，却怎么也记不得是被树枝剐破，还是被山石蹭破的。

当我从地狱谷的狭窄出口挤身而出，发现卡斯村竟然是如此的美丽和妖娆。这让我相信天堂和地狱其实只是一步之遥。站在谷口的钙化岩石上，我像现场唯一的观众，目不转睛地看着夕阳像舞台上的射灯一样照亮整个村落。绛红色的藏式土掌房仿佛是神仙眷侣的宫殿，令人迷恋。

我找到斯朗的家。他的阿爸大次仁多吉显然比斯朗更具社会经验，对不速之客戒心重重。就算我反复念叨他儿子的名字，他依旧一脸茫然。起初，我对村民的这种态度大惑不解：我形单影只，初来乍到，惴惴不安的应该是我这个冒失鬼啊！可是，村民的冷漠和戒备让我不可免俗地联想到民族隙怨。我很快意识到自己错了，他们中的很多人也许一辈子都没有跟陌生人说话的机会，意外相逢促使他们只能用古老传统的思维方式来判断来者善恶。

当大次仁多吉看到照相机的显示屏上出现他儿子的慈厚笑容，神态终于松弛下来，笑容可掬地把我请上二楼，在火塘边落座。沟通有时候很难，有时候却很容易，旅行中的亲身体验证明了这一点。

我没有打算在斯朗家过夜，就索性问大次仁多吉是否能用摩托车带我去东义。没有料到的是，这位林业局的护林员神情局促地告诉我不会骑摩托车。院子里的那辆摩托车是斯朗的代步工具，但他还是设法说服了邻居代劳。为了避免小隙生祸，我们事先谈好了价钱。一百块钱，对于三十六公里的路程来说，看似贵得离谱，但已经是我最划算的选择了，除非我愿意沿着东义河谷徒步前往。比摩托车贵的是拖拉机。卡斯村的拖拉机仿佛不是用于耕地，而是被当作全天候的越野工具来"伺候"驴子的。很多驴子不介意坐拖拉机旅行，只是一路上颠簸使屁股备受蹂躏。

我们出发的时候已经是晚上七点多了，邻居说天黑准到。路很差。遇到滑坡，两人合力才能把摩托车推过去。有时候，他轻车驶过土堆，我在后面徒步跟着。我一点都不担心他会弃我而去，不然他回去没法跟护林员交代。抵达东义的时候，已是九点，天确实黑了。当邻居转眼消失在夜色里的时候，我既担心，又内疚。

我至少应该请他吃碗面条。

///// 东　义

直到我离开东义，也没看清东义的模样。东义是稻城的一个区，有学校和医院。听说有的村民病了，得拖着病体走一天的山路来看病，这样反而加重了病情。但是大家千万别把东义想成多大的地方，也就是一个小村庄。旅途中经过这样的村庄，意味着我能吃上一顿饱饭，晚上可以睡在床上。在东义这家无名旅馆里，我居然还洗上了热水澡，感觉很爽。

旅馆的院子可能是东义最大的一块平地。我一进院子就看到空地上支着彩色的帐篷，帐篷的主人们正在涮火锅，听口音是北京人。我很纳闷，为什么到了旅馆还要在水泥地上露营？

老板是汉族人，待人很诚恳。见我深夜住店，就赶紧让媳妇下厨房给我做了一大碗肉丝面。旅馆的食堂像是一间教室，让我怀疑这个院子以前可能是校舍。我吃饭的时候，老板一家就坐在旁边看电视。见我狼吞虎咽完了以后，老板问我去哪。

"永宁。"

永宁是一个乡，在云南境内。乡里有一个湖，叫泸沽湖。无数人向往泸沽湖，我也不例外。

"我需要一名向导。"我接着说。

老板面露难色，他告诉我最近驴子多，向导都出门了。不过他答应去村里找找。

等我洗完澡，老板找的向导已经在等我了。

向导的名字叫阿姆嘎，是个普通话说得很好的藏族小伙。他美滋滋地告诉我曾经跟着别人去永宁买马，但还从来没有当过向导。阿姆嘎的坦诚反而让我心凉了半截。我把老板拉到一边，低声说："没有向导就算了，别像抓壮丁那样糊弄我，弄不好两人都丢了。"

"兄弟，我保证没有问题，你尽管放心吧。"老板信誓旦旦。

我突然变得暴躁起来，像是心中有多大的积怨。我对无辜的阿姆嘎喊道："你一点经验也没有，不能也收八百。"

八百是当时的标准报价：一名向导，一匹骡子，加上六天的行程。老板和阿姆嘎并没有狮子大开口，漫天要价。他们面面相觑，不知我为何失态。其实，我也不知道自己为什么突然翻脸，他们的言辞举动并没有冒犯我。过了很久我才明白，我也许是在宣泄悲观的情绪。我抵触与人同行，尤其是前进的方向和快慢都要听命于别人，这与我天马行空的自由主张格格不入。当我意识到别无他选的时候，就用不可一世的愤怒掩盖了胆怯。

阿姆嘎的想法很单纯，就是带路赚钱。但他也许被我的色厉内荏吓着了，就减了两百块钱，但再三声明骡子只驮行李，不能骑行。

旅馆老板再次站了出来说："如果他对你不好，你打电话告诉我，我以后就不找他当向导了。"

一场暴风骤雨过后，东义的夜空又重归安静。阿姆嘎回家去了。他说儿子正在发烧，他有点不放心。临走前他到房间来跟我道别，从他脸上看不到委屈或抱怨，他让我放心，明天一早准到。

我一头倒在床上，刚才的争执仿佛耗尽了我最后的体力。我迷迷糊糊入睡的时候，听到屋外那几个北京哥们儿还在喝酒、聊天。接着，话音远去，只剩下哗哗的水声。那是东义河从我的梦里流过。

///// 东义—永宁

01

我醒来的时候,昨晚的不快已经无影无踪,我甚至怀疑那一幕是否真的发生过。我想我是太累了。

院子里很安静,帐篷里的人还在沉睡。涮火锅的桌子没来得及收拾,盘杯狼藉。在清晨看到这景象总会让我心生厌烦。

老板一家早就起床了,在院子里生起了炉子蒸馒头。老板掀开锅盖,朝我招手,说:"一会儿你带上几个,路上吃。"

向导还没有来。老板说他会过来吃早饭。我来到院外东义唯一的街上,土路两旁是些低矮的瓦房。我能看见房子后面的山坡,空隙间种上了玉米。我看不见东义河,但能听到河水声。我想起了大渡河,它使两岸满目疮痍——一想起大渡河,我就有点泄气,返身回了院子。

我喝粥的时候听到了铃铛声,在清晨这样的铃铛分外悦耳。我的向导到了,像一支马帮那样。

在阿姆嘎身上,我再次体会到了藏族对骡马的手足情谊。他那瘦弱的肩膀上扛着出远门的所有行李,还背着马鞍。骡子很悠闲,东张西望,打着响鼻。

阿姆嘎似乎也忘了昨晚的龃龉,从我的盘子里抓起一个馒头往嘴里塞,笑嘻嘻的一屁股坐在我对面,动作快得我都没看清他咽下了几个馒头。但他给骡子上马鞍的时候动作很温柔,特别小心,生怕弄疼了他的宝贝。他先在骡背上搭上一条毛毯,再摞马鞍,最后把我俩的行李绑在鞍子两侧。弄完后,他抬起头看我,似乎在说咱们出发吧。

此时,云开雾散,我看到层层叠叠的青山把我包围。我不是第一次看到这么多山,却是第一次要靠自己的双腿走出这么多山。向导决定着我的命运。我对他心无芥蒂,却始终缺乏足够的信任。两人貌合神离,却结伴而行,这让我觉得自己是在冒险,因为这显然是一个缺乏合作精神的团队。似乎,一开始就注定了这不是一次一帆风顺的旅行。

我再看看自己，一身装束好像是在城里闲逛。宽松的短裤和圆领汗衫，外加一双耐克全能训练鞋，都不是起码的专业装备。如果我这样打扮去参加户外俱乐部的活动，人家一准不带我玩。

据说政府曾经打算在东义和永宁之间修一条简易公路，还派了工程师勘探测量。不知道为何公路始终没有建成，估计是受困于自然条件，在经济上也得不偿失。我在地图上量过，两地的直线距离超过一百公里。这样的测算对徒步旅行不具备任何实际意义，反而会起误导作用。山路不仅弯曲，而且升降，俗称"看山跑死马"。

阿姆嘎停下脚步回身看我。我一直走在他的身后，因为拍照耽误工夫。我小跑了两步赶上去。向导抬起胳膊，指了指山坡上的房子，告诉我那是他的家。房子修得很漂亮，石头码得整齐坚固，看上去像堡垒。传统中也凸现工业文明，我指着安装在室外的卫星天线问阿姆嘎能收几个台。

"能看中央台。"阿姆嘎除了在狭小的河谷里种点庄稼以外，出门不多，打发时间就靠看电视和打麻将。

"你的汉语是从电视里学的吧？"

"对啊，我小时候没上过学。"

我突然想起阿姆嘎感冒发烧的儿子，就让阿姆嘎把我的背囊从骡子身上解下来。我带了白加黑。我把一整盒都给了他，学着广告里的口气说："记住了，白天吃白片，晚上吃黑片。"我觉得白加黑真正做到了以人为本。在这样一个偏远的地方，认识汉字的村民凤毛麟角。但听到如此形象的广告语过后谁还会吃错药呢！我没忘叮嘱他小孩只吃半粒。

阿姆嘎显然没想到昨晚跟他锱铢必较的人现在却慷慨解囊，有点不知所措。我敦促他赶紧把药送回家，他这才恍然大悟地拔腿往山上跑。

02

算了，我不打算用文字再现行走的艰辛。我折磨了我的双腿，不想再为难我的双手。体力的付出，是为了看到不寻常的风景。絮絮叨叨不会为我赢得同情，反而招人厌烦。

还是说说有意思的事情吧。

我们到达色苦村之前，要跨过东义河上的一座木桥。当我在东义河右岸的高坡上望见这座木桥的时候，就像见到传说中的珍宝一样兴奋。我只在书里读到过这样的桥，却从来没有亲眼见过。

这样的木桥有个特别形象的名字，叫伸臂桥，也叫悬臂桥。

藏族世居于高原，过着原始的游牧生活。那里江河密布，为了迁移方便，他们很早就学会了架设桥梁。当年松赞干布迁都拉萨，在途中修建过带有桥墩的木桥。

最早的伸臂桥据说出现在公元七世纪。因为伸臂桥与寺庙梁柱的斗拱结构几乎完全一致，人们普遍认为先有寺庙后有桥。我承认自己多少轻视过藏族人民的智慧。他们不仅会念经，也基本掌握高中物理知识，不费一铜一铁，就地取材，运用力量传递的原理造出了结构独特的伸臂桥。

确定造桥地点后，工匠们先在两岸各建一个桥墩。桥墩是用整根原木，横竖交替架设，中间用石块填实。当桥墩砌到一定高度时，就在桥墩中安置原木作为桥身，逐层向河中伸展。每层间横向安置原木，这些原木的两端凿有穿孔，用木榫固定，使伸臂变得牢靠，同时在桥墩的所有空隙中继续填充石块。最后河两岸的伸臂上搭上木板，人畜就可以通行了。这样的木板往往是活动的，没有被固定在伸臂的原木上，无非是为了防备土匪的骚扰。白天有村民把守桥头，夜里抽掉木板就可以安枕无忧了。

十九世纪，英国工程师戴维斯在西藏见到伸臂桥，如获至宝。回国后，他在爱丁堡附近的河面上，也修建了一座伸臂桥，洋鬼子在上面跑火车。

伸臂桥肯定算活着的古董了，因为我没有再遇见第二座。这些桥建于明清年间，现存的多半位于穷山恶水中间，交通不便，外人罕至，所以也没有确切的统计。西藏的寺庙不停地拆拆建建，而伸臂桥没有政治和宗教背景，因为实用而保留了下来。这些无言的木桥才真正见证过藏地的风云变迁，世事沧桑。

我对桥的好感由来已久。我的童年时代在苏州度过。苏州有很多岁月久远的桥，但同样被岁月湮没。我喜欢桥，它使人的交流变得像走在坦途上一样容易。

我对伸臂桥的了解全部来自于阅读。在这一点上，阿姆嘎并不比我知道得更多。我炫耀般讲述着桥的传说，多少令阿姆嘎觉得如果我手里牵头骡子的话，肯定比谁都胜任向导这项工作。

我们没在桥头过多停留。阿姆嘎告诉我他在色苦村有个朋友，我们去她家喝茶。

最先发现村里来了新人的是那些无所事事的狗。它们呼朋唤友，在村头把我团团包围，里三层，外三层，水泄不通。我对它们的数量表示惊讶，我试图清点一下，但在数到三十的时候，因为队形散乱而无法继续下去，只得作罢。但这样的场面有惊无险。在藏地旅行，需要警惕提防的是那些被拴住的狗。拴住不是担心走失，而是它们时刻表现出来的攻击性令人心惊胆战。在村里大摇大摆、自由活动的狗，脾气都温顺得像小媳妇。它们围观我，是因为好奇。我往前走，它们就像水纹一样散开了。

但我还是遇到了恶犬。在独木梯下，我就听到二楼传来凶狠的犬吠声。这一次，阿姆嘎和我都没敢贸然靠近。这是一只毛发黑得发亮的小藏獒，个头只到我的膝盖，长着一对锋利的牙齿。它被拴在了门口。女主人出来把狗挡在身后，我们才安然进屋。

03

色苦村属于俄亚纳西乡。有人说这是以讹传讹，理由是据说当年元兵南下时到过东义河谷，有士兵留了下来，才有了色苦村，所以有村民自称是蒙古人的后裔。

藏地有很多传说真假难辨，不全可靠。

公元1239年，蒙古军队从甘肃和青海出发，前往西藏，轻而易举打到拉萨附近的热振寺，杀人无数。在武力威胁下，萨迦班智达·贡噶坚赞被迫挺身而出，远赴凉州与成吉思汗的皇子阔端谈判——凉州就是甘肃的武威。谈判的结果是西藏归顺蒙古，西藏僧俗由萨迦派管理。蒙古军队再也没有对西藏进行大规模的军事讨伐，西藏维持了原状。

从蒙藏关系的历史来看，我相信擅长马背作战的元兵根本没有到过东义河谷。就算是有小股部队迷路误入，他们又不是叛军，没有理由选择山栖谷隐。

政府把色苦村划入纳西族，是因为东义河谷自古以来就和云南丽江关系密切。丽江的木土司在明朝时期非常强大，占领并管辖巴塘、理塘、稻城、德钦和中甸等地。由此看来，土司的军队和当地的村民结合，形成了现在的俄亚纳西乡。

阿姆嘎告诉我他的朋友是纳西族，这至少表明了当地人对自己的身份认同。其实，在这样一条狭窄的河谷里，居住着藏族、汉族、白族和纳西族，但大家不约而同地移性从俗，随了纳西族。

"那你们之间说什么话呢？"

其实这个问题很业余。很多世居藏地的纳西族不仅生活方式藏化，而且普遍使用藏语，纳西语反而被遗忘了。只有外人猎奇才费劲打听这些问题。在阿姆嘎和他的朋友眼里，村子之间的距离虽然不近，但他们都是乡亲，谁也不在乎种族或者归属。

我很快就发现我的向导跟这位纳西女子关系不同寻常，两人几乎没有寒暄，好像彼此心照不宣。阿姆嘎一进门说的那两句话多半是在介绍他的主顾。女人一言不发，甚至没有认真地瞧过我。我说她没瞧我，是因为我一直在瞧她。屋里很暗，她戴了一顶军帽，双眼始终处在阴影当中，也许她已经仔细打量过我很多遍也说不定。反正我在明处，她在暗处，我有点吃亏。她开始为我们打酥油茶。

我和阿姆嘎坐在地板上，我很想就势后仰躺下，可在犹抱琵琶半遮面的美人跟前，我多累都得装矜持。

进门以后，我的向导几乎就没和我说过话。他跟女人说话，女人则是闭月羞花，颔首不语。我捅了捅阿姆嘎，小声问道："她是不是你的安达？"

"安达"在当地是走婚的意思。阿姆嘎肯定没想到我能提出如此石破天惊的问题，有点不知所措。他看着我，没有出声。

"是你上她这来，还是她上你那？你们离得多远啊。"我见他没否认，就接着问他。

阿姆嘎见我咄咄逼人，只好如实相告。但我的过度好奇使阿姆嘎警惕起来，他显然意识到自己的隐私权正在受到侵犯，就撇下我转身跟女人嘀咕去了。

安达是一种临时的性关系，夜合晨离。这里，我们道貌岸然地讨论一夜情的社会危害性，那里，露水夫妻却成了遥远部落的古老传统。安达一般发生在月上树梢之时，女人打着火把，沿独木梯爬上二楼，进入相好的房间。两人不仅做爱，有时候还谈些风花雪月或者乡村趣闻什么的。早晨鸡一叫，女人就撤退。

安达的故事很有趣，但我识趣，缄口不提了。

我一碗接着一碗地喝酥油茶。我又渴又累,心想,哪怕现在有个安达看上我,我肯定也是徒有虚表,力不从心,最后被村姑撩起一脚,踢下独木梯。

Oh My God.

04

我把钱包丢了。

我一直在犹豫是否应该说说我的糗事。

妻 Jen 至今觉得这样的事情发生在我身上实在太荒唐。在她眼里,我做什么都心思缜密,毫不慌乱,一切尽在掌握。但糗事终究还是发生了,这对我的打击很大,不是因为破财,而是自信心严重受挫。有一段时间 Jen 没少丢东西,在我面前战战兢兢的,就怕我训她。自从我失足酿成千古恨以后,她咸鱼翻身,如释重负,说出来的话令人错以为她有多大的仇要报。

"真没想到你也有这一天啊!"

我是在一片小树林休息的时候发现钱包不见了,里面有身份证、银行卡和八百块现金。

回想起来,沿途遇到的村民温厚淳朴,肯定不会滋生偷盗邪念。途中,阿姆嘎曾经向我示好,破例让我骑了一会儿骡子。我敢肯定就是我在骡背上前仰后合的时候,钱包被顶出兜外,滚下山坡。事情发生得一点也不蹊跷,疲劳使我的身体对外界的反应变得麻木和迟钝。

盘缠尽失令我沮丧,对阿姆嘎来说更是煎熬。他的主顾破产了,向导费要泡汤了。这使他忧心忡忡,进退两难。

还是让我把这个窘迫的经历讲得再详细一点。

早晨出发前,在东义的旅馆房间里,我就琢磨过怎么安置我的"身外之物"。我有两种选择,要么放进背囊,要么放进口袋。最后我决定随身携带,因为我知道骡子驮着背囊,途中时常会从我的视线里消失。我承认自己曾经用最坏的恶意来推测阿姆嘎,好像他盘算要把我席卷一空,就索性把钱包插在后兜里,幼稚地觉得这样最保险。

世事难料。我猜忌别人的时候，真正的危机就已经朝我逼近。我肯定在某一时刻心智变得愚钝起来，偏见借机蒙蔽了我的双眼。在这样的旅行中，最没用的是钱，最需要的是信任。我为此付出了代价。虽然代价不算惨痛，却足够我反省。

　　两天后，在永宁那家脏兮兮的小旅馆里，我跟阿姆嘎告别。那一刻，我的心里五味杂陈，我多给了钱，却依然觉得欠他很多。

　　这天下午，离开色苦村后，一路上我和阿姆嘎很少交谈。我俩一前一后，默默地盘旋在崎岖山路上。有时候他真的会从我的视线里消失，但骡子脖子上挂着的铃铛始终空谷传音，不绝于耳。大山的风景很单调，山的前方依然是山。毒辣辣的阳光更像是一名帮凶，不仅掏空了我的体力，还掏空了我的口袋。

　　我原本可以挨到永宁找到补救方法后，再实言相告。但我难掩失落的情绪，就把真相告诉了向导。阿姆嘎起初没有当真，以为我开玩笑，后来相信了，比我还着急。他趁着天没黑，跑回去找钱包。我支起帐篷，原地宿营。

　　天就像心情，很快暗了下来。山里的夜有一种特殊的神秘感，乌黑、压抑，仿佛是天神的黑斗篷罩在山头，真正的伸手不见五指。阿姆嘎还没有回来，我开始为他担忧。临走前，我把自己的头灯塞给了他，不然我无法想象他如何像幽灵一样穿越黑暗回到小树林来。

　　夜色暗得看不清楚远近高低，一点萤火虫般微弱的光线逐渐亮起来，我猜如果那不是阿姆嘎，就是山鬼。我扯开嗓子，运足了气喊道："啊——嘞——"

　　有喊声传回来。没错，就是阿姆嘎。

　　他转瞬就到了跟前，却没有带回好消息。我看不清他的神情，我猜他肯定也心灰意冷。

　　两个人都累了。阿姆嘎把铺盖卷从骡背上解了下来，往地上一扔，躺下就睡。鼾声响起来之前，他似乎同时在对我和骡子说话。他抱怨我太大意，影响了他的计划，骡子也没有草料吃，晚上要挨饿了。

　　翌日天刚亮，我醒来发现阿姆嘎愁容满面地躺在地上抽烟，问我怎么办。

　　昨晚我独自留守小树林的时候就已经想好了应对方案，这样的方案似乎更像是考验向导的职业道德。我和颜悦色地对阿姆嘎说："我们有两个选择，要么往回走，要么往前走。往回走没有意义，就算是回到东义，我照样没钱给你；往前走，到了手机有信号的地方,我就可以给朋友们打电话求援了。"

说服阿姆嘎继续前行很费口舌。他的想法是最糟糕的一种选择。他说:"我不要钱了,我现在就回东义。"

接下来的谈话多少有点假正经,我开始像政委一样做起思想工作来。我不断地鼓励阿姆嘎尝试有生以来的最大一次冒险,我甚至把这样的冒险跟个人命运结合起来。

阿姆嘎可能从喇嘛的嘴里也听过类似的心灵鸡汤,决定继续送我去永宁。他从地上拔出一簇乱草,使劲地扔下山沟。"好,我就赌一把。如果这次白跑,那也是我的命。"阿姆嘎大部分时间就是这么可爱。

其实他大可不必灰心丧气,更没必要患得患失。我的背囊里有很多价值不菲的玩意儿,比如数码相机。在当年,索尼F707价值逾万,神气极了,曾在甘南引发驴友们艳羡的呼声,满足过我不名一文的虚荣。我告诉阿姆嘎:"要是我真没弄到钱,这个就归你,你用它换两千块钱绝对没有问题。"

阿姆嘎将信将疑。但此后一路上,他像看管犯人一样盯着我的照相机,怕它也不翼而飞了。

05

我身无分文,不是在没钱不行的城里,而是在有钱没用的山里。

我很无辜,却有点幸灾乐祸。这让我怀疑自己是否一直在期待祸从天降,然后依靠傍身薄技,一路乞讨,最后轰轰烈烈地走出大山,从此名扬天下。

我很清楚,每向前走一步,阿姆嘎反悔的可能性就减弱一分。担心很快就显得多余,阿姆嘎虽然还在为向导费犯愁,但已经绝口不提打道回府了。

抵达哈地村,已是午后。进村的路很陡,布满砂石和马粪。阿姆嘎在哈地村没有熟人。村口邂逅的一位年轻人把我们带回家,淘米做起饭来。小伙子不善言辞,但手脚麻利。他的阿妈却不怎么讨人喜欢,自从我们进屋,就絮叨个没完。我问阿姆嘎她都说了些什么,阿姆嘎露出不屑的神色,对我直摇头。

有时候,语言不通反而是件好事。就算近在咫尺,哪怕飞短流长,我也可以身处静音世界,对一切置若罔闻。我索性躺倒在了地板上。这一刻,我对睡觉的渴望比吃饭更强烈。我躺着一动不动,就像具尸体,招来了无数苍蝇。它们把我的胳膊当成了机场跑道,纷纷降落,睁眼望过去,差点以为自己胳膊上长满了黑压压的汗毛。但我实在太累了,懒得动弹一下来赶走这些"飞将军",迷迷糊糊地想,你们爱在哪儿待着就在哪儿待着吧……

阿姆嘎叫醒我的时候,香喷喷的白米饭已经摆在眼前。菜只有一盘,辣椒炒土豆。饭后,阿姆嘎掏出二十块钱给了小伙子的阿妈。我和阿姆嘎早就说好了,一路上都由我请客,但是由他来付账。

天开始下小雨。阿姆嘎坐在门口抽烟,见四周没有别人,就愤愤不平地说:"你看见了吧,菜里连肉都没有,吃肉还要加钱。"

"怪不得我扒拉了半天没见到肉的影子,还以为你趁我睡觉全给吃了呢。"

阿姆嘎像是没有听见,他把烟头用力弹出,轻轻地骂了一句:"妈的,这个村的人太坏了。"

我没有反驳,阿姆嘎说的或许有道理。藏族人家倾其所有来款待客人,可这里的村民没有理会古老的传统。村民久居大山,对外面的世界完全不了解。我猜是那些小资情结浓厚的驴子在潜移默化之间改造了村民原本清澈的价值观念。他们从羞于谈钱到只谈钱,思想凸现出时代的烙印。我毫不费力就能想象出这样的场景:他们经过这些村落,吩咐村民杀鸡宰羊,吃完掏出人民币,边抹嘴边嚷嚷,真便宜,真便宜!于是,价格见涨,后者遭殃。

我们从来就不否定自己,可当有人变得越来越像我们,我们却否定他们。我无意跟我的向导探讨这么深刻的话题。钱终究不算什么,吃饱饭才是压倒一切的硬道理。

当我们再次出发的时候,我感觉体力恢复了很多。两个人依旧是一前一后地走着,像并不认识一样。

雨停了,太阳没有出来。

06

尽管没有吃到肉,可米饭下肚,一样化成力气。整个下午,太阳也始终没有再露脸。这是一个适合徒步旅行的下午。面对似乎永远也走不出去的大山，我突然变得雄心万丈。

阿姆嘎见我跟他形影相随，就开始以行家的口气点评我："你爬山不错，但是下山不行。"他来了兴致，就给我示范独门的下山动作。他并不像探险手册里描述的那样，下坡时鞋底要完全贴着地面。阿姆嘎像只羚羊，按之字形跳跃着就下到平地上。在他眼里，那些教条肯定显得可笑。他穿着一双解放胶鞋，以自己感到最舒服的方式行走。我学不会阿姆嘎的绝技，与生俱来的本事，怎能轻易为外人学会？

下到河岸，拐过山角的时候，河床变窄，一座铁索桥连接两岸。阿姆嘎高兴地告诉我："甲区到了。明天翻过垭口，就到永宁了。"

桥头有一老汉，呆呆地坐着。阿姆嘎让我先走，他要向老汉问路。一路上，阿姆嘎逢人就问路，实在不让人放心。

一想到明天就到永宁了，朋友会驰援送钱，我顿时感觉有了依靠。我缓缓地向山腰上的甲区村走去，像是在北京的郊区散步那样，心情放松。村外有一片橘林，沉甸甸的果实在枝头颤动，勾起嘴里的唾液汹涌澎湃。果园外的矮墙下坐着一位纳西族装束的年轻女人。我停住脚步，问她："这是你家的果园吗？"

女人像是听明白了，点头算是回答。

"给我摘两个橘子吧，我渴得厉害。"如果我有钱，我会买，但现在只能要。

女人嗖地蹿上墙，摘了两个大的递给我。我谢她的时候，她始终没有张嘴说话，只抿嘴笑。

我在村口等向导，始终不见影子，就不耐烦地先进了村。不料村民们见了我，纷纷侧身靠边站立。有几条狗冲我叫唤，但没有像往常那样把我围住。我很纳闷，我的模样可怕得像土匪吗？后来我在香格里拉的照相馆里拍过一张照片，是为了去派出所开证明用的，谁见了那张照片都说我像逃犯。

村子里有个小卖部，老板是个女人，看上去不算太年轻。她的房子很漂亮，二楼宽大的平台正对山谷。她一点都不怕我，还冲我笑。我提出借宿的要求，女人却使劲摇头，说不行。路过的村民告诉我："她男人不在，她不敢留下你。"

阿姆嘎赶了上来，在小卖部花两块钱买了一瓶青稞酒。我喝了一口，特别辣，像是过期的醪糟。任凭我和阿姆嘎轮流趋前套瓷，女人始终不允。最后，还是一位

从亚丁徒步前往永宁的途中,最辛苦的不是爬山,而是没完没了的山带给你喘不过气来的压抑。回头望见来时的路,我的心中没有丝毫的解脱。

路过的男子把我们从窘境中解救出来，带我们回他家，还管饭。我打听价钱，他爽快地说："你们给我阿妈二十块钱，算是饭钱，住不要钱。"

遇到这样慷慨大义的村民，我都有点喜出望外。阿姆嘎看上去也很满意。跟中午经过的哈地村相比，甲区村俨然就是文明模范村。

晚上我们喝到了肉汤，一切都是那么美好。我能想象到的幸福生活都不如一碗肉汤更具有说服力。

村里没有通电。我和主人蹲在屋顶聊天的时候，看到零星的烛火摇曳闪烁，我产生一种怪异的念头，好像烛火不是用来照明，而是在提醒我们黑暗中生命的存在。

男主人三十多岁，谈吐不俗，表示出他经过世面。他说自己在丽江开古董店，回村淘货。他很仗义，把自己的房间腾出来给我睡。单身男人的房间在传说中是走婚的欢乐窝。我静静地躺在床上，半梦半醒，似乎是在期待独木梯响起令人心跳的脚步声。

///// 永　宁

看到泸沽湖的那一幕令人难忘。

在川滇边界的垭口，阿姆嘎指着脚下说："这就是永宁。"

黄昏时分，山下田野村庄几乎都沉浸在温馨宜人的暮色里。雨后的泸沽湖，静若处子，空中一条彩虹若隐若现。她必定是得到了神灵的恩宠，霞光穿透云层，把湖面照亮。在这一抹迷人的夕照中，我的快乐和泸沽湖一样，光芒四射。

良辰美景，转瞬即逝，我恰好在现场。

我出神地站在高山之巅，望着脚下的一切在云雾迷蒙中悄然隐去。后来，我在网上搜寻过泸沽湖的照片，没有找到符合当时情景的照片。我相信自己的感悟与众不同。别人也许没有我的高度，也许没有我的运气；在艰辛过后，我的补偿独一无二。只是这一切，最终留在了我的心里，而不是我的相机里。

我把江达县城外的村庄叫作小鸟天堂。田间大地虬枝盘曲，绿茵匝地，泉水汩汩流过。孩子们像小鸟一样在其间玩耍。

在夕阳里爬上玛旁雍错旁边的山头是一件极其享受的事情，你不但可以俯视旷世奇美的圣湖，而且可以在山头与那些嘛呢石和牛角为伴，静静地品味旅行的意义。

甘孜城外的雅砻江河谷,江上有索桥,桥索上挂满经幡。彼岸的雪山、树林、草甸,疑似天堂;少女们在此野餐,不时传来悠远的歌声,疑似天籁,疑似梵音。

古格的早晨，散发出一种摄人心魄的惨烈之美。几百年前的战火灰飞烟灭，自由的钟声却似乎仍在空中回荡。

手机终于有信号了。我打通了 Jen 的电话。听罢原委，她在那边笑出了声。当我和向导走在永宁街头的时候，Jen 来电话告诉我小和已经从香格里拉出发了。

小和大名和征文，纳西族。我们相识的那年，中甸改名香格里拉。

Jen 说小和听完我的遭遇后，只回了一句话："我回家取点钱就上路。"那个时候，已经晚上七点了。香格里拉距离永宁六百公里。这是一次危险的旅行，我至今都十分感激这位纳西兄弟的侠义之举。

阿姆嘎从往来的电话里觉察到钱有了着落，没等我解释就兴奋地邀请我饭后去歌厅耍，他神秘兮兮地告诉我："那里有'那个'。"

我们找了一家小旅馆，十块钱一晚。旅馆房间里充斥着烟草等各种令人不快的味道，过道里飘来阵阵厕所的臭味。我已经不在乎这些，因为等不到天亮小和就肯定把我接走了。

饭后，向导把我带到旅馆对面的一家小歌厅。歌厅里布置简陋，灯光昏暗，有两个衣着暴露的年轻女子坐在靠门的位置。她们肯定就是令阿姆嘎心猿意马的"那个"。我看不清她们的脸蛋，但身材绝对差强人意。我附在阿姆嘎的耳边告诉他："你耍吧。老规矩，我请客，你埋单。"

阿姆嘎犹豫片刻，答应了。

"我就坐在马路边吹吹风，你尽管耍。"我指了指他从屋里能看到我的地方。我心里清楚，哪怕我只是在他的视线里消失片刻，阿姆嘎都会产生我赖账逃跑的念头。

夜晚的永宁没有传说中的迷人，昏暗的光线从几盏孤独的窗户里漏出来。在以前，永宁的夜晚可不这样单调无趣。每当夜幕降临，永宁的田野阡陌或者乡村小道，男人的身影像幽灵一样闪过。无论漫天星斗或风雪交加，他们都会孜孜不倦地去情人家幽会。现在，男人们不再去爬独木梯了，而是跑到歌厅把女人搂进怀中，销魂蚀骨，照样天亮才归。

想起走婚，我回味起下山途中的一幕。两个摩梭女子拦下阿姆嘎，却对我指指点点。阿姆嘎问我："你愿不愿意跟她们走？"

"那你呢？"

"她们不喜欢我，她们喜欢你的长头发。"

我摇了摇头，一半算回答，一半像是炫耀我的长发。

小和的电话打断了我的遐想，说他已经过了丽江。

阿姆嘎摇摇晃晃从歌厅里出来了，手里抓着啤酒瓶子。他挨着我坐下，醉意朦胧地说："我还是不大放心，你要是跑了，我就找不到你了。"

我拍了拍他的肩膀："我不是在这里嘛，要跑早跑了。"

阿姆嘎生活在大山里，尽管向往外面的世界，却始终怀有本能的恐惧。这是他两天来犹豫彷徨的最根本原因。我突然好奇地问他："如果以后再遇到这样的情况，你会怎么办？"

"我不知道。"

"那你也要把人送到目的地。能这么折磨自己的游客，多半像我这样，坏不到哪里去。"

阿姆嘎笑了，说："好，我答应你。"

"嗨！对面的女孩儿怎么样？"我改了话题。这样一个风情的地方，只适合谈风月，而不是风云。

阿姆嘎望着歌厅，琢磨了半天，憋出这样一句话："肉挺滑的。"

///// 香格里拉

手机响了，是小和，说他到了。我从窗户望出去，一辆捷达停在路边。我看了一眼手表，午夜两点。

阿姆嘎在沉睡。望着他蜷缩的身体，我的恻隐之心油然而生。这两天他内心焦虑，却故作轻松。刚才他注视我整理行李，一言不发，沉默得令人绝望。我把背囊靠在床头，和衣躺下，那样子肯定像假寐，为的是伺机逃跑。

我推醒阿姆嘎，让他跟我下楼取钱，然后拎起背囊出了房间，来到捷达旁边。小和笑眯眯地看着我，伸出大拇指："你真够厉害的，没钱还乱跑。"说罢，递给我一沓钱。

等了好一会儿,不见阿姆嘎的身影。我回去找他,发现他呆呆地坐在楼梯上。我叫他,他一脸麻木。诺言兑现的时刻,阿姆嘎却完全迷失了。我把一千块钱塞在他的手里,他依旧是目光呆滞。我使劲拍了拍他的脸,叮嘱他说:"阿姆嘎,我要走了,你把钱藏好,别乱耍,早点回家。"

我转身离开。阿姆嘎始终没有苏醒过来。直到今天,我还在揣测他早晨醒来时发现手里攥着一沓钱的情形。我相信从此以后,阿姆嘎成了一名值得托付的好向导。我常常试图让自己相信,一个人变得卑劣,是因为在当初遭遇了不恰当的经历。

小和完全不像刚跑完长途的司机,他掉转车头,连夜回香格里拉。

如果不是亲眼看见,我想象不出小和等同于出生入死的行车经历。山路弯道多,沟壑深;雨后山洪暴发,淹没了部分路面,让人难辨深浅。但在小和眼里,这些实在算不上什么。当年他也是开一辆捷达,带着我和 Jen 从丽江前往香格里拉。我俩坐在后排。路上小和常常回头跟我们说话,车速还丝毫不减。我和 Jen 心惊胆战,他却谈笑风生。两地相距两百公里左右,小和说路上哪里有坑他都门清。

小和后来成了我们的朋友。坐进捷达后,我就没有再为前程担忧。

我们一路疾驰,但我们并不是山谷里唯一醒着的人。穿过幽静的落水村,前方道路旁出现了几个人影,每个人手里都举着火把。借着火光,我们能看清路中央横

狼毒花是美丽的,却是致命的。当游人兴高采烈地在花丛中按下快门的时候,他们可能永远都不会想到,花败后,草原将被戈壁沙漠吞噬。

山野，天地，高原，湖泊，如诗如画。但在这里，风景已经不再重要了，一路上的见闻感人、撼人，已经令我终生难忘。

着一根原木。小和放慢速度，告诉我这些是彝族人，他们经常在道路上设置障碍，强行索要钱财。江湖上盛传的土匪其实就是指这样的乡民。

小和转过头来，神情严肃地问我："你打架行不行？"

我愣了一下，没想到旅途中还要承担剿匪的重任。我相信小和，既然狭路相逢，只有打打杀杀才像江湖。

"没怎么打过，但力气还成。"我在身高上占优势，至少可以震慑身体瘦小的乡民。

"我在座位底下藏了根铁棍，我们见机行事。"

转眼间，车已经到了原木跟前。小和乐了。原木挡住了大部分路面，却留下了一截。小和机灵地来回打方向盘，捷达就像蛇蝎摆尾一样绕过了障碍。我庆幸躲过一劫，松开了攥紧的拳头。

晨光熹微，倦意袭来。小和把车停在路边，两个人很快就睡着了。

到香格里拉已经是当天的下午了。城外狼毒花怒放，游人如织。小和停车让我照相。

我突然感觉被一种神秘力量击垮了，无声无息。

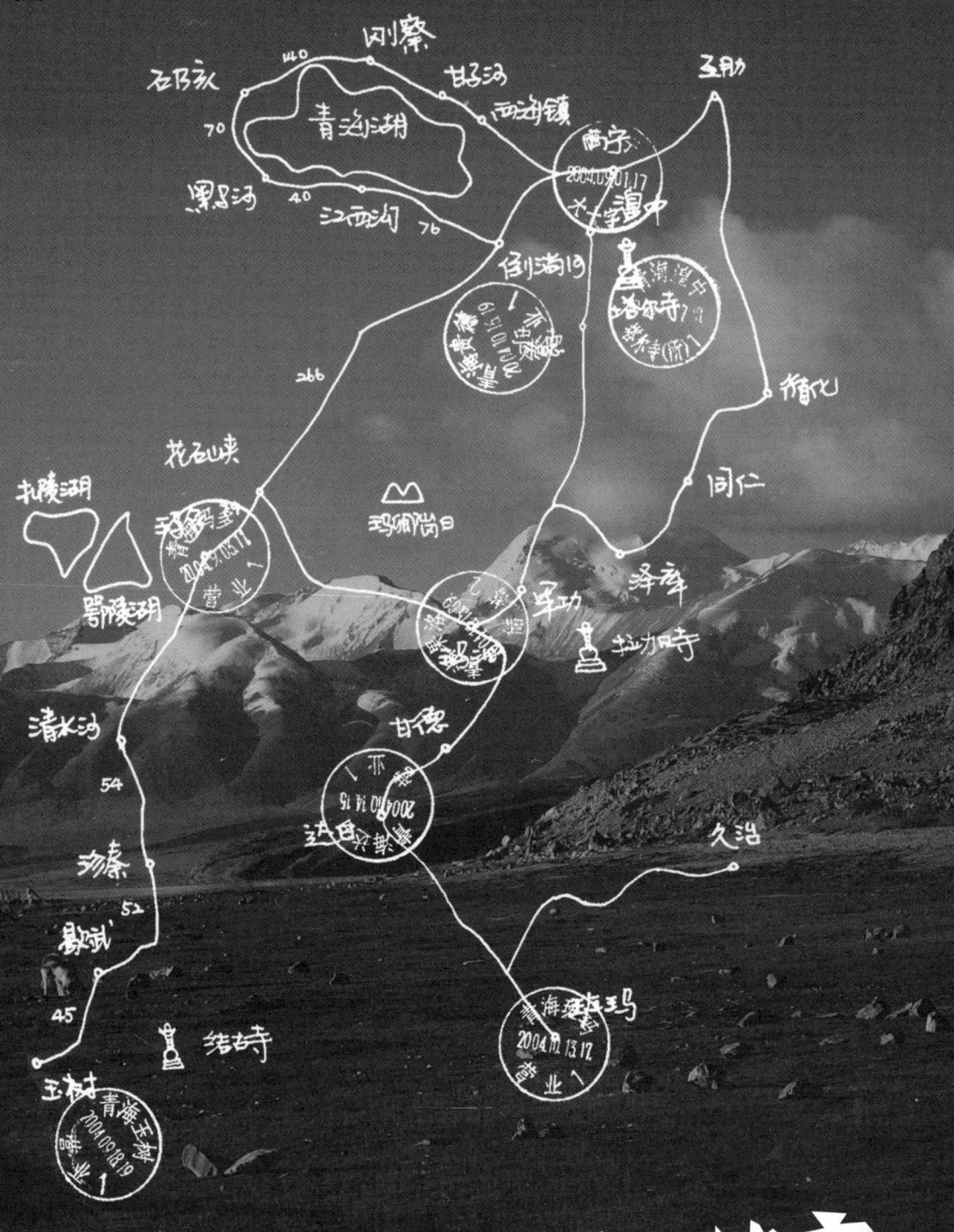

在那遥远的地方
Once Upon A Time In The West

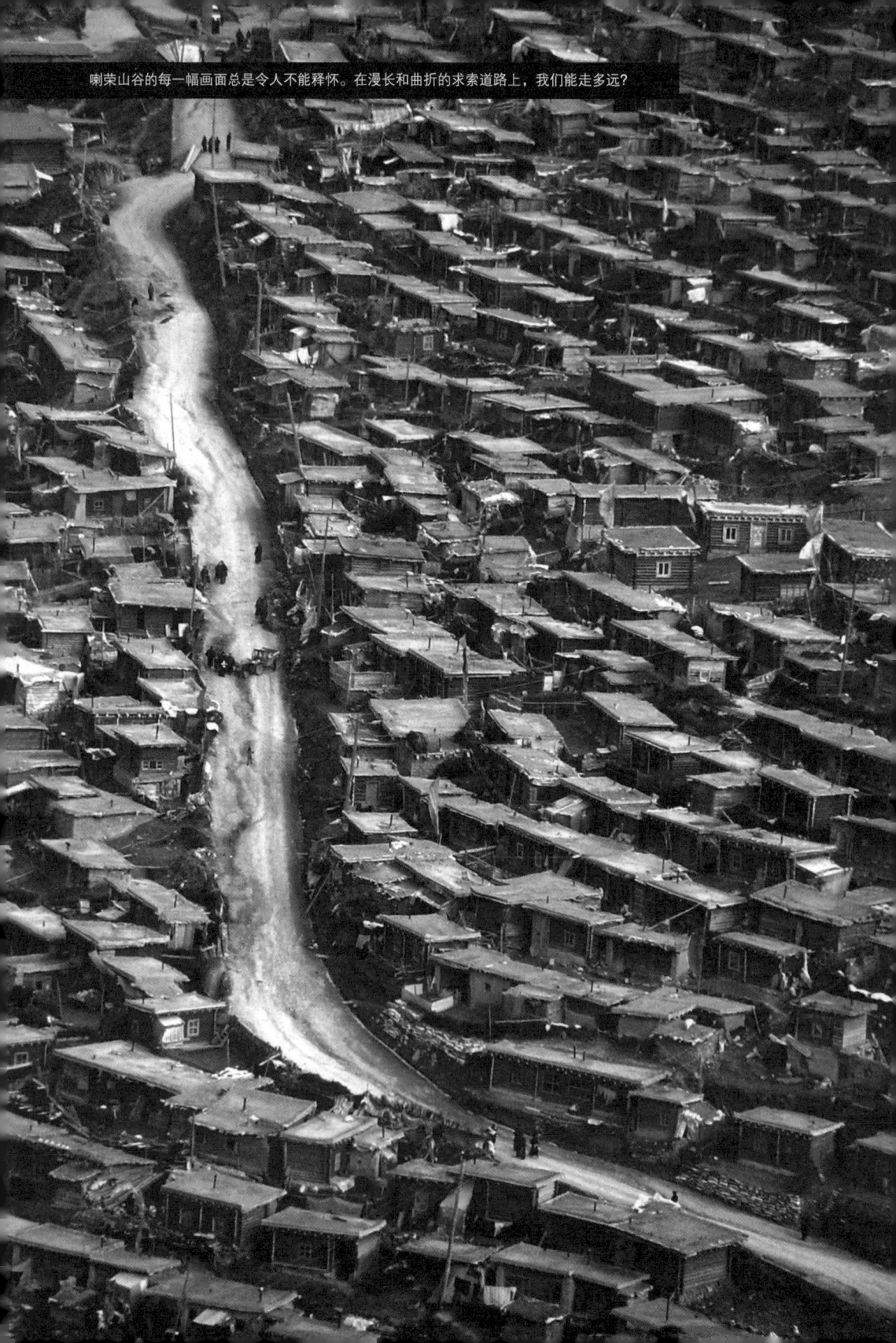

喇荣山谷的每一幅画面总是令人不能释怀。在漫长和曲折的求索道路上，我们能走多远？

///// 西　宁

在西宁汽车站，送我的老罗把一条洁白的哈达戴在了我的脖子上。这很像宗教仪式，简单却依然隆重，神圣而不失温暖。我心中一热，眼泪差点夺眶而出。再坚强的人也有脆弱的时候，只是脆弱静静躺在了心底的某个地方，平时不轻易钻出来。

我想起三天前离开北京，Jen 请了假，送我到西客站。她注视我从后备厢里拿出背囊，没有说话，接着转身回到车上，踩踩油门很快消失在北京街头纷乱的车流里。我知道她的内心并不像她的表情那样平静。她没有反对过我的旅行，她担心的是从此以后只能看到我的背影。

她或许指望旅行能改变我。旅行也确实改变了我，让我越走越远。

我清楚地记得自己像幽灵一般穿过西客站狭长、灰暗甚至肮脏的地下通道，步履沉重和机械。来往的人流在我眼中也变成了毫无意义的符号。对开始的旅行，我期待并准备了一年，还把这次旅行命名为"在那遥远的地方"。我没有料到，出发的心情不是兴奋，而是迷茫，还有惆怅。

我从车里朝老罗挥挥手，示意他回去。我不喜欢送行，送行的调子太悲凉，就像万里无云的天空。

原定十一点出发的班车被拖延了一个小时才蹒跚上路。迟到的乘客根本就不着急，司机也不着急，我更不着急，我早已学会了在旅途中如何使自己保持神闲气定。这是旅行的节奏，需要调整的不是这样的节奏，而是我们的心态。班车开往八百公里外的玉树，我要在半途的玛多岔口下车，然后走到三公里外的玛查理镇。

班车往城外驶去，出塞的感觉油然而生。我在心里默念，旅行开始了。

高原的秋天总比低海拔地区来得早一些，庄稼却成熟得晚。西宁城外的青稞金灿灿的，等着收割。经过充足的日晒和雨水的滋润，肥沃的草原色彩斑斓，像画家手里的调色板。车窗外诗画般的景色很容易使人忘却自己是旅行在令人生畏的海拔高度上。

班车上多为返乡的藏族人，还有一些去玉树做买卖的撒拉族人。我的邻座是个藏族人，长得黑黢黢的，特结实。在忠奸难辨的今天，他显示出靠得住的安全感。在漫长的旅途中，与陌生人交谈是排遣寂寞的好办法。我们很快就熟络起来。

这位老兄叫罗成林，看到我对他汉化的名字露出疑惑的神情，他补充说他的藏族名字是罗松成林。朋友们觉得喊着别扭，就省略了一字；时间久了，连身份证上登记的大名也索性变成了罗成林。罗成林是省医院的大夫，回玉树探望媳妇。

车过共和县，停下来吃饭。罗成林和我都不觉得饿。可罗成林执意要请我吃碗粉汤。粉汤其实就是羊杂粉条汤，味道鲜美。喝粉汤的时候，也吃饼子，方法有点像西安的羊肉泡馍。都说不饿的我俩，粉汤喝得很干净，饼子都剩下了。上车前，罗成林让伙计把我的水壶灌满了茶水。由于大意，我喝完水后没有拧紧瓶盖，就把水壶塞在身后。等我发现渗水的时候，座位已经变成了水池，我的裤子从屁股往下湿了半条。接下来的旅途里，罗成林对我的屁股放心不下。他很严肃地告诉我，到玛多会结冰的。

老罗曾经跟我说过，去玛多的人会有强烈的高原反应，因为玛多的平均海拔超过四千五百米。我还没到玛多，玛多就已经被传说得如同魔界一般令人生畏。看来，到玛多后，我不能只顾头不顾尾，也不能只顾尾不顾头，别头尾都不保。

从车窗望出去，已经没有树木了，景色单调压抑。所以，当一个海子映入眼帘，车里的气氛顿时热烈起来。这海子是如此的神秘，没有乘客知道它的名字。后来我查阅了地图，才知道这个海子名叫豆错。这是一个美好得给人无限遐想的名字。它那瓦蓝瓦蓝的湖水里肯定藏着令人难忘的故事。

太阳慢慢地西沉，天边挂满了彤云，途中不时见到野生的黄羊。黄羊迈着优雅的步伐，不紧不慢地走在公路的中央。司机没有鸣笛，慢慢地跟在后面。乘客全都前弓着身体兴趣盎然地注视着这些极具舞蹈家气质的家伙们。

///// 玛多岔口

到玛多岔口已经是夜里十点多了。空中飘着毛毛细雨，路边的房子淹没在夜色里，只有挂在门口的灯泡发出昏黄的光晕。我没想到玛多岔口会跟江南的小镇一样温润安逸。在黑得无边的夜里旅行，任何一盏灯都是你的期待。

我请罗成林在一家撒拉族人的馆子里吃了面片。他还要不停地走八个小时，才能抵达终点玉树结古镇。罗成林极力反对我在这个时候步行去玛查理镇。他把我带到一家名字叫玉树招待所的旅社，看我住下，才告别离开。

我在海拔四千三百米的路边旅社，断断续续地睡到了天亮。

我一晚上好像都在做梦，哪怕睁开了眼睛，梦还在继续。我觉得自己在梦里走了很远的路，全是高高低低的山路，以致醒来后四肢乏力，动弹不得。《尘埃落定》里麦其土司的傻瓜儿子每天早晨醒来，会问自己两个问题：我在哪里？我是谁？我望着天花板，也问了自己同样的问题。这情形有点可笑，我想起了老罗说过的话：高原反应不仅仅使你头疼，还让你灵魂出壳。这里离天很近，灵魂能听到高处神秘力量的召唤。

还好，灵魂并没有抛弃我的身体。我拍拍脸，还会痛，挣扎着起身，来到屋外。天色阴霾，气温宜人，周围安静得听不到任何声音。走出招待所的院子，映入眼帘的不再是昨晚带给我温暖的小镇模样。玛多岔口和国道边其他食宿点一样，残灯旧屋，空旷荒凉，如同被遗弃的村庄。昨晚的夜色掩盖了令人绝望的景物。这样的地方出现在旅人渴望的目光中，慰藉的是饥饿的肠胃和疲倦的身体。

我在一家四川人开的小馆子里草草用过早饭，背包往三公里以外的玛多县城走去。路是新修的，路面还是黑色的。在当地，这样的路被称为油路。没走多远，有一辆崭新的红十字农村流动医疗车从我身边驶过，无声地停靠在了路边，车门自动打开，一个藏族人探出身来冲我喊道："玛多，玛多。"

////// 玛 多

玛多没有电，也没有水。老罗告诉过我玛多在二十多年前是全国最富有的县。现在只能靠想象，我才能看到昔日的水草丰美，牛羊满山坡。

不会藏语的藏族女作家唯色在她的书里这样描述玛多县城：人迹寥落，门户紧闭，一条窄窄的街道上飘飞着如游魂一般的纸屑、塑料袋。现在我一想起玛多，眼前就会浮现出美国的西部片，大漠空城，烈日当头，危机四伏。我就像牛仔一样，策马闯进了这座神秘的小镇。

城里只有两条路，呈T字形，中心是玛多电影院，这也许是城里最大的建筑物。电影院已经不再放映电影，被商贩租下改成了服装市场。从电影院往东西方向走，路的尽头分别是玛多中学和玛多监狱。学校大门敞开，监狱门户禁闭，相同的是这两个都是教育人的地方。当时，监狱里并没有犯人。

城里的断壁颓垣也许见证过玛多的辉煌时刻，现在却时刻提醒人们玛多已经沦落成省级贫困县。我走过电力局的门口，里面早已是人去楼空。玛多有过两年的通电历史。在城外六十公里，政府修建了一座黄河源水电站，可由于水量不足，早已停止发电了。电线杆孤独地立在街边，在斜阳里与自己的影子为伴。它给大家带来的不是光明，而是对光明的遐想。我无法想象歌谣里宁静的草原之夜，因为夜幕笼罩玛多的时候，全城就会响起一片轰鸣的发电机声。

电影院对面的街角有一家杂货店。店里有一位藏族姑娘，待嫁的年纪，装扮很时尚，说话的声音特柔软。我每天光顾，并不只是为了愉悦自己的心情。店里有自制的酸奶，是姑娘的阿妈亲手做的。我跟姑娘要个板凳，坐在门口，欣赏无人的街景，捕捉晒得发烫的空气里发出细微的爆裂声。就这样，吃了一碗，又来一碗。

县城里没有洗澡的地方，却有两家洗衣店。我想洗洗那条浸泡了茶水的裤子，就送去其中一家。店名很幽默，叫明敏洗衣洗发店。反正都是洗，洗什么反而不重要。可洗条裤子收三块钱，洗个头收十五块钱，立刻分出尊卑优劣来了。我想，在水很珍贵的地方，洗什么都跟洗礼一样，很神圣。

县政府招待所确实是城里最好的住处了。干净的大院子里有几排大瓦房，房间里有炉子和牛粪饼，可爱的服务员每天上午会把一壶开水放在我的门前。在玛多，开水烧到摄氏七十度就开了,不用等凉就可以直接往嘴里倒。我在招待所住了两天,招待所只收了我一天的房钱。我很感激,玛多的主人用最直接的方式表达了那份深厚的待客情谊。

几乎全城的人都知道我想徒步去扎陵湖,这让那些专拉游客的车主们很失望。他们的车是那种老款的北京吉普,都是些从外地倒腾过来的二手车,车牌杂乱。我注意到有一辆"甘E",是甘肃天水的车。旺季的时候,跑一趟牛头碑收五百块;淡季的时候,三百块他们也会乐意跑一趟。牛头碑在扎陵湖和鄂陵湖之间,海拔四千八百米。

杂货店的姑娘疑惑地问过我是否真的要走到扎陵湖去。在她眼里,我肯定是一个疯子。她跟我重复野狼的传说。那是几年前的冬天,一场大雪过后,饿死了很多牲畜,一头野狼跑到公路来觅食,结果被车撞死了。我告诉她我不怕。一是现在的草原已不见群狼踪影,而独狼不会主动袭击人;二是我有打狗棒,挥舞起来凶猛的藏獒也只有落荒而逃。我迈出杂货店的时候,姑娘冲着我的背影说:"明天出发前你过来,我叫阿妈给你做糌粑,带在路上吃。"

////// 扎陵湖乡希望小学

01

清早,不到八点的光景,玛多还在沉睡,全城安静得听不到鼾声。发电机早就停了,那种声嘶力竭的躁动随着黑夜逝去。我推门走到院子当中,抬头望天,丝丝冷雨飘落在脸上。我感觉到寒意袭来。仅仅犹豫了片刻,我决定马上动身。

街上没人,也没有店铺开张。从招待所出门往西走,经过监狱,出了玛查理镇。我离开油路,踏上草原上一条起伏的土路。路口没有任何标志指明方向,但是土路上有拖拉机履带的印子,证明有老乡出没。路边的电线杆上是连接县城和扎陵湖乡的电话线。只要行走的方向不偏离电线杆,我就可以准确无误地走到乡政府。电线杆是我无声的向导。

我一向认为阴天最适合徒步，小雨也无妨。阴天有助于保持体力，小雨可以营造浪漫气氛，而毒辣辣的日头会很快让你耗尽元气。但我还是低估了低温给高原行走带来的风险。我打算每走一小时，休息十分钟。休息的时候，微微出汗的身体感觉凉意。我不得不小心翼翼，因为感冒会是致命的。我缩短了休息时间，继续行走以保持体温。

这个时候，我开始思念被挡在云层后面的太阳，盼着它能在午后现身。我不需要它照亮我的前程，却祈盼它带给我温暖。我不时调整背囊在肩膀上的位置，尽管我知道那样丝毫不会减轻分量。我带了帐篷、防潮垫和睡袋。如果途中没有遇到牧民的帐篷可以借宿，我会在天黑下来之前安营扎寨，嚼两口冷饼子，接着不管不顾地睡到天亮。

雨，断断续续地下。我在迷茫的草原上孑然孤行。天地仿佛被压缩得只剩一个人的高度，我被这感觉憋得喘不过气来。我看不清前方，大山重重叠叠。我怀疑自己会像尘埃像雨滴那样消失得无影无踪，莫名的悲壮就这样无可救药地从心底弥漫上来。在这个离天近离地远的空间，我突然怀念起同类，甚至野狼，他们的气息至少带着体温。靠近了生命的源头，我却不会了呼吸。

走了三个小时，我听到身后传来摩托车的声音。那个我极度厌烦的声音，现

藏地希望小学的孩子们。别看他们个子高高低低，很有可能是一个年级的。

在听起来却不再那么刺耳。我侧身站在路边,摩托车在我面前停了下来。一个穿着迷彩服的藏族人诧异地看着我,用普通话问我去哪儿,我回答扎陵湖。他摇摇头说:"我从来没见过有人走着去。"我抖了抖肩上的背囊,转身想走。他拦住我说:"如果你想去扎陵湖乡,我可以带你去。扎陵湖离扎陵湖乡还有十六公里,我也可以带你去。"

我没有拒绝这样的好意。旅行教会了我随遇而安。看了无数的风景,真正打动我的始终是人。他利索地把我的背囊绑在车上,我坐在后面。瑟瑟风雨中,他把摩托车开得飞快,如履平地。

一个多小时后,被冻得几乎麻木的我终于被这位像极了转业军人的才让加老师领进了扎陵湖乡希望小学。对我来说,那里简直就像家一样温暖。

02

在藏区旅行,我注意到学校往往是周边最气派的房子,扎陵湖乡希望小学也不例外。它和乡政府相邻,都是橘红色的砖房。黄河在这里不过是胯下的小溪流,学龄前的儿童都能一步跨过去。已经成摆设的水电站在学校的东面,将近二百米长的大坝失去了原有的功能,却成了进村的道路。

才让加老师驾着摩托车狂奔,把我冻得直哆嗦。走进教师办公室的时候,我居然步履蹒跚,相信表情也好不到哪儿去。当时我一定很失礼,因为我没有向屋子里的其他老师问好,就直扑屋子中央的炉子。才让加赶紧给我倒了杯热茶,我才缓过劲儿来。

老师们围了过来,我看到了几张友善的面孔。才让加用藏语嘟囔了几句,像是把我介绍给了他的同事。大家围坐在炉子四周,像是开讨论会,气氛和炉子的温度一样热烈起来。这一切都是那样的恍惚。我忽然意识到,陌生人之间的关系可以是这样的简单。大家不论出身,不问来路;在神的注视下,我们称兄道弟。

要通过体态相貌把老师们区别开来是徒劳的。他们的头发黝黑乌亮,肤色因为强光照晒而健康饱满,穿着街上流行的户外衣裳。在玛多县城的杂货店,有人对我脚上的那双嘎蒙特(Garmont)徒步鞋感到好奇,说这双鞋在大武镇卖一百多块钱。

大武是果洛州的州政府所在地。我没有告诉他我这双鞋的价格。现在的藏地，大家披着真伪难辨的外衣，个个像极了登山高手。

尕措老师是副校长，笑的时候眼睛会变得跟门外的黄河一样狭长细小，眼角的皱纹就成了黄河支流。贡却老师俨然西部牛仔，外表堂堂，有挺拔的下巴；跟贡却一样年轻的才让老师柔弱文静，干净利落，像唱戏的；我的带路人才让加老师年纪比他们都大，面目和善，像极了居委会大妈。才让加坐在自己的办公桌后面，笑嘻嘻地看着炉子边的我们，也不插话。

办公室里有一个日本人，这并没有让我惊讶。他叫阿部，长得像动画片里的人物。他自我介绍是东京大学人类学的学生，来青海学习藏语，已经在学校待了一个多月了。我不喜欢日本人，但对义务助教的阿部，我找不出憎恨的理由，也说不出挖苦的语言。

学校的校长是个团结族，我离开的时候他才从内地休完假回来。校长开一辆松花江面的，进了学校就招呼大家帮着卸货，车里装满了土豆和辣椒，它们是老师和学生永远不变的盘中餐。索多老师、尕图老师、东周老师和沙琼老师当时正在上课。到了下午，大家都知道学校里来了新人。孩子们好奇地趴在窗外张望，他们肯定以为我是新来的老师呢。

学校是寄宿制，每个老师也都有一间宿舍。才让加的家在县城，但他周末也很少回去。他说老师都走了，孩子们怎么办。晚上我住在才让加的宿舍。他执意把床让给我，自己打地铺。才让加找出半截蜡烛点上，火苗扑闪扑闪的。我钻进睡袋，望着火苗，回想一天里发生的事情，很快就睡着了。

03

我在扎陵湖乡希望小学的第一个早晨是在孩子们的琅琅读书声中醒来的。孩子们大声背诵藏语中的传统拼读法，声音抑扬顿挫，像牧歌。我能想象得出孩子们捧着书本前仰后合的情形，肯定跟旧时的私塾并无二致。

才让加已经不在宿舍了，门半敞着。天空依旧阴沉，但这丝毫没有影响我的情绪。我的心情平静而满足，懒懒地缩在暖暖的睡袋里，靠在墙上看厚厚的云层挤压山顶,脑子里却还在想着昨晚睡前跟才让加的聊天内容。

学校有一百多名学生,全是牧民的孩子。是乡长开着北京吉普把他们一个一个从草原上"抓"到学校里来的。据说这是干部考核的一项重要指标,孩子们在学校,不用家里掏一分钱。一开始牧民特别不支持自己的孩子弃牧从学,也有孩子觉得读书太辛苦,就偷偷跑回家。每当这样的消息传来,老师们会显得很紧张,一是担心孩子会出意外,二是害怕上级怪罪下来。

一天中午,贡却班上一个叫尖巴的学生不见了,贡却骑上摩托车就冲出了校门。下午再见到贡却,他说这小子没跑,那时候正躲在发电机房睡大觉呢。尖巴是五年级的学生,个子高大,生性腼腆。他负责看管和操作学校最值钱的设备,一台柴油发电机。

学校生活绝对好过帐篷生涯。孩子病了,也是免费治疗。一般的头痛发热,乡里的卫生员就能对付,厉害一点的就送去县医院,学校没钱付,医院也不拒收。到了年底,县财政局就来摆平这一切。

牧民们无法体会念书的作用,却尝到了学校的好处,招生也不那么困难了。我在学校的那几天里,就看到有牧民送自己的孩子来学校。县教育局承诺过,如果生源有保障的话,学校的编制就不会被撤销。

每天七点到八点是早自习,我醒来听到的就是孩子们的朗读声。八点的时候,会有老师从办公室探出头来,对着操场上的孩子们喊:"上课啦!"孩子们就跑去敲钟。钟其实是块铁疙瘩,挂在粗铁丝上,铁丝的两头分别固定在两根齐腰高的木

安谧的扎陵湖静若处子。我在那里永远能看到别人看不到的风景。

桩上。对孩子们来说，敲钟是件十分有趣的事情，所以他们争先恐后地跑去敲这块铁疙瘩。先到的孩子不由分说，抄起地上的铁棍，抡圆了胳膊就敲。金属撞击的声音清脆悦耳，在晨曦还没消退的草原上显得很悠长。孩子们很懂规矩，平常的时候，包括周末，我从没听见过钟声响起。

我起身来到隔壁的食堂，向做饭的阿姐要了点热水，简单把自己洗漱了一下。学校有两个食堂，这间是专为老师设立的食堂。学校还有专门的学生食堂，很宽敞明亮，然而缺少桌椅板凳，天气好的时候，孩子们索性捧着饭碗蹲坐在食堂外的墙边进餐，气氛热烈得很像野餐。才让加除了教数学，还分管学生们的一日三餐。他自豪地跟我说："在学校里，孩子们从来没挨过饿。"有一次，天还完全黑着，我被嘭嘭的敲门声惊醒。原来，学生食堂的白糖用完了，炊事员来找才让加领白糖。才让加在库房也有铺盖卷，炊事员领了白糖走后，他在库房倒头接着睡。

在学校，很多事情被考虑得很周到。学校聘请了保育员，照顾孩子们的起居，负责打扫男女生宿舍，清洗晾晒被褥。学校还雇了一名放牧员，在附近的山坡上放养着三百只羊。每两周宰杀一只羊，解决孩子们的吃肉问题。宰羊不讲技术讲技巧。不料这件事也是由学生来操刀。这个学生不是别人，正是尖巴。我曾经开玩笑地问才让加："如果尖巴真的跑了，学校可能无法正常运转了吧？"

阿姐刚生了个女儿，她干活的时候就把襁褓中的婴儿放在屋角。屋角里还堆着小山般的土豆、洋葱和辣椒。阿姐给我盛了一碗热粥，桌上还有一盘白馒头和一袋榨菜，她示意是为我留的。阿姐不会说汉语，我不会说藏语。我吃饭的时候，她就在一边盯着我看，面带微笑。

04

我来到办公室，办公室很安静，老师正忙着备课，除了尕措跟我打招呼，没人抬眼看我。在老师们的眼里，我也许更像是熟识的邻居，进屋可以直接脱鞋上炕。我也不觉得自己是客人。我跟尕措说想去周围走走，熟悉地形。正在埋头算账的才让加起身指着窗外："喏，出门往西走，有一个盐湖。当年马步芳还派他的军用卡车来我们这里运盐呢。"

马步芳是青海的"土皇帝",曾经扣留十三世达赖喇嘛的转世灵童不放,敲诈西藏地方政府四十万元,最后还是由国民政府出钱摆平此事。盐自古以来就由官府掌管。白花花的盐巴无异于白花花的银子,所以这么一个人迹难至的小盐湖也留下了马步芳的车辙印。

由于下雨,路变得湿滑泥泞,我没能走到湖边。如果是晴天,太阳普照大地,湖边就会结成薄薄的盐层。才让加说学校不用买盐,没了就来湖边撮一口袋,世世代代都用不完。

我爬上学校后面的山坡。山坡上有些残垣断壁,褪了色的风马旗呼呼作响,我猜想很多年前这里是老乡们朝拜天神的地方。从山坡往下望,目光越过学校的屋顶和操场,能看到黄河。虽然是阴天,河水还是透出淡淡的光芒,像鞭梢一样甩向远方,根本没有预想中一条大河该有的澎湃气势。

我回到学校的时候,赶上开饭。小食堂很热闹,除了贡却、才让、阿部和我,还有乡里的两个卫生员。才让加和东周是亲戚,所以才让加平时都在东周家吃饭。大家都有自己的碗,校长没在,我就用他的。有两个年轻漂亮的姑娘作陪,大家显得比以往兴高采烈,具体表现在胃口变得出奇的好。大家抹着嘴巴意犹未尽的时候,那边厢阿姐用勺子敲着锅沿,有点幸灾乐祸地瞧着我们这群饿狼,好像示意说,瞧,没了。

这里的饭菜永远不换样。主食是米饭,菜是土豆炒辣椒。这些饭菜不会招人喜欢,可在这几千米的高原上绝对是美味佳肴,我昨天晚上就狼吞虎咽地吃个没够。饭后大家在各自的碗里倒点开水,晃悠晃悠,就当汤喝了,也不用洗碗。阿部不喜欢喝汤,也懒得洗碗。他吃饭的时候,碗里总有上一顿的米粒。

在我看来,没有比这样一顿饭更让人心满意足的了,因为它让我产生了久违了的饥饿感。喝汤的时候,我又在期待着下一顿,尽管只是一模一样的重复。旅途上的简单食物,往往给我无穷的满足。我填饱了自己的肚子,还尝到了难忘的滋味。

下午回到办公室,尕措迎了上来。他招呼我在炉子边坐下,并把我的水壶灌满茶水。尕措用商量的口气问我是否能给孩子们上汉语课。学校里原本有两位藏族老师教学生汉语,一位调到县里工作,另一位去西宁看病了。做个乡村教师,我很久以前就想过,但从来没敢当真。我很感激尕措和他的同事们,他们不关心细枝末节,也不会用县老爷的口吻盘问一个陌生人的来历。他们所给予的信任完全基于本性的善良，这些善良带给我温暖，也让我温暖之余感到淡淡的哀伤。

"我只读过书，没教过书。"尽管心里跃跃欲试，我还是说出了我的顾虑。

"你行，没问题，你是从北京来的嘛！"尕措似乎有充分的理由相信我。

"好吧，什么时候开始？"

"明天。"

孩子们都会写自己的汉字名字，但更多的时候不是写，而是画出来的。

05

站在讲台上的时候，我多少有点不自在。讲台令我仰视了十几年，神圣而崇高。萨特说过，文学是激情，教书是圣职。我一直以为只有祭司和牧师从事圣职，没想到今天是我站在了离神明最近的地方。

我没等钟声响起就进了四年级的教室。孩子们事先知道由我代课，屏息望着我，

这些都是我教过的学生。翻看照片，也许名字和面孔已经对不上了，但他们的笑脸常常在我眼前晃动。

目光好奇而热烈。尕措和贡却也坐在了教室后面，像是交流教学经验的邻校老师。这让我想起了学生时代经历过的很多次公开课。在那样的公开课上，老师和学生都会分神。老师的讲课带有表演的成分，课堂上被老师叫起来回答问题的也都是班上最好的学生，他们担负着为班级和学校争光的重任。在扎陵湖乡希望小学，我没有那么多的负担，却同样不轻松。阿部怯于进场，就站在窗外，他跟孩子们一样好奇。我打定主意，一定要把迄今为止自己对一个好老师的所有想象和理解表现出来。我一向对自己充满信心。

课本是全国发行的教育部统一教材。我教的课文是《王羲之练字》。在我看来，这样的教材根本不适合藏区的孩子，我在这些牧民子弟的脸上清楚地看到了疑惑和茫然。他们学习的兴趣受挫，就像冷水泼在身上。对于这些特殊的学生来说，识字应该是教学的重点，而不是隐藏在那些方块字后面的深一层含义。与其给他们讲朝代或书法，不如讲草原和牛羊，或者火车和飞机。我不了解他们的藏语课本，也许在藏语课本里有他们熟悉的生活。我有一本《藏文拼音教材》，平常自学用。第一课教的单词里就有茶、羊和山，开门见山描绘了藏区生活的图景，生动而且实用，引人入胜。

在我平生的第一堂课上，我很快做出了取舍。我不要求孩子明白古代到底是多久以前，也不要求他们知道王羲之和王献之究竟是何方神圣。我只想帮助孩子们培养起学习兴趣，消除学习汉语而产生的困惑和畏惧。

互动的办法在很多人看来肯定是雕虫小技，不值一提，但互动消除了彼此间的陌生感，活跃了学习气氛。我把理解能力强的孩子请到讲台上，用青海方言带领全班朗读课文，用自己的理解表述内容。我会坐到这名学生的位子上，鼓励大家用汉语大声向他提问。我还把课文改成剧本，孩子们自由组合，分别扮演王羲之一家三口，最后由同学们评出最佳表演奖。奖品是我在学校旁边的小卖部买的糖果和铅笔。

课堂里开始上演实验小话剧。孩子们看着伙伴的演出，乐不可支，人仰马翻。他们鼓掌，跺脚，拍桌子。尕措也停止了在本子上记录，跟着他的学生们一起大笑。正在隔壁班教数学的东周和沙琼老师也过来探头张望，但没有制止。他们或许同意我的观点，学习本身就应该是一个快乐的过程。

下课的钟声响了，大家都意犹未尽。这时，我竟然发现自己微微气喘。在讲台上,没人可以得意忘形。我做了一次深呼吸,才得以宣布下课。

尕措肯定为自己的正确判断感到高兴,他抓住我问是不是可以多兼几门课。东周也过来请我替他上一堂数学课。我知道自己干得不赖,也许无意间我为老师们也上了一堂课,尽管不够规范,但也算是一种全新的教学体验。兴奋之余,我也意识到这样的方法会延误教学进度。对于学校整体的教学大纲来讲,进度特别重要,就像一列火车,它准时鸣笛启程,不会等候迟到的乘客。我向尕措提出利用下午的自习课为孩子们辅导汉语,以五年级的学生为主,低年级的学生可自愿加入。这样的辅导完全脱离教条,放下课本,以自由谈话的形式进行。尕措同意了我的建议。

吃午饭的时候,阿部夸我讲课精彩。由于汉语水平很有限,他用点头和大拇指表达了自己的意思。我胃口大开,边吃边想,就算我不是孩子们的好老师,肯定也是他们的好朋友。

06

这是一个神奇的地方,天地相交,时间凝滞,日月星辰一起挂在天幕上闪光,让我产生目睹原始世界的昏眩感。

在学校,一天最好的时光无疑是中午。那时,晨雾散尽,阳光倾泻下来,孩子们围坐在草地上,打闹、嬉戏或者睡觉。几堂课下来,我有点精疲力竭。上课是件用脑的体力活,短短的一个上午,我就对"老师是蜡烛"的比喻有了真切的体会。才让加让我吃完饭后回房间歇会儿,他觉得我还没有完全适应这么高的海拔。我舍不下温暖的阳光,就躺在了草地上。

有个不知名的孩子跑过来怯怯地问:"老师,下午是你给我们上课吗?"在得到肯定的回答后,他快活地跑去告诉小伙伴们。逆着刺眼的光芒,我看到他扬开的双臂就像五彩的翅膀,带着他在空中飞翔。下午的课其实更像是课外辅导。我走进五年级教室的时候,孩子们显得比我还兴奋。由于教室的窗户隔着走廊,光线显得暗淡,衬得孩子们的眼睛更加明亮,牙齿更加洁白。五年级总共有十二名学生,男女各一半。在我的要求下,他们挨个在黑板上写下自己的名字。

女生普措,身材高大,乡里的小卖部就是她家开的。我跟她说话,她很少回答,

孩子们的表情不代表他们对前途的忧虑。读书也许改变不了他们的命运，但可能对他们的未来产生深远的影响。

总是笑。她汉语懂得比她的同学们多，但是害羞让她张不开嘴。

仁增拉姆是个善良乖巧的女生。在藏语里，"拉姆"的意思是仙女。有一次，她看见我在宿舍门口洗衣裳，过来不由分说拎起桶就朝水井走去。拉姆的手在很短的时间里被冰冷的井水冻得通红。我一阵心疼，假装恼火地把她推开。我顾不得衣裳是否洗干净，赶紧草草完事。我裸着的上身被晒得发烫，双手却似乎刚从冰窖里拔出来。

东尼长得很漂亮，装扮整洁，举手投足间散发出贵族小姐的神采。她矜持敏感，目光中流露出向往和期盼，但她始终不慌不忙，不紧不慢。我给她拍照的时候，她会摆出优雅姿势。让我难忘的是，她总会扬起漂亮的下巴，显示出不凡的气质。

尖巴就不用说了，学校里不能没有他。他干活一流，但学习平平，我几乎没听他讲过汉语。上课我一提问，他就举手，而且他举手的时候有个习惯，往往自己站起来，却回答不出任何问题，只会站在那里憨憨地笑，看着你。

更德是我最喜欢的一个孩子。他不像其他的孩子那样健康，小儿麻痹症让他的躯体承担了很多痛苦。不幸的遭遇让更德具有了与年纪不相称的成熟。他是学生中的精神领袖，老师们也很放心地交给他一些额外的工作。他很喜欢画画。他和同学索南在黑板上画过一幅画，画的是他们的现实和理想。还好，在被擦掉之前，我用照相机把这幅伟大的作品留了下来。画上，太阳、白云和雪山下是天安门城楼，两边是成群的牛羊。他们的心愿像歌里唱的那样，赶着牛羊上北京。

我上课的时候，索南的家长正好到学校看儿子。穿得很体面的爸爸指着调皮的儿子跟我说："老师，他要是不听话，你就狠狠地揍他。"他给索南留下一大包吃的就离开了。索南画画反映出他懂透视。其实并没有老师教过他，他之所以画得这么

91

好，除了聪敏好学，和他天生具有很强的观察力分不开。

图旦是校园里最受欢迎的歌手，容中尔甲的歌曲他几乎全会唱。图旦肯定以为自己是个超级明星，所以特别在乎自己的形象。他总是把自己收拾得一丝不苟，包括头发。我注意到他随身带着小梳子。在我给他拍照的时候，他找点水，用梳子把头发从中间分开。嗯，确实是个帅哥。

我的实验课在继续。在讲台上介绍自己的同学显得很腼腆，声音细微到只有自己才能听见。我在教室的最后一排带领同学们大声喊："没听见，再说一遍。"为了更好地锻炼他们的表达能力，我发动座位上的同学提问。这些问答课本里没有，却是牧区孩子熟悉的生活，比如，你是几队的？你们家有几头牛？还有男同学露出调皮的笑容，问："你有妹妹吗？"大家哄堂大笑。听着这些其实是青海方言的普通话，看着同学们源自内心的快乐，我觉得自己属于这个地方，属于这些孩子。我甚至产生过结束旅行的念头，留下来做一名真正的乡村教师。

07

我只身旅行，独来独往，从来没想过要结伴而行。但是，我并不排斥集体生活，比如在扎陵湖乡的这所希望小学，这至少表明我并不是像自己认为的那样缺乏团队精神。

学校有一块篮球场，海拔四千五百米，哪支国家队来了都肯定被扎陵湖乡希望小学师生混合队打趴下。我的学生时代，玩得最花哨的就是篮球。尽管老有人评价我的球技华而不实，但我乐此不疲。所以在我的眼里，篮球是娱乐节目，不是体育项目。

在这里，打球是师生共同的娱乐节目。球赛本身比娱乐激烈，身体比球技重要。老师中，副校长尕措最勇猛，居然像豹子一样四蹄腾空，满场飞奔。学生中属更德了得。他身残志坚，专干累活脏活，抢下球就埋头直扑篮下，无人可挡。我很想露两手给大伙瞧瞧，可坑坑洼洼的场地限制了我的发挥，皮球的反弹方向难以控制，前后场跑了两个来回之后，我就极度匮乏氧气，只得抛弃私心杂念，站在中圈，抬起胳膊，做个传球手。全场比赛结束，我没出一滴汗。学校不具备洗澡条件，我每天只在起床后洗一次脸，也就是双手捧点水把脸泼湿，形式远远大于实质。

天黑下来，尖巴就会启动发电机，马达转动的声音打破了高原的静谧，然而它带来光明，所有人对这样的噪音都习以为常，甚至跟钟楼报时的钟声一样被人期待。晚上老师们也都爱在办公室待着。办公室里有台电视机，但它从来就没收到过任何电视信号，只是被用来播放VCD。才让加告诉我孩子们最爱看《西游记》，看多少遍都不腻味，直到有一天找不到碟片了。

才让加的宿舍没有通电，所以晚上我一般也待在办公室，给我的电子产品充电。除了我之外，也需要给电子产品充电的还有阿部。他居然还带了笔记本和打印机。他白天自学安多藏语，晚上教老师们学英语。阿部特别认真，没有适合的教材，他就自己编，然后打印出来分发给大伙。有时候我听到他明显的错误，就耐住性子等下课后告诉他。阿部会像做错事的小孩一样，不住地点头认错，下一次上课前他不仅纠正自己的错误，还不忘说要感谢村郎君。

阿部也许觉得他的前世来自青海，对青海有着大海一般的深情厚谊。我不能明白这样的情意来自何方，源自何处。我们自古生活在幅员辽阔的疆域，和岛国居民相隔的并不只是眼前的这一泓海水。阿部一直在海南州共和县的师范学校学习汉语和藏语，继续他的人类学研究。他去了青海的很多地方，在阿尼玛卿山转山的时候还被藏獒咬伤过。如果两国之间没有那么多的龃龉，不曾有过战争，我和阿部的相互欣赏也许会上升到更深一层的友谊。相逢一笑泯恩仇是个很高的境界，目前我还

这是海拔四千五百米的篮球场。就是姚明来了，估计也得被扎陵湖乡希望小学的师生联队打趴下。

做不到。

有一晚，夜深了，没有睡意，我和阿部坐在宿舍的屋檐下聊天。那是一个晴朗的夜空，巨大的天穹布满星辰，银河流过山冈，流星滑落天际。我们俩看得目瞪口呆。那一刻，我敢肯定，我们都忘记了自己来自何方。

08

在我短暂的代课生涯里，正好赶上教师节。对于扎陵湖乡希望小学来说，这是一个欢聚的节日。学校特意宰杀了两只羊用来庆祝。杀羊的活儿是尖巴干的，可惜我没有看到，一直觉得很遗憾。

学校全天停课，大家兴奋地布置办公室。桌椅靠墙次第摆开，留出中间空地来唱歌跳舞。几个脸盆盛满了肉，惹眼地搁在桌子上。另外，还有啤酒、可口可乐和水果。我当时看得眼就绿了，肚子直叫唤。我已经很久没见过这么多吃的了。才让加看着直乐，他了解我的心思，让我尝尝肉香，我感激得差点喊娘。

中午，扎陵湖乡的副乡长到学校来向老师们祝贺教师节，还带来了乡政府给学校颁发的一千块钱过节费。他是个不讨人喜欢的家伙，喝点酒就撒酒疯，乡里的两个卫生员美眉吓得直往外躲。尕措和其他老师也丝毫没有办法，便陆续找借口出去了。副乡长一看会场几乎空了，觉得特没面子，又不愿就此罢休，就跑到操场上吵吵嚷嚷地找人。他的司机比他懂事，拉着领导就要撤。他看到我和孩子们在操场上玩，就摇摇晃晃地冲我走来，对我说："你是北京的客人，今天没把你照顾好。"我对副乡长没啥好感，就和司机一起把这个硕大的家伙连拉带拽地塞进了车里。

吉普车拐出校门，大伙才从隐藏的角落里走了出来。卫生员惊魂未定地问我是不是也怕他。我摇摇头。我没告诉她我练过合气道，对付一个醉鬼绝对绰绰有余。

大家重新回到办公室，令人不愉快的一幕已经抛在了脑后。老师们强烈要求阿部和我唱歌助兴，阿部就和他的室友才让一起唱了藏族的祝酒歌，才让主唱，阿部瞎哼哼。但这已经足够了，气氛热烈起来。尕措过来敬酒，我说我还是喝可乐吧，就用无名指蘸着可乐，弹向空中，敬过天地和诸神。老师们看到我的举动，很惊讶，也很开心。传统的仪式完毕，我起身为大家唱歌。我唱的是《北京的金山上》。唱到一半，我就没词了，老师们把我抛在一边，开始大合唱——我们迈步走在社会主义幸福的大道上，巴扎嘿！

天色渐黑，尕措找来了尖巴，告诉他今晚的发电时间延长两小时。这一晚，大伙玩得很尽兴。VCD机播放的是藏族歌舞。夜越深，老师们的舞意也越浓。索多老师是个中高手，他的舞蹈不同于传统样式，节奏明快，动作大开大合，收放自如。我求教于索多，幻想能学得一技傍身，用来游走藏地。索多告诉我他自幼喜欢跳舞，大人跳舞的时候，他就在旁潜心琢磨。他现在跳的舞都是原创，既传统，又现代，看似无招胜有招。

东周老师舞步笨拙，动作机械，但这些没有妨碍他的兴致。他不停地比画，额头热气升腾。东周开始跳脱衣舞，直到上半身赤裸，大汗淋漓。此时的窗外，开始下雪。我回宿舍的时候，地上已经有积雪，空气清新凛冽。

我不知道老师们是几点散的。发电机的轰鸣声伴随我很快进入梦乡。翌日清晨我起得很早，去学生食堂帮忙后来到办公室。办公室依然残存着昨夜狂欢的气息。我叫来几个同学动手打扫，办公室这才恢复到原来的样子。

09

我从来没有在旅行中觉得度日如年或者思乡心切，在学校的每一天，都是那么崭新，目不暇接。不上课的时候，我不觉得孤独寂寞，和孩子们相处胜过任何打发时间的妙方。我每天很早醒来，比太阳还早。也许已经美梦成真，所以夜夜安眠，清爽无梦。

我起床后径直去学生食堂帮忙打杂。食堂有两位炊事员，一位是老师食堂那位阿姐的丈夫，另一位是索多老师的媳妇。我没有打听过他们的名字。他们不说汉语，我们之间几乎没有语言上的沟通。在这样的情况下，名字显得多余。食堂有两口大锅，一口煮稀饭，一口蒸馒头。我很纳闷，他们不用高压锅，怎么就能

在希望小学的食堂，千篇一律的菜式，四季不变的伙食，距离"好吃"还差很远，但是孩子们能吃得饱，并且吃得津津有味。

教师节晚上，我去查房。女生们在狭窄的空间为我跳起了欢快的舞蹈。她们的动作整齐划一，我从此愿意相信，这是我一生中最激动人心的一次观摩。

把馒头蒸得松软清香，又怎么能把稀饭煮得烂熟浓稠？

等我来到厨房，屋子里已经弥漫着温暖的水蒸气。索多的媳妇给我舀一盆水，让我洗把脸。快七点的时候，孩子们就会挤在小窗口，急切地等着开饭。我记得才让加跟我说过，孩子们的每顿饭，管够！早饭一般是两个馒头和一碗稀饭，不够再加；稀饭里放一勺白糖，再没别的，孩子们照样吃得很香。

后来，我去普措家的小卖部买了果酱，交给更德，关照他站在窗前，给每个同学的馒头上抹一小勺。更德很尽心，毫无私心。等他蹲在窗下啃馒头的时候，两瓶果酱早分完了。更德没想过为自己再开一瓶果酱，因为我说过每天早晨只开两瓶。离开学校的那天，我交给才让加五百块钱。我没说要买果酱，只是告诉才让加用这些钱给孩子们买点好吃的。当时我的口袋里只有这么多。我后悔没把所有的盘缠都带在身上。为了减轻负担，我把一个包裹留在了镇上的招待所，里面有些衣物，还有钱。

孩子们喝完粥，把碗扔在一个大盆里。索多的媳妇往盆里倒点温水，把碗洗一遍，只一遍。有时候，女生会帮着洗碗。我在的那些天，碗由我来洗，不许别人跟我争。洗完的碗，整齐地码在桌子上。才让加得知后，告诉我别太辛苦，毕竟我是他带到学校里来的客人。洗碗谈不上累，更谈不上辛苦，只是我跟孩子待在一起的借口；挑水才是辛苦的活儿。我早晨为学生食堂做的最后一件事是挑水，把两口锅盛满水。水井距离食堂不足百米，两桶水加起来也不到五十斤。但我跟跟跄跄，走一路，洒一路，半道还得撂下扁担，大口喘气。

96

孩子们最喜欢我给他们拍照，他们可能对我的照相机比对我更感兴趣。拍完后会有十几个甚至更多的孩子争看显示屏。等照相机传回我手里，镜头上已经是指纹密布了。

他们不善言辞，却有着自己的方法表述情感，简单直接。教师节的那个晚上，我去孩子们的宿舍查房。我先去的是男生宿舍。孩子们本都已躺下了，见新老师来了，都从炕上跳了起来。在孩子们的欢呼声中，被我誉为校园歌手的图旦手捧哈达，为我唱起了容中尔甲的情歌。后来我到女生宿舍，她们在狭窄的空间为我跳起了整齐欢快的舞蹈。歌儿唱得令人心荡神摇，舞步叩响天堂之门。那是一个令人产生幻觉的时刻。我有点不知所措，只感觉全身都在颤动。

这些感动，不可能被复制。

10

我因为要去扎陵湖才机缘巧合地来到这所学校。到了学校后，我过上了幸福生活，几乎忘记初衷；但是，才让加没有忘记。

星期六下了一场雪，不算小。山谷里开始刮风，刮起片片雪花。阳光已罩不住寒冷。平常只穿一件短裤的我，此时把羽绒服套上了。星期天很多老师要去县城，采买物品，会见朋友。阿部想给家里打电话，要坐老师的摩托车一起去。他不知从哪里找来一件又旧又脏的军大衣披上御寒。东周过来跟我说要带我去扎陵湖，说是才让加安排的。

我带上照相机，坐上摩托车就出发了。

这是一个晴朗的午后，但绝对不适合搭乘摩托车这样四周没有遮挡的交通工具出游。东周有经验，他穿着厚皮衣，戴着厚手套。我身上的羽绒服是我花了两百块钱在北京的户外店里买的，牌子是大名鼎鼎的派格（Big Pack），但充绒严重缺斤短两，挡挡秋风还差不多，现在让我尝到了不恰当省钱的恶果。我缩紧身子，躲在东周身后，寒风刺骨，根本没心情欣赏初秋高原的雪景。我盼着能赶紧到湖边，钻进老乡的帐篷，喝滚烫的酥油茶。我有点庆幸才让加去县城办事了，不然他肯定亲自带我去看湖，那时他肯定非得带着我贴地飞行，不把我冻成冰棍才怪。

路况很差，东周车技平平，我能感觉到他在使劲控制这部机器，有点勉为其难。路上没有人家，也没有村庄。湖边有些残垣断壁，还有帐篷，以前这里是渔场。

从湖边到牛头碑，又走了一个多小时。途中经过一些小海子，东周鸣笛，惊起一片水鸟，呼啦啦地从身边掠过。东周大声喊道："拍照，拍照，多美啊。"我冻得哆嗦，根本顾不上把捂在胸口的照相机掏出来。

在中国地图出版社出版的青海省地图上，鄂陵湖居东，扎陵湖靠西。可当地一直习惯把东面的称为扎陵湖，西面的叫作鄂陵湖。不知何故，新中国成立以后，两个湖就移形换位了。我尊重老乡的习俗，地图小心保管，叫法顺从民意。两湖之间有个小山包。这个小山包比海平面高出四千六百多米，是措日尕则山的顶峰。山顶有一座碑，令人景仰。碑上刻有藏汉两种文字的"黄河源头"，汉文是胡耀邦的墨迹，藏文则是由藏汉两族人民共同爱戴的十世班禅大师题写。山顶，经幡围绕牛头碑，鼓风招展。东周本想驾驶摩托车直抵碑下，可他的胳膊已经摁不住车头。我数次从后座跌落，只得弃车徒步上山。爬山没有让我感觉到气短胸闷，寒冷也离我远去。身临圣地，一切由神安排。

但凡瞻仰名川大湖，不可贴鼻近狎，只宜攀高远眺，这样才能尽得全豹。站在牛头碑下，两湖尽收眼底。远山绰约，白雪皑皑。云浮湖面，波光粼粼。湖边有一座寺庙，寺名叫措哇尕什则多卡寺。刚才经过的时候，没有见到喇嘛的身影。湖边有一些房子，有的大门紧锁，有的柴扉半掩，却没有看到一个人，只有三两条黄狗蜷缩在阳光里。

东周告诉我他有个亲戚在附近放牧，我们去喝酥油茶，吃糌粑。半小时后，我们钻进帐篷。女主人好像知道今天有客造访，炉火正旺，茶香四溢。我一屁股坐在

山脚下宁静的湖水，山脊上宁静的积雪。人们不辞辛劳，来到高原，这样的风景就是最好的回报。

地上,连喝三大碗。女主人把青稞粉倒进我的碗里,我用手指搅拌着往嘴里送。小的时候,外婆会做些炒米粉给我们当点心。糌粑和炒米粉非常相似。不一样的碗,却是一样的回味。

回学校时,已近黄昏。东周沿着湖边骑行。路面多沙,车轮一旦驶入,不可自拔。在一个拐弯处,我们终于中招。东周和我像火箭发射一样蹿了出去,所幸大家没有受伤,只是前轮的挡泥板受损。东周干脆把挡泥板拆下来,插入沙中,以石块固定。他说:"给以后经过的车做个标志。"

回到学校后,我想出钱给东周修车,被东周生气地拒绝。

如果有人问起我扎陵湖的景色,我会说胜过青海湖,我到现在还坚持这样认为。可惜,在这么一个绝美的地方,我只做了一个匆匆的过客,没有看到日出日没,也没有看到潮起潮落。

旅行其实是一个积累遗憾的过程,不管看到多美的风景,你也总以为错过的更多。

///// 玛多—玉树

上午,玛多岔口显得空旷冷清。

我等车去玉树。路边停着一辆东风康明斯,两个司机一老一小,正在修车。也许是因为刚才我吃了条黄河鲤鱼,价格不便宜,饭馆老板心情不错,就自告奋勇地去探听。他回来的时候满面笑容,我知道事成了。这是一辆往玉树运蔬菜水果的车,在214国道上跑了两年了,大家都有点面熟。司机说运菜的车好,不会超重。从岔口到玉树有三百多公里,车费很公道,六十块。等我凑近,看清是河南车牌,知道司机都是河南人,心中不免犯嘀咕。倒不是怕他们骗我,只是担心他们会趁我下车撒尿带着我的行李扬长而去。这样的故事在旅途中常有耳闻。如果不是饭馆老板说过认识他们,也许我会放弃这辆车。

车过海拔五千多米的巴颜喀拉山口，我下车照相撒尿。未及回到车上，车已徐徐滑动。透过挡风玻璃可以看到小司机眉毛上挑，一脸坏笑。我明白他们早就知道了我的顾虑，故意耍了我一下。过了山口，我完全放松下来。接下来的旅行证明，我是以小人之心度君子之腹。他们跟传说中的河南人如此不同，或许高原厚土净化了他们的灵魂。我没有明确答案，但能肯定，大多数河南人民被冤枉了，像我这样的群众被蒙蔽了。

一路上，他们不止一次地请我吃水果，还让我自己到后面去翻箱倒柜。他们拉了橘子、葡萄和西瓜。我很馋，但没好意思，只吃了几个他们放在驾驶室里的橘子。

巴颜喀拉山口是果洛州和玉树州的分界岭。214国道玉树段几乎全程动工，拓宽，铺沥青。这很难为康明斯这样的庞然大物，颤颤巍巍地不停上下路基和引道。接近清水河，我们被通信线路挡住了。老司机下车指挥，我爬到车斗的货物上面，把电缆往上拽，让车勉强通过。我翻身从卡车上跳下的时候，老司机夸我好身手。

到了清水河，我没有看到河，却看到一个建筑工地，这令我想起四川的新都桥。我当年从康定坐长途班车到新都桥，刚下车就后悔了，因为我将自己置身于了一个嘈杂肮脏的建筑工地。摄影师大概不会喜欢沙石路旁贴着瓷砖的房子。我找了一家小饭馆，喝了两碗粥，赶紧搭过路车离开了这个曾经被人誉为"摄影师天堂"的地方。清水河重复着新都桥的故事，它们都辜负了自己富有诗意的名字。

清水河镇上有个交通检查站。检查站的工作人员没有任何身份识别标志，但他们犹如悬在过路司机头上的快刀，随时可能落下。老司机告诉我他们的唯一工作就是罚款，连自己这辆贴着绿色通行证的车子也不放过。两年下来，混得脸熟，那位兄台也就半推半就，笑纳下一箱新鲜水果就挥手放行了。这次也没有例外，我们从车上抱下一箱橘子，当作买路钱。这多少有点像万恶的旧社会。

车复前行，经过珍秦已是黑夜。车灯照亮处，雪花尽舞。珍秦是个不大的乡，却有着玉树最大的寺庙——竹节寺，一个噶举寺庙。我在珍秦没有停留，一直觉得遗憾，后来我在玉树的结古寺遇到了从尼泊尔短暂回国的萨迦仁波切，更像是失之桑榆，收之东隅。我从此产生对藏传佛教的求知欲望，在次年去了更加遥远的萨迦寺，了解到传奇的蒙藏关系史。现在回想起来，在珍秦的冥冥夜空里，仿佛有一种力量在指引着我前行。珍秦，这个美丽得表里如一的地方，在下一次经过的时候，我决然不会再与她失之交臂。

车抵歇武镇，已是半夜。歇武离四川很近。玉树发往成都的班车经过歇武、石渠到马尼干戈。从马尼干戈往东是甘孜，往西是德格。这些都是川藏线上有名的城镇。我们需要在歇武停留，修补轮胎。补胎的撒拉族小伙子像是一个未成年的儿童。他不是特别情愿，说今天已经补了三十多条轮胎了。我很惊讶这个数字，但丝毫不怀疑。小伙子有个更像是中学生的媳妇，在一旁打下手，递工具。玉树不是他们的家乡，他们来自循化。我很想跟小伙子聊聊，但他累得默默不语。

当远方黝黑的山谷里出现一团氤氲的光芒，我知道玉树到了。其实国道边出现婆娑树影的时候，我就已经意识到玉树的临近。

这时，已是凌晨四点。天快亮了。

///// 玉　树

01

玉树是个好听的名字。当江永扎西告诉我玉树名称的由来时，我依然相信她还有更多令人憧憬的传说。

玉是一块石头，趴在结古寺的山坡上，站在这里可以俯视整个县城。但无论如何它只是一块不起眼的石头，呈圆形，直径不超过一米，常年的摩挲使石头的四周变得很光滑，泛出暗光。江永告诉我石头的里面是块美玉。我问江永这么珍贵的石头会不会被人偷走，江永摇摇头告诉我说："石头有根，它就长在这里。"

这确实是块神奇的石头。江永站在石头旁边，面向山谷，身影在落日的余晖里或明或暗，若隐若现。

树则不像石头那样能引起无限遐想。江永告诉我玉树宾馆外面的那棵树就是玉树名称里的"树"。我就住在玉树宾馆带洗手间的一个屋子里，每次进出宾馆都望见门外的那棵老树。树上没有任何标牌，枝叶不是很茂盛。树的四周有铁栏杆包围，

101

为此占去了人行道上很大一块地方，显出不同一般的身价。我怀疑并不是所有人都知道这棵树的来历。树的后面是一家小饭馆，我不止一次看见饭馆里的伙计把洗碗洗菜的污水泼在树根上。这棵树生长在美丽地方的猥亵角落里，以至于我都没想过把它的影子留在我的相机里。

江永扎西是结古寺的喇嘛，身材魁梧，目光里流出智慧的光芒。他送我一份自编的嘎结古寺寺名世系简介，在最后一页上题上"佛管江永扎西"。我逗他说："哇，佛都归你管啊。"江永咧着嘴憨厚地笑了："佛管就是管家，我是结古寺的管家。"

如果不是我在玉树停留的将近一周内几乎每天下午都攀上城外北山上的结古寺，如果我没有把离开西宁时老罗给我的哈达系在经堂斑驳大门的铁环上，如果我不曾邂逅在尼泊尔深造佛学的藏传佛教萨迦派的塔泽堪布，也许我的旅行永远只是平庸的行走，陶醉于蓝天白云等自然风景，而不会试图穿过高原稀薄的空气扣响藏地厚重的历史和文化大门。

那是一个细雨纷飞的下午，我穿过玉树古老的村庄，跨过湍急的溪流，站在经堂的门槛下眺望山谷。山谷祥和恬静，雨未霁，云未散，僧房静卧，彩虹飞渡。我被这样的殊胜景色感染，取出哈达系在门环上，心中充满对自然和圣地的感恩和敬畏。这时，我听到有人叫我。

他就是江永。当时我们并不认识。他过来跟我说："仁波切回来了。他是我们最大的仁波切，你愿意去拜见吗？"江永引我从侧梯来到二楼。仁波切就在二楼一间不大的屋子里，门外的走廊里已经有一些人排队等候了。他们是美术系的学生，在结古寺写生，来请仁波切赐给护身的金刚结。仁波切披着金色的袈裟，跏趺在矮床上。他从透明的镜片后面投来慈爱悲悯的目光。学生们的要求都被满足了，还被允许和仁波切留影纪念。江永递给我一条哈达，让我献给仁波切。

轮到我的时候，我有点紧张。刚才我还可以神闲气定地站在屋外凝视，可此时此刻我却感到被一股巨大的气场所包围，有点喘不过气来。我弯下腰，低着头，捧着哈达来到仁波切的跟前跪下，把哈达举过头顶。仁波切把哈达戴在了我的脖子上，接着，递给我他的照片和金刚结。

仁波切问我："你有什么愿望吗？"

我有很多愿望，可在那一瞬间，那些愿望好像突然消失了。我回答仁波切说：

"我想学好藏语,去到藏地的每一个地方。"

仁波切微笑着说:"很好,你这个愿望很好。"

事后我有点后悔没让仁波切给我起一个藏族名字。我由衷地想拥有一个藏族名字。当年读大学的时候,英语外教给班里的学生起英文名字,轮到我时被我拒绝了。我篡改了中国古训来回答外教,姓名和身体受之父母,不能更改。可在遥远的玉树,我为错过而懊悔,曾经的古训像尘埃一样消失得无影无踪。

在和仁波切合影后,我弯腰低头,摊开双手,倒退着出了门。表情很平静,内心却很激动。我刚迈下二楼的楼梯,又听见有人叫我。

来者刚才站在仁波切的旁边,但我并不认识他。他说他叫诺样喇嘛,是仁波切的助手。他递给我一张名片,跟我说:"仁波切很喜欢你,他觉得你很有佛缘。如果你有什么事,可以随时给我们打电话。"

这一切都像是我在书本里读到过的西藏神话,胸中涌起一种莫名的兴奋。我第一次如此接近宗教神秘的大门,这激起了我求知的欲望。

第二天,我又上山。更多的玉树百姓知道了仁波切回来的消息,纷纷前来拜见,沿着楼梯排起了长队。

江永见到我,把我拉到一边,告诉我在昨天的拜见者当中,我是表现最恭敬的

玉树的结古寺,像是我学习藏传佛教的课堂。当我望见前方山谷出现一道彩虹,我觉得大家的彼岸近在咫尺。

一个。我知道那是因为我没有在接受仁波切的赐福后转身走出房门。

江永像个老朋友那样,拍着我的肩膀说:"看来你这小子还是了解一点我们藏族规矩的呀。"

02

在很多人的眼里,这也许只是一串普通的念珠,就像在旅游商店或者地摊上买到的小玩意儿一样,毫不稀奇。然而,在玉树的街头,我第一眼看到这串念珠的时候,它正在格来大叔的手指间倾诉般地转动。我怦然心动,瞬间爱上了它,不可遏止地起了拥有它的念头。在我的眼里,这串念珠宛如西藏文化的形象大使,在格来大叔指间浅吟低唱着的不仅仅是神山圣湖间的六字真言,还有那雪域高原上的悠扬牧歌。

这是一串象牙念珠。珠子不大,远比不上珠宝商脖子上那些值得炫耀的大珠子,却粒粒饱满,颗颗沧桑,青春不再的珠子里都仿佛隐藏着它的身世和故事。珠子间的那颗象牙葫芦,乖巧,富有情趣。串起念珠的绳子由白牦牛毛搓捻而成,纤细却不失牢固。形态自然的红珊瑚和绿松石镶嵌其中,使得整串念珠丰富生动起来。最惹人注意的是如同坠儿般系在念珠上的两组银饰,那些明晃晃的银珠子绝不是为了美观才加上去的,它们是计数器,用于计量主人念经的次数。长年累月的摩挲捻捏,已经使洁白的象牙漾出了鹅黄的颜色,发出温润的光泽,让人纵使是不经意的一瞥,也会从心底泛起阵阵暖意。

至今我都很难把一段长不过五十米、宽不过十米的人行道和藏区最大的珠宝交易市场联系起来。而离此不远的一个小型广场,居然又是藏区最大的虫草交易市场。虫草市场里人头攒动,气氛热烈。与之相望、面积稍逊的珠宝交易市场却显得有点冷清。

这一小段人行道,雨天泥泞,晴天扬尘,丝毫没有想象中一个珠宝交易市场那种令人敬畏的气派。路面上,机动车随意停放,使得这里更像是一处杂乱无序的停车场。像格来大叔这样的珠宝交易商,就把硕大且价格不菲的珊瑚和琥珀一股脑儿地挂在脖子上,挺着胸膛在这段狭小的区域里来回溜达,等待买主光顾。但也有像青梅大叔那样的,从家里带一个小板凳儿,找一处遮阳的角落,安逸地坐着,似乎并不着急出售自己的商品。若不是他胸前那些沉甸甸的美丽宝石在提醒着过往行人，青梅大叔肯定会被误认为是停车场收费的老头儿。他们交易的方式和旧时的北京琉璃厂如出一辙，双方的右手握在宽大深邃的藏袍衣袖里比画价钱，隐秘而不露声色。

出于对旧玩意儿的喜欢，以及对异域市井的好奇，我天天都会去那儿待上好几个钟头，不久我就成了两位大叔的好友。我常常靠着电线杆子，盘腿坐在地上，一边聊着，一边盯着行人腰间佩带的饰物。见到别致精巧的东西，我就急急起身挡住去路，婉转地让对方明白自己的意思。在囊谦，我就是这样得到了那把岁月久远、银制刀鞘上雕刻着精美的狮龙图饰的藏式小刀。而在玉树，最终让我带着离开的是格来大叔的那串念珠。

格来大叔的脸庞被高原强烈的阳光晒得黝黑，双眸透出坚毅而不乏仁厚的眼神。对于我这样一个充满好奇，又显得有点诡异的远方来客，格来大叔不厌其烦地介绍那些硕大、簇新的宝石，并大度地允许我触摸把玩他身上挂着的宝石。我说想看看他手中的旧念珠，大叔爽快地把念珠递给了我，但没忘了叮嘱一句："这个不卖，是我念经时用的，已经几十年了。"

我向格来大叔一一请教了念珠上各个饰物的材质和用途，大叔的解释让我难以掩饰对念珠的强烈喜好。这串念珠仿佛凝聚了天地之精华，更集中体现了藏族人民自然淳朴的审美取向以及令人叹绝的聪敏智慧。

青梅大叔看出了我的心思，把我拉到一边，悄悄地说："这是好东西。象牙和石头都是真的，你瞧那石头上还都有虫子啃过的痕迹，光是那些银坠儿就值两百块钱呢。"

"是啊，可惜格来大叔不卖。"青梅大叔是个行家里手，我相信他。

"如果你真想要，我帮你去谈。"

戴着银丝边儿眼镜的青梅大叔比其他的交易商们显得儒雅，富有见识，去过北京、上海和广州等大城市，是市场中的重量级人物。尽管我听不懂他们之间的交谈，但我知道格来大叔被说服了。因为，两位大叔的手握在了衣袖里——他们已经在讲价了。

"八百，不能再低了。"青梅大叔告诉我交易结果的时候显得有些局促，仿佛没有完成任务。"他念经念了很多年，这串念珠积聚了很多功德！"见我犹豫，汉语讲得很好的青梅大叔又补充了一句。

青梅大叔的这句话打动了我。在这片充满信仰的土地上，任何一件物品从来都不曾单独存在过。哪怕是一块不起眼的石块，纵使没有镌刻六字真言，却依然可以成为一块嘛呢石，被赋予亲近和沟通神灵的使命。

"还是太贵了。"我露出了窘迫的神情。

格来大叔出人意料地指着我手中摆弄着的摩托罗拉手机，笑着跟我说："我们可以交换。如果你觉得不划算，那就再加上我的这部手机。"格来大叔是那么的坚决，眼睛因为笑容绽放变成了细梢。

"时间不早了，跟我走吧。"老友抬头看看渐渐西落的太阳，拍拍我的肩，热忱地邀请我跟他一起回家。

"我家里有好多宝贝，你肯定会喜欢的。但那些是真的古董，不卖喔，也不换。"

我谢过青梅大叔，转身欲跟格来大叔离去，青梅大叔叫住了我。"小伙子，你要是以后还来玉树的话，我会给你找几件藏式风格的古董首饰。我知道你喜欢。现在是收青稞的季节，很多人忙于农活，没有来市场。"

我不假思索答应了。这里不仅有我喜欢的寺庙和市场，更有我的老友。我知道，哪怕相隔多年，我们仍会一见如故。

格来大叔一家是从囊谦搬来玉树的，以前一直租住别人的房子，新近才有了属于自己的一幢两层小楼，院子里还堆放着盖房剩下的木料和石材。一进门，大叔的老伴兴高采烈地迎上前来，指着楼上的房间说："闺女生啦！你又多了个外孙！"

格来大叔一把拽住我的胳膊，三步并成两步地上了楼，拉着不知所措的我直接就进了他闺女的房间。直到他看完一小时前刚来到这个世界上的小家伙，把我引至厨房兼客厅坐下后，我才有机会开口道贺。格来大叔的心情好极了，一边召唤老伴赶紧给客人做饭，一边拿出了他收藏的那些宝贝：有佩刀，有装满子弹的银制子弹夹，还有身上和头上佩戴的各种饰物；它们年代久远，却不失精美。当时我想，这些被格来大叔称之为古董的东西可能也是待价而沽的。但囊中羞涩和接下来漫长的旅途，使我只是饱览了这些难得一见的玩意儿。

饭后，格来大叔郑重其事地在我身边坐下，从手腕上解下那串念珠。"我们已经说好了，是不是？我们藏族人做买卖，从不反悔。"我想，在这个时候，大叔可能都有心把念珠作为礼物赠予我这个来自远方的老友。我伸出我的左臂，默默地、心存感激地注视着大叔把长长的念珠缠在了我的手腕上。从大叔严肃庄重的神情里，我看到了长长的祝福。

就这样，我完成了生平最为难忘的一次交易。直爽的格来大叔甚至还指出了他的那部三星手机上的残损之处。当我起身辞行的时候，格来大叔指着我手腕上的念珠，犹豫地问我："你能让我再看它一眼吗？"我的心仿佛被猛击了一下，顿时觉得自己巧取豪夺了大叔的宝贝，实非君子所为。我把珠子递还给大叔。他缓缓地接住，闭上了双眸，开始低声地诵经。诵毕，大叔睁开双眼，大声地说道："好啦，给你啦。"

离开了大叔的家，我踯躅在星空下的玉树街头。我宽慰自己，也许格来大叔会很快拥有一串新的念珠，念珠上的象牙会更大，银子也会更亮。他会念更多遍的经文，佛也会更多地保佑他。

后来，我戴着这串念珠继续在藏区旅行。从别人羡慕的目光以及那由衷的赞叹声中，我才意识到，这是一件所有人都想拥有的宝贝。在西藏的类乌齐，我投宿在藏民家中。女主人卓尼执意要仔细端详这串念珠。念珠在握后，卓尼开始诵经，良久尚无归还之意。最后还是卓尼的女儿替我要回了念珠。

我时常会记起青梅大叔说过的这句话：

"戴上这串念珠，诸佛就会无时无处不在加持着你，尽管你可能无法体会！"

///// 囊　谦

01

游客到了玉树，接下来不是回西宁，就是去石渠，几乎不到囊谦。

石渠在四川境内，玉树发往成都的班车经过石渠。我没到过石渠，也没想去。

旅途漫漫，我已学会了取舍。到过石渠的人都说石渠美得像天堂。我相信石渠的美丽，但对天堂的轻率定义表明了他们的足迹还不够远。

从玉树，我选择了继续沿着214国道旅行，囊谦是下一站。囊谦是青海最南部的一个县，与西藏接壤。在玉树汽车站，我知道了囊谦还有一个名字叫昂欠，售票员在我的车票上写下了这两个字。我当时应该问一句，是否因为囊谦笔画太多才这么写的。两地相距不到两百公里，票价三十块，沥青路面。

进县城前要经过一座桥，桥下是澜沧江。县城叫香达镇，只有一条主街。街道边长着一排参天大树，岁月悠久。我找到巴米寺公寓，是青年旅社的风格。那天只有我一个客人，我花三十块住进了双人间，除了床和桌子，居然还有一把藤椅。据说，巴米寺公寓是李连杰出钱盖的。一年前，囊谦巴米寺的活佛妙手回春，治好了李连杰的胃病，李连杰拜师之余，还捐资千万重修寺庙。这些消息我是坐在街边晒太阳时，商贩们告诉我的，是名副其实的小道消息，真正的道听途说。

白天的囊谦街道上，人很多，车水马龙。这些藏族老乡不放牛，不放羊，一年只干一个月活，全家上山挖虫草。平常闲着没事，就在县城最热闹的街头晒太阳聊天，喝酒，吃凉皮。摩托车和卡车在不到两百米长的街道上一天来回无数趟，弄得县城虚假繁荣，晃得我眼晕。但镇子上也藏龙卧虎，有高人隐匿。囊谦医院的门口有家小铺子，卖些烟酒。铺子的窗口摆了一块牌子，写着"IP电话"。老板人不错，告诉我那是骗人的，全县城都没有IP电话。他指着我穿的T恤问道："那个人是谁啊？我见外国人的衣服上也有他。"我的T恤前后都印着切·格瓦拉戴红星贝雷帽的经典头像。我想了想回答："他是一个老游击队员。"我觉得没解释清楚，就又补充道："他就像毛主席。"这位老兄终于听明白了，不停地点头说："噢呀，毛主席，外国也有毛主席。"

囊谦是个后退容易前进难的地方。西藏的类乌齐离它只有两百多公里，可两地之间不通班车，沦落为砂石路的214国道上几乎没有来往车辆。我到囊谦的当天就去找过路车，可是没有成功。我去邮局盖邮戳的时候，打听两地之间是否通邮车。邮局的藏族小妹妹告诉我说囊谦的邮车只去西宁，就是你写给类乌齐的信也要先到西宁，经拉萨到昌都，最后才到类乌齐，全程数千公里，耗时数十天。我听得目瞪口呆。

车没找到,刀却找了一把。刀的女主人一家跟我坐同一趟班车从玉树来囊谦,途中请我吃过饼干,大家有了同车共济的友谊。这把小刀不像我在玉树看到过的那样,样式丝毫不夸张,也不镶嵌宝石,朴素得招人喜欢。藏银制成的刀鞘上镂雕着狮子和龙的图案,是吉祥保佑的意思。刀把是乳白的牦牛骨头。她的丈夫比她更急切地想把刀卖给我,一个劲地在劝老婆。我请他们吃凉皮,想沟通感情后再作交易。我从五十块加价到九十块,女主人才满意地从腰带上解下刀给我。两年过去了,我拔出刀,还能带出一股浓郁的酥油香味。

我没有旅行中买纪念品的习惯,但被我带回家的,都是花很小的代价得到的。我很喜欢这些与我有缘的东西。回到家中,它们都被放在了我伸手可及的地方。

在藏地,像这样银制刀鞘上雕刻着精美狮龙图饰的、岁月久远的藏式小刀随处可见。能不能得到全看缘分。

02

在囊谦待着,找不到车去类乌齐,可我的情绪并没有受到影响。像囊谦人那样,我也上街晃。在一个远在天边的小镇街头徘徊,像是被抛弃,被放逐,却莫名地令我兴奋。就像老鹰乐队唱的那样,我是一个"镇上的新孩子"(new kid in town),没有人认识我,没有人知道我是谁,四周是陌生的眼光和凝固的表情,没有温暖,却也感觉不到敌意。

见我上街,巴米寺公寓的服务员提醒我早点回来。这位四川的大姐担心我天黑以后会遭到醉鬼侵扰。香达是个有电力供应的镇子,但七点太阳下山以后,街上漆黑一片,灯光寥落,不时有人从小酒馆里跌跌撞撞来到街上,借着酒劲摩拳擦掌。摩托车开着明晃晃的大灯,轰鸣着从街上跑过,像宪兵队搜捕地下党。这时候的街道有点像惊悚的舞台,凄厉的白光闪过之后,火爆的演出就要开始了,只是观众早回家了。

我怀疑自己身陷凶境,好在旅馆的铁门提供了安全的感觉。我没有料到的是羁

109

绊竟是在等待朋友不期而至，酝酿着友谊的诞生。

我像往常一样，太阳还挂在城外的山冈，就回到了旅馆。大姐在厨房帮忙，她和她的朋友们天天在院子里涮火锅。见到我，大姐拉开嗓门就喊："有人找你。"我很纳闷。"有两个厦门来的游客，他们也在找车去类乌齐，对了，还来了一个外国人，不知道要去哪。"我到的第一天就跟大姐交代了我的行程，让她帮着找车。她没找到车，却找到了乘客。

在困境中，大家方向一样，自然一见如故。厦门的两个哥们儿，一个叫Jackie，另一个叫Davis。他们都在厦门的一家著名IT企业上班。Jackie人如其名，像个骑士，去过很多地方；Davis户外经验不多，却充满热情。我们敲开了老外的门，他很惊讶，也许压根儿没想到在囊谦能遇到讲英文的中国人。

我不禁暗自佩服这个叫艾萨克（Isaac）的澳大利亚人，懵懂中就敢把自己置身于异国的遥远部落。得知我来自北京，这位仁兄告诉我他的尼康相机还是在北京六部口的那家金广角买的呢。那家店很有名，每次经过长安街的时候我都会瞥一眼，对着那些昂贵的照相机想入非非一下。

我叫来大姐，让她通知厨房给我们准备一桌菜。艾萨克对这样的安排很开心。我敢打赌，他肯定不会忘记和中国人在饭桌上讨论前途的那个夜晚，多大的困难都在觥筹交错中灰飞烟灭。

Jackie和Davis时间紧，任务急，他们要从类乌齐去昌都。Davis从邦达机场飞去广州参加弟弟的婚礼。Jackie沿川藏线到成都，然后回厦门。如果顺利到达类乌齐，艾萨克也准备去昌都坐班车去拉萨。

艾萨克坦白说没有进藏许可证，想走唐蕃古道碰碰运气。我没有给老外面子，批评丫不够光明磊落。中国改革开放都快二十年了，还是有老外像一百多年前那样，偷偷摸摸地溜进西藏，难怪书里把老外统统说成了帝国主义的间谍，他们的行为确实不可理喻。

我不知道214国道有没有武警检查站，但还是决定带上他。我告诉艾萨克跟我一起走。听到我的承诺后，老外开始安心地吃菜了。饭后我应邀搬到了Isaac的房间，临走时，他替我付了房钱，说是他请客。我怀疑自己听错了，就好像听到千年的铁树开了花。看着艾萨克诚挚的面容，我才相信这个老外不抠门。

席间，Jackie 接到一个电话，他称对方雪狼子。通话结束后，我问他是否是稻城的雪狼子。Jackie 很惊讶。其实我也很惊讶。我去过稻城，住在雪狼子的亚丁人社区。Jackie 马上回拨电话，故弄玄虚地让雪狼子猜他跟谁在一起。后来雪狼子说他第一反应就想到了村郎。我在社区的网站上公告过我的行程。Jackie 是网站的版主，网名是"一天到晚游泳的鱼"。我间或在亚丁人社区上传过一些游记和照片，纯属以文会友，和鱼没有交往。但在这样的一个囊谦之夜，相逢显得尤其快乐。这成了一段佳话，更像是传奇，至今都有人说起，传颂两个大老爷们有缘千里来相会。

次日大家按计划去各个路口蹲守候车，一无所获。黄昏，我回到旅馆，发现院子里有一辆切诺基。土族司机告诉我他去西藏的丁青，经过类乌齐。他原本空车去，乐意带上我们，每人收八十块。

成交。

///// 囊谦—类乌齐

01

临走前，大家在路口的一家小馆子里美美地吃了顿早饭。这是我在囊谦的一家定点餐厅，专管我的早饭。饭馆由一对四川来的中年夫妇经营，小得只摆得下四张桌子，门可罗雀。阿姨给我们熬了白粥，炸了油条，端出了自制泡菜。在青藏高原旅行，这些食物非常稀罕，受感动的不仅仅是我们的味蕾。

早饭后我们分头准备给养。囊谦距离类乌齐两百多公里，沿线散布着不少村庄，解决温饱绝非难事，需要准备的只是一些不时之需。我们先去买了撒拉族老乡做的白饼子，然后去蔬菜门市部买水果。在玉树地区，开饭馆的是四川人，卖菜果的是河南人。他们都具有吃苦耐劳的优秀品质，为了生计背井离乡。鱼说他来掏买水果的钱，却被艾萨克拦住。我们都不由得喜欢这样的视金钱如粪土的国际主义战士。

其实,艾萨克有点紧张,他始终担心到不了西藏。我跟司机打听过,路上有几处检查站。我没细问,更没告诉司机老外的旅行证件不全,怕他拒绝带上艾萨克。我已打定主意带艾萨克到西藏,哪怕采用点非常手段。我没有告诉艾萨克这样做的原因。我从心底就反对持有中国旅游签证的老外还必须另外办理进藏许可证,并为此交纳额外费用。我在旅行中经常听到老外谈起这件事情时蹦出的那个英文单词stupid。还好,这样的评价还算含蓄。

车上多了一个乘客,是司机的朋友。我怀疑司机对我们持有戒心,叫哥们儿押车。我之所以又一次以小人之心猜忌别人,是因为我从来没有在青藏高原上见过不带任何行李的长途旅客。我们四个人挤在后座,四个大背囊几乎占据了行李仓的大部分空间。车还没有离开县城,我已经变得忧心忡忡。这仅仅是一辆外表上的切诺基,车内面目全非:电线外露,随时可能短路;仪表无一工作,全是摆设。司机了解车况,开得很慢。

意外还是发生了。一个小时后,车胎爆了。司机铆足了劲也没有把坏轮胎拆下来,仔细看原来是螺丝打滑了。司机愤愤地咒骂修车厂用了坏零件。他想用锤子把螺丝砸松,然后用扳手夹紧螺丝往外拧。这个办法听起来可行,但实际结果出乎意料。螺丝像是朽木,一砸断成两截。这下彻底没戏了,司机没招了,哭丧着脸使劲地踢轮胎。

像是排练好的,这时,有一辆卡车从我们身后由远及近,经过我们身旁的时候停下了。两个司机认识。卡车司机建议他的朋友回囊谦修车。我马上和鱼商量,决定放弃切诺基,换车继续前行。我把切诺基的司机拉到一边,把我们的想法告诉他。如果他反对,他的朋友是不会带我们上路的。我塞给他二十块钱,算作我们的违约金。我本来还在担心给得太少,没料到这位土族老乡居然涨红了脸,连说不能收。这反而让我像做错了事一样歉疚起来。

卡车司机把车停在路边,检查起他的轮胎来。我趋前询问。这是一辆往丁青运蔬菜的卡车,车上一共有四个人,司机、司机的徒弟、一个女人和女人的女儿。驾驶座的后排是一个狭小的卧铺,供轮换驾驶休息时用。女人高原反应得很厉害,脸色像路边的山崖一样灰暗,哀叹头痛欲裂。鱼带了红景天,找出来给女人服下。也许是我们的善意打动了司机，就说可以带上我们，只不过两个坐驾驶室，两个扛大厢；价钱很公道，六十一位。我赶紧招呼大家把行李从切诺基上卸下来。鱼坚持Davis和我坐在驾驶室里，说是照顾我这样的老同志和Davis那样的小同志。艾萨克也乐意缩在车斗里，他觉得这样可能有助于躲避检查。我让艾萨克找块布把头包裹起来，只露两只眼睛，这样连我都看不出他是个老外了。

开车前，我跑去谢过切诺基的司机。他任务艰巨，要把"残疾车"开回县城。开车后，我再次感谢卡车司机。我知道他肯定会带上我们，但我以为他会卖关子，然后狮子大开口。但是他没有，令我肃然起敬。

02

我习惯了一个人在天边行走，散淡惯了，就本能地抵触团队行动，不愿意因为迁就别人而不能尽情享受自己的旅行。在奔向类乌齐的卡车上，我第一次有了旅伴。

有预谋地共赴前程，才是旅伴。邂逅旋即分手，那叫偶遇。旅伴们像对待红军老战士那样尊敬我，这让我不能免俗地得意起来。我随即总结出团队精神的一条法则，让别人相信你是老江湖，经验一箩筐，这样你才有机会享受好待遇，比如坐在驾驶室里。

车过青藏边界，彩色的野花开遍了青翠的山谷。我们接连遇到了两个检查站，分别是卫生检疫站和森林检查站。交界处没有艾萨克害怕的武警检查站，尽管前途未卜，但他已经像探险家一样到了西藏。我下车去告诉艾萨克，让他别慌张，尽管去掉伪装，饱览山谷美景。

鱼和艾萨克一路上没闲着，他们不时因颠簸而被抛起，还呼吸了轮胎扬起的泥土气息，我和Davis经常听到他们惊叫。相比之下，驾驶室俨然就是这辆车的头等舱了，Davis用他新买的佳能相机不停地在拍照，他对沿途的景色总是充满饥饿感。

在卫生检疫检查站，司机交了十块钱，一个穿着制服的男子拿着一个喷壶绕车走了一圈，在四个轮子上喷了些透明液体。他的行为令我联想起沐浴更衣，因为我们正要进入的是一个圣地。司机愤愤不平，他觉得那些液体就是沟里的水。

在藏东地区任何进出西藏的道路上，都有森林检查站。从公路把木材偷运出西藏几乎不可能。就像古代的人们用漂浮的方式通过大运河把木材从南方运到北京一样，也有人打起了西藏河流的主意。我在旅途中不时能看到在峡谷里有原木随波逐流。这样的运输方式在一百年前居然还被当成了地理测量和传送情报的手段。英国人贝利为了确定印度的恒河是否是雅鲁藏布江的下游而潜入西藏，把做了标记的原木投入江中，有人在下游守候，等待那几根命运难料的木头。印度政府派出的谍报官也曾经把情报藏在原木里抛进雅鲁藏布江，据说那些木头都悄然漂进了孟加拉湾，情报并没有出现在当局的办公桌上。旅途上的随意联想让我觉得是在看一部情节起伏跌宕的电影。

在检查站，遇到三个人要求搭车。他们是一对年轻的藏族夫妇和他们的朋友。他们告诉司机已经等了三天车了。从情面和经济利益出发，司机都没有理由拒绝他们。他们跟鱼和艾萨克挤在了后面。

在一个上坡路段，有一辆侧翻的卡车横卧路中央，完全挡住了道路。车上的玻璃散落在山坡上，远远望去像是一道瀑布。我爬上一个制高点，想拍摄卡车的情形。围观的人群中有人向我呵斥："不许拍照，听到没有，不许拍照。"我猜那个人可能是司机。他小心翼翼运载的货物全部损毁，正情绪激动，怒火中烧。

在藏区的很多地方，司机没有驾驶执照，车辆没有行驶本，更没有保险。出事了，损失无从弥补。我不愿触犯众怒，把相机收在皮套里，缓缓向人群走去。我心里忐忑，却表面坚强。我听见有人说："他有枪，他有枪。"人群开始骚动，大家纷纷闪开，给我让出了一条道。我的目光扫过所有人，我坚信危险已离我远去。

我穿过人群回到自己的车旁。斜背着 F707，我问鱼是否真的像把枪。鱼扫了一眼，甩过来一句："有点像王八盒子。"

天渐黑了，雨开始下，出事的现场依然没有得到清理，司机说要等货主来。师傅决定往回走，找老乡家借宿。师傅说他们平常遇到这样的情况，就会在驾驶室里挤着待一宿，既省钱，又暖和。

03

在囊谦到类乌齐的国道沿线，分布着美丽的乡村。几乎所有的村落都依靠着色彩斑斓的山冈，林木扶疏，小河清澈见底，潺潺流过村旁。村里的屋舍传统古朴，炊烟袅袅。我越来越相信旅行的目的正是这些明珠般的村落，她们让我体会了古人归隐田园的那份心情。后来在一个分别的早晨，鱼跟我相约重走这段路，以徒步的形式。我们不需要匆匆赶路，我们只想在路过梦幻境地时听任自己驻足停歇。

在到吉多乡之前，我们路过一个不知名的小村庄。天色已晚，山色黑暗。我去路边的老乡家敲门，没等到主人回应，看家的狗已经在院子里狂叫起来。我都担心矮矮的处女墙根本挡不住恶犬的攻击。屋子里没有声音，灯也始终没亮。也许，老乡对不速之客心存忌惮，不愿起身开门，就是搭车的藏族哥们儿大声求助也无济于事。那个哥们儿建议再往回走一段，不远的吉多乡有他的朋友，肯定能留宿我们。这个哥们儿在途中给我看过一个象牙手镯，说是他妈妈的，准备拿去昌都转卖。我对藏地的象牙饰品已经很有心得。这是一只岁月久远的手镯，象牙的衔接处配以银

木柴、木栏、木房，柴门虚掩，一两条藏獒，构成牧民简单的院落。

饰，很漂亮。但这小子开价四千块，我想都没想就把手镯还给了它。

藏族哥们儿的朋友有一栋大房子，足够容下我们这支临时队伍。老乡说我们需要交房钱，每人十块。在这个夜半时分，凄风冷雨，不会有人计较价钱。跟鱼商量后，我们决定承担师傅他们四个人的费用。师傅说车里有一箱方便面，愿意拿出来跟我们分享。在很多旅游论坛对搭车司机的一片口诛笔伐声中，我再三遇到侠士般的司机。我不能把这些归于运气，在艰苦卓绝的环境里，很多人的善良和他们的沉默一样深沉。

女人吃了鱼的药后，加上这里的海拔低了许多，头疼消失了，但还是很虚弱。她和闺女被安排在靠近火塘的卡垫上。艾萨克进屋后一屁股坐在了茶几上，主人面露不悦。在得知自己犯了规矩后，艾萨克愧疚地起身，向主人道歉。也许是第一次接触老外，主人一家倒是乐得大笑起来。

老乡家里有大彩电和DVD机。主人等大家吃完方便面，拿出一张碟片，坏笑着问我们看不看。我还真有点好奇，但不是对毛片，而是他从哪弄来的毛片。女主人数落了几句她的男人，抢过碟片去了隔壁房间。这一晚，鱼和Davis睡在了地板上，他们都带了崭新的睡袋和防潮垫。闭上眼睛前我还跟他们开玩笑地说："你们这是处女睡！"

翌日一早，我第一个醒来。旅行中我总是醒得很早。我站在二楼平台上打量起这个村子来。村子处在山谷里，有一条小河从村中流过，水流很急。村舍沿国道排开，房子的式样显然是统一规划的，全是带院子的二层小楼，很像城里的联排别墅。不同的是我们的房子坐落在钢筋水泥丛中，而这里的房子则是在自然山水之间。由于昨晚下了雨，山谷里雾气蒸腾，山冈上有绵羊般的云朵飘过。我只穿了一件短袖汗衫，但没有觉得冷，我当时想也许跟我刚从鸭绒睡袋里钻出来有关。

师傅和徒弟起来后就开始收拾车子。师傅说早出发了没用，那辆卡车肯定还在原地躺着。艾萨克见状就去爬山了。我担心他有组织无纪律，就规定他一小时内必须回来。Davis拿出照相机，说去村子里搞摄影创作。当我和鱼在整理内务的时候，主人用手指向屋外，操着半生不熟的汉语说："洗澡，洗澡，有热水。"我恍然大悟——村子里有温泉。村子底下有一个天然的供热系统，怪不得我丝毫感觉不到寒冷。鱼立刻决定去泡温泉。我们跨过小桥，果然见到有几眼温泉，大小跟澡盆子一样，往外冒热气，接近温泉的地方能明显闻到硫黄的味道。鱼利落地除去衣衫，光着身子跳进了温泉，只把头露在外面。我爬到山坡上一边出恭，一边望着鱼泡澡。等他从温泉里站起身，前胸后背上沾满了灰渣。

等我们回到事故现场，事故车仍在清理中，我们只得等待。Davis拿出随身带的掌上电脑，播放的歌曲令我意外。那是我最喜欢的马克·诺夫勒，他是上世纪八十年代脍炙人口的恐怖海峡乐队（Dire Straits）的最主要成员。Davis来回播放了《西部往事》、《狂野西区》（Wild West End）和《荒野旋律》（Wild Theme）。这几首歌曲不仅吻合当时的环境，而且触动了我们的心灵。后来，我从亚马逊买了马克的最新专辑《香格里拉》（Shangri-La）寄给Davis。歌里唱的虽然不是我们的目的地，但令我们回想起难忘的旅行。

快到类乌齐的时候，师傅建议我们下车走过去。因为时光尚早，他担心有公路稽查。卡车是明令不让载客的。那是很短的一段路，我们绕过山脚就望见了类乌齐，大伙开心地唱起歌来。卡车在去往丁青的路口等着我们。我们本想请师傅他们吃顿饭，但他们说已经耽误了一天，得抓紧赶路，不然蔬菜就烂了。

///// 类 乌 齐

01

我第一次听说类乌齐，是从当年解放军进军西藏的资料里面。1950年秋天，毛主席决定攻打昌都。藏军据险死守，屡挫解放军。关键时候，青海骑兵支队从玉树直插类乌齐，切断藏军后路，实施包围，最终迫使藏军投降。

类乌齐不是西藏有名的旅游胜地，它甚至不在那条经典的川藏线上。这使得类乌齐避开了游客纷至沓来的脚步，让自己像一块璞玉那样藏在深山无人知。"类乌齐"的藏文意思就是大山。

我们到达县城桑多镇的时候，已近黄昏。和藏区很多尘土飞扬的小镇相比，桑多镇不仅干净，而且安静。县政府占地很大，有欧式的铁艺大门。门内的大树叶子金黄，草坪如地毯一般平整。县政府对面是全镇最气派的旅馆，名字很响亮，叫阳光酒店。前台的服务员经不住我和鱼的软磨硬泡，把每人的床位从六十块降到了三十块。事后，我很内疚。我们并不是真的经济拮据，我们的快乐来自调侃，而单纯的小姑娘并不知情。我离开类乌齐前一直想找机会请她吃饭补偿，可她一直没有给我机会，我猜她开始警惕我们这样貌似无辜的流氓了。在我以后的旅行里，这样的砍价没有再发生过。

房间很不错，是个套间。墙上贴着花色墙纸，热闹得有点像KTV。鱼说他晚上打呼噜，就睡外间。房间有洗手间，可是没有水。服务员给我们提来一桶水，洗脸刷牙冲马桶全靠这桶水。住店前我就打听好了镇上唯一的一间公共澡堂，淋浴，两块钱一位。我们放下行李就迫不及待地趿拉着拖鞋，唱着小曲，摇摇晃晃地奔澡堂而去，引得路人好奇地盯着疯疯癫癫的我们看。我们的好心情理由充分，因为艾萨克说沐浴更衣完毕请我们吃火锅。

我们的火锅宴以午餐肉为主，辅之以土豆白菜，啤酒管够，算不上腐败。我喝得全身发热，直喘粗气。艾萨克给我敬酒，我强咽下一口跟他说："你小子想灌醉我啊，我一会儿还有一个约会呢。"艾萨克当真，回旅馆的路上，还在问："嗨，村郎，你要跟谁约会啊？"

第二天，大家很晚才起，柔软的席梦思让我们对床无比留恋。艾萨克不想出门，留在房间里写明信片。老外在旅行时有两大习惯值得我们学习。一是带一本比砖头还厚的书，不分场合地拿出来啃读。二是喜欢写明信片，一写一大摞，重复相同的故事，满世界地发，间接促进了偏远地区邮政事业的发展。后来这小子听说镇上有网吧，就好像在大海漂泊的船员见到大陆一样兴奋，整个下午都泡在网吧里。

我不愿意把白天浪费在室内，就和Jackie和Davis去城外的河谷转悠。河谷很开阔，山林葱郁，紫曲像绸带一样，流光溢彩。我想象不出这里会是当年血腥的战场。如今，硝烟已散尽，马蹄声也远去，类乌齐依旧美丽。紫曲是澜沧江的上游支流，不算是西藏最漂亮的河，但名字无疑是。

山坡上有两个藏家女孩在放牛。我说："带我们回家喝杯酥油茶吧。"那个叫次仁的女孩刚才还不让我给她拍照，现在却毫不犹豫地带我们回家。山坡上有很多土

次仁是纯真、质朴的藏族少女。简单的生活使她快乐、满足。我无法忘掉她的笑容，那么富有致命的感染力。

坯房，不像是村庄，更像是临时居民点。次仁用搅拌器给我们做了酥油茶，我已经很少在藏族人家里看到酥油茶桶了。次仁的姐姐扎西见到我们，害羞起来，躲去了屋外。她们还有两个弟弟，都在上学。爹妈也出去串门了。

大家很喜欢姐妹俩，就决定送她们每人一双旅游鞋。我们来到镇上的商店，姐妹俩高兴地几乎把所有的样鞋都试穿了一遍。她们试鞋的时候，让我们回避。售货员告诉我们女孩的脚不能让男人看到。我一直以为西藏女孩都很开放，却不料看她们的脚都是禁忌。最后次仁选了一双白色的，扎西选了一双粉色的，都是店里最贵的鞋，六十块钱一双，由我掏钱。我跟鱼商量好了，由他掏钱给弟弟买书包。直到几天后我离开她们家，姐妹俩也没有穿过新买的鞋，她们舍不得。

吃完饭送姐妹俩回家，我做出了一个令所有人意外的决定：留下来，搬来次仁家住。我把这个想法告诉扎西，全家人都很开心。扎西没有了先前的羞涩，她说："你留下一样东西，好让我们相信明天你不会和他们一起离开。"这是一个要求，更是期待。我把手里的头灯塞给扎西，问她："这下你相信了？"扎西心满意足地点点头。

类乌齐每天有一趟班车去昌都，发车时间不固定，一般是在上午十点以后。他们三个很晚才起，急忙收拾行李。我去探听几点发车，却意外看见姐妹俩都等在路边，扎西说："我们来送那三个叔叔。"我让她们先上车找座位坐下，然后回旅馆通知他们。等大家上车，扎西急得脸都红了，一个劲地埋怨："你们怎么这么慢呀，班车都在城里转了三圈了，我们也不敢下车。"姐妹俩硬是给鱼他们占了两个座位。

快开车了，艾萨克从车窗里伸出手来，我们握手做最后的告别。艾萨克恢复了老外客套的一面，直说："我很感谢你为我做的一切，真的很感谢。"他留下了他的邮箱——邮箱名很长，叫 IssacStillWell。

旅途中邂逅的很多人，多是清尘浊水，后会无期。

02

在旅途中，抵达可能漫不经心，离开时，却已经有很多事情让你刻骨铭心。在次仁家的短暂盘桓就是这样。我现在回想匆忙离开的原因，竟是为了抗拒温情的生长。这也许只是一个借口,但从此往后我听到类乌齐,回家的念头就会油然而生。

扎西十六岁,是类乌齐县中心小学五年级的学生。有意思的是比她小四岁的弟弟旺堆也读五年级,只是姐弟俩不在同一班。他们都是班上学习最好的学生。最小的弟弟贡却念一年级。昨晚我们没见到他,鱼就只给旺堆买了一个新书包。小家伙不干了,早晨抢过哥哥的新书包,把哥哥的书本和铅笔盒倒在地上,背着上学去了。次仁十四岁,一直辍学在家。我问她为什么不上学,次仁爽快地回答说她不喜欢读书,而喜欢在家里干活。对次仁来说,干家务比读书容易,也简单。她挑水洗衣,买菜做饭,身手敏捷。

次仁的笑容干净,纯真,具有致命的诱惑力。我被这样无邪的笑容俘虏,甚至有点嫉妒。姐姐扎西性格内向,终日郁郁寡欢;就是笑,目光也是扑朔迷离,叫人隐隐地担心。刚才班车绝尘而去的时候,我见到扎西眼眶湿润。她已经是个青春期的大女孩了,学会了多愁善感。

我管家里的男主人叫大哥,女主人叫大姐。可事实上他们都比我年轻几岁。我不好意思直呼其名,那样让我觉得有点反客为主。还好,他们没打听过我的年龄。我后来去阿里旅行,住在神山冈仁波齐脚下的塔钦村,客栈的大姐打听我多大,说要把小女儿嫁给我,让我带走,我记得我当时虚报了年龄,但没敢虚报婚姻状态。

大哥丹增看上去很本分,离类乌齐不远的甲桑卡乡是他的老家。老家有几十头牛羊,他很少回去,就雇人照看。他的工作就是每年5月份带着全家上山挖虫草,能挣一万多。其余时间里,他基本上无所事事,穿着一身西装,跟朋友在小酒馆打发时间。大姐卓尼是一个悠闲得令人发慌的主妇。因为有女儿代劳,卓尼整日里穿戴整齐,像是等着亲戚朋友来访。

次仁家有三间屋子,家长一间,姐妹俩一间,兄弟俩睡在客厅的卡垫上。屋外有一个不大的院子,由木栅栏围着。院子里有块菜地,才发芽,所以次仁每天都去镇上的门市部买菜。我要跟着去,她不让。小小年龄的她居然说那不是男人该干的活。我顿时觉得很幸福,就夸丹增教导有方,培养出如此深明大义的女儿。

院子的角落里有一个像凉亭一样的茅房,如厕的时候还能兼顾田园风光,适合文学创作。

在次仁家的这几天,我仿佛生活在梦幻的童话世界里。阳光、山坡、溪流、野花、牦牛、炊烟和木栅栏，我都怀疑这些是否是极度焦虑后的臆想，简单，虚幻。当光顾镇上唯一的一家网吧时，我反而能产生一种真实的感觉。夜幕中，我为回到熟悉的生活场景而如释重负，我猜那是因为总有一种力量羁绊我的脚步，不让我走得太远，远到面对如诗的风景心如止水。

03

村里来了新人，这给平淡的村民生活带来了新鲜的话题。他们借故来次仁家探访，有的只是隔着木栅栏跟丹增和卓尼大声聊上几句，抽空往我这儿瞧上两眼。这个时候的我一般是坐在院子里的长条木椅上读闲书。在旅途中，我曾经被人怀疑过是失恋者、逃犯或者民族分裂分子。在次仁家，我可不担心会发生这些误会。村民们投来的目光里没有狐疑，只有好奇。他们无疑把我当作丹增家的姑婿了。

我的猜测很快被证明是对的。中秋节的那天下午，我从山坡上睡午觉回来，打算去镇里的澡堂子洗澡，出门见到邻居和她的朋友们正坐在矮墙下闲扯。她们的兴致很高，聊得兴高采烈，还发出肆无忌惮的笑声。

经过她们身旁的时候，我听到了一声悠长的口哨，接着是熟悉的打招呼声。

我知道她们是在叫我，因为附近并没有别人。我停下脚步，转过身面对着这帮村姑。我只认得女邻居，其余三个面生。其中一个面容姣好，肤色白皙，是个美人。四个人当中只有美人会讲点汉语，她成了我们的翻译。她说她们也住在村里，只不过隔了几排房子。女邻居的丈夫出门打工去了，自己在家带孩子。我注意到一个孩子正跟着觅食的母鸡在地上爬，另一个躺在母亲的怀里睡觉。女邻居很年轻，但疏于个人卫生，有点辜负自己还算俏丽的面容。

"你是谁？是不是他们家女儿喜欢你？"美人单刀直入地问道，其余三个人都露出期待的神色。

"我来类乌齐玩，遇到次仁，就搬过来了，没你说的那回事。"我轻描淡写地回答。

"我们才不信呢，你的朋友都走了，你没走。"美人有点不依不饶。

我暗自一乐，心想，你们观察得倒是挺仔细。我发现次仁正站在自家门前，手搭凉棚往这边张望。她的神色有点犹豫，估计是对这几个老娘们心存忌惮。我指了指次仁，对她们说："她才多大呀，你们别把她教坏了。"

她们哄地笑了起来："你不懂，在我们这里，十几岁就可以嫁人了。"

女邻居怀里的孩子哭了起来。她晃了两下胳膊，见孩子没止住哭声，撩起粉红色的秋衫，捧起自己的乳房就往孩子嘴里送。她的乳房鼓鼓囊囊的，令我想起灌满了水的热水袋。

美人指着邻居对我说："她刚才说她喜欢你。"话音未落，赶忙改口说："她说她爱你。"

这下轮到我开心地笑了。我跟她们摆摆手，说："我走了，拜拜。"

"喂，喂，你去哪里啊？"美人站起身，拦住我。

"我去澡堂子洗澡啊。"

"我也想去，你让我跟你一起去吧。"美人半开玩笑半认真地说。

"好啊，我正想找个人给我搓搓背呢。"在她们面前，你越露怯，她们就越得意。美人把落在额头的头发往后拨拉了两下，不说话了。她的身材应该很好，只是宽大的藏袍掩藏了她的骄傲。

次仁走了过来，拉着我就要走。她低声地说："别理她们，她们是坏女人。"我突然对次仁刮目相看，不知道该说什么，就安慰她说："我们在开玩笑，她们都不是坏女人。你先回家吧。"

我洗完澡，去了网吧，然后在一家小馆子吃了碗肉丝面，跟四川来的老板娘聊着节日的话题。我喜欢这样的感觉，在本该团聚的节日里浪迹天涯，无人相识，无牵无挂。我回次仁家的时候，明晃晃的月亮已经挂在了山谷上空。经过女邻居家时，窗户里洋溢着温暖的灯光。她也许不知道中秋之夜，她更不知道此刻我正从她的窗前走过。很久以后，我还会问自己，如果那晚她碰巧看见我回来，我是否会听从她的召唤，跟她回家呢？

04

就像留下是临时的决定，离开也很突然。我说要走的时候，次仁全家并没有当真，他们以为只是个玩笑。临睡前，我再次提出来，他们才真的意识到传说中的

"姑婿"要离开了。扎西的眼泪唰地掉了下来，坐着不动弹，就像受了很大的委屈。次仁的暴脾气上来了，气呼呼地在屋里游走。两个弟弟原本都躺下了，又坐了起来。丹增和卓尼有点手足无措，局促地站着。

看着全家人，我就像是个做错事的孩子。相聚本就意味着有朝一日的离别，我不忍心看到挽留的眼泪，却又必须出发。我本来就不是意志坚定的人，温情会感化我的斗志，消磨我的勇气，滞留我的脚步。我把这样的怯弱深深地藏在心底，给他们解释说国庆节快到了，再不走会坐不上班车的。

翌日早晨，扎西阴郁着脸背起书包走了。倔强的次仁还在生气。我让她去送我，她连瞧都不瞧我。我几乎是带着极度愧疚的心情，仓皇逃出家门，都没敢回头看一眼。

我走到山脚，发现扎西正等在那里。她一言不发，拽过我的背包就往车站走。当类乌齐已成往事，我的情绪才缓和下来，让我感到不安的是我无疑打扰了次仁一家的生活。

后来，次仁家安装了电话。姐妹俩在每个电话里都会问我同样的两个问题："你在干吗？你什么时候回来？"她们的口气就像是在问出外打工的大哥。鱼有时候也会打电话过去，询问兄弟姐妹们的学习状况。离开前，受鱼之托，我又去买了一个新书包。这样，兄弟俩都可以背着新书包去上学了。我没有想过扎西、旺堆他们有朝一日能迈进大学的校门，但我期盼读书能改变他们的生活。

////// 昌　都

昌都还有一个名字，叫察木多，现在很少用了。如果广东人来念，会被人误解成差不多的意思。

昌都是西藏第三大城市。跟我经过的那些个小镇相比，昌都简直就是特大型城市，有供人集会的城市广场；路口有交通信号灯；街上跑着出租车，只要不出城，

国道边的小店，简陋但不可或缺。

到哪儿都是五块钱；街边中国电信的电话亭，插卡即可通话。

夜幕低垂，昌都中路一带的发廊开门迎客，暧昧的粉红灯管鳞次栉比。女孩们坐在竹椅上，嗑着瓜子，摆龙门阵。她们大多来自四川农村，个个长得都像邻家小妹，目光单纯，衣着规矩，令人难以想象她们竟是在从事着人类最古老的行业。

有一次在苏州，我和同学在新区吃完饭，打车回家。经过一条街，灯红酒绿，美女多如过江之鲫。出租车司机见我操普通话，疑似外地人，就跟我介绍说这是苏州有名的红灯区，客人多为日本人和台湾人。司机补充说，上面跟警察打过招呼，不接到报警，就别踏进这条街。我没去证实这个说法，但我基本上持不怀疑态度。

在昌都，带我来到发廊一条街的不是出租车，而是我的双脚。我住在澜沧江边上的东山招待所。招待所位于县城的东北角，是一家干净的小旅馆，有热水供应。天刚黑，整条街都停电了。从旅馆的窗户往南望，隔街却是灯火阑珊。下楼没走多远，我就发觉自己居然是住在了红灯区外围。昌都的这些粉红色灯光我在国内的很多城市见识过，但规模大到令人瞠目的非西安莫属，坐车沿着二环走十来分钟，竟还没有脱离这片诱惑的灯光。昌都的规模远不如西安，街的两边总共二十来家的样子，走一圈花不了多少时间。

"老板，进来耍一下吧。"跟我打招呼的是一个蹲在门口的小个子男人，我觉得他有点像看场。出门在外，还没有我不敢进的店。我进门，径直找了把竹椅子坐下。屋里的女孩们看了我一眼，又转眼看电视了。她们身后的墙上有一扇门，挂着花布帘子，挡住了后面的别有洞天。小个子跟着进了门，问："老板，想怎样耍？"

"我正想问你呢，怎样耍？"

"老板，六十块钱耍一次。"

"耍一次是什么意思？"

"打炮啊，老板。"

小个子的迫不及待让我想起了在越南的经历。一个黄昏，我在西贡的街头遛弯。一辆蓝色的 Vespa 牌摩托车在我跟前戛然停住，跳下一个丰乳肥臀细腰的当地女孩，开门见山地跟我说："Make love. Cheap, cheap."见我愣在那，似乎没听懂她说的话，女孩有点着急，冲我脱口而出："打炮，打炮。"后来我才知道在越南投资的台湾人很多，教会了当地人说这两个汉字。

我扫了一眼女孩们，显得不是很满意："就她们？"

"是，是，老板要是不喜欢的话，我再给你去找。"

"不用了，我去其他家看看。"我摆摆手，起身就走。小个子还真讲商业道德，赶忙说："要是老板没遇到合适的，再回来啊。"

我差点没能全身而退的是在第二家。这一家显然生意红火，因为阵容庞大。不大的屋子里挤坐着十来个姑娘，正酝酿情绪，准备开工。一个黑衣黑裙的女孩肯定是见到我从街对面的那家店里出来，拽着我的胳膊就往里拉，我也就索性半推半就，通过窄窄的楼梯，来到楼上的单间。单间更为狭小，除了一张按摩床，都放不下一把椅子。女孩特别希望我能答应跟她耍一回。

"我几天都没开张了。"

我摇摇头，想下楼走人。她在门口蹲下，挡着我的去路，仰头看着我，好像很无辜的样子。我跟她说："如果你饿了好几天，我可以请你吃碗面。耍就算了，我耍不动。"

她很失望，但还在争取："大哥，求求你了，就耍一次嘛，四十块钱，行不行啊？"

我最终设法摆脱了她。出门的时候，她跟在后面说："大哥，记得来找我耍啊。"

我决定不再瞎逛了，回旅馆早点歇，因为明天一早要赶班车去江达。可是，我再次听到有叫唤声："小兄弟，小兄弟。"

我看见一家发廊的玻璃门后面有人朝我招手。我觉得新鲜，还真很难得有人称呼我为小兄弟。发廊里只有两个人，显然不再是女孩，称她们少妇可能更为恰当。岁数偏大，但别有风韵，身材凹凸有致，衣着也更大胆，雪白的乳沟像冰川一样摄人心魄。

"你不是本地人吧？"

"不是啊。"

"我们刚才看见你走过，怎么，没有耍吗？"

"出门前，媳妇说了，不能耍。"

"哈，哈，你说话真有意思。坐会儿吧，陪我们聊会儿。"

这两个标致的少妇很直爽，跟她们聊天比跟她们耍可轻松愉快多了。她们几乎有问必答，像是经常被采访。光顾这些发廊的大多是藏民，本地的汉族人避之不及。有些人比较粗暴，喝得醉醺醺地来了，耍完了也不给钱，女孩们只得认倒霉，不敢追出门讨要嫖资。少妇咯咯笑着说："我们就喜欢你这样的，读过书，素质高。"我被风吹日晒得跟藏民的肤色一样，胡子也好几天没刮了，她们怎么就断定眼前这个流浪汉曾经是个白面书生呢。我不由得佩服她们阅人无数练就的好眼力。

我们聊到了安全套。这里的性交易根本就不用安全套，卖春女子的普遍做法是在事后用消毒液清洗外阴。我跟她们说："这好比牙疼，你却把药膏抹在脸上，根本不管用。"她们把手一摊，说："是客人不喜欢用，我们也没办法啊。"

我记得在川藏线旅行的时候，见司机喝酒都会留半瓶，一问才知道剩下的半瓶是留作耍完后消毒老二用的。

第二天是国庆节，康巴艺术节在这一天开幕，康巴地区的很多文艺团体都将聚集昌都会演。这样的派对，我偏偏不喜欢，只好离开，只是，我有时还会想起昌都那条流光溢彩的发廊街。

////// 江 达

江达距离昌都两百多公里，班车整整走了十个小时。离开昌都的时候天蒙蒙亮，到江达天已经黑了。国庆这一天，我是在班车上度过的。为了不影响艺术节的开幕，

徘徊在藏地的田间阡陌,永远会给你带来惊喜。山边、林间、木屋,那是画里的景致。

班车提早发车了。司机被调度从睡梦中唤醒,几乎是闭着眼睛把车开出城的。

江达令我失望,整个县城就是建筑工地。如果有夜班车,我会毫不犹豫地离开。当晚,我住在了交通宾馆。宾馆的大院就是江达汽车站,售票处的窗口始终是关着的,它只在过路的班车到达和出发之间才开窗卖票。江达有班车发往成都,但始发站不是江达,而是四川的德格。班车早晨从德格出发,一路西行,中午到达江达。司机草草用过午餐,拉上旅客掉头东行,返回德格。旅客在德格住一晚,次日清晨重新集合,继续去往成都的旅行。

宾馆的二层是朗玛厅。朗玛厅在内地的话就叫歌厅。西藏的少男少女们喜欢时髦的声色犬马犹如我们喜欢西藏的蓝天白云一样。来江达的车上,就有几个这样的少年,他们在手机有信号的时候,就一直在联络着晚上的娱乐节目。节奏强烈的音乐持续到深夜,使我的睡眠时断时续。

次日上午,我去邮局盖戳,竟被告知国庆期间邮局不营业。江达县邮政局共有五名员工,全部去了昌都看演出。好在县城外的村子是个好去处,彻底缓解了我郁闷的心情。田间大树虬枝盘曲,绿荫匝地,泉水汩汩流过。农舍是藏区已不多见的木楞房,从精美别致的窗棂可以看到村民富裕的生活,只求温饱的家庭不会把自己的窗户弄得像是雕刻家的作品。我接连探访了三户村民。由于靠近四川,他们的汉语水平普遍不错,沟通毫无困难。其中有一家的 DV 无法正常使用,问我是否懂修理。主人的闺女叫扎西,是江达县林业局的干部,去过很多地方,见识不少。她身材高大，笑容却很甜美。她的丈夫是个警察，可惜在外地工作，聚少离多。他们的女儿还很小，扎西的最大心愿就是丈夫能调回县城来，一家团聚。

在田间阡陌徘徊，我从内心深处意识到自己对乡村的兴趣远远大于名胜。不同的自然风景养育不同的生活方式，而生活方式的最终体现是通过人的活动来完成的。旅行从表面上看让我远离都市，远离人群，其实是赐予我机会，去接近并了解陌生人的生活。走多远，一个人的心中都不应该有真正的无人区。

等到下午两点钟，令人望眼欲穿的班车终于到了。卖票的窗口已经有一位老者在排队了。上车后我才正式认识了这位马叔叔和他的太太余阿姨。他们的文人气质令人肃然起敬。马叔叔和余阿姨退休前供职于中国社会科学院。马叔叔是绍兴人，年近古稀，却精神矍铄，看上去像温柔版的鲁迅。余阿姨的老家在四川巴塘，具有藏族血统。他们在美国有缘得到一套西藏康巴地区的百年旧照，其中就有余阿姨的家乡巴塘。照片是当年美国传教士拍的，内容包含山水、建筑和人像，他的后代保存至今，意义非凡。余阿姨就决定按图索骥，故地重游，寻找同样的角度重拍一套照片，举办展览，揭示百年来康巴地区的文化陷落和传承。余阿姨的介绍让我对自己引以为豪的旅行感到沮丧。我一直希望自己是一个拿笔的行者，却始终无法摆脱取悦自己的把戏。知识分子不仅妙手著文章，还要铁肩担道义。余阿姨马叔叔就是这样的知识分子，他们赋予了旅行一份历史使命感，并为此奋不顾身。余阿姨告诉我，马叔叔在旅行开始前的半个月刚刚在体内安装了心脏起搏器。对于这样的老者，我该做的，就是低下头，默默跟在他们的身后。

///// 德　格

01

从像舞台布景一样坚固而美丽的岗托乡东行不久，就望见了碉楼。碉楼自古以来就是军事设施，伫立在交通要道。碉楼脚下是金沙江，水声跟名字一样如雷贯耳。

我背对着拉萨跨过平庸的水泥桥，进入了德格。要是在以前，玛多以降的所到之处都是德格土司的地盘。我就像被放逐千里的臣子获赦返乡一样，回到了德格。只是，土司的影子已经像尘埃一样落定了。

除了土司，我知道的德格名人还有一个，是女作家唯色。她给自己的父亲写过一首诗，名字就叫德格。唯色是我觉得写西藏最出色的女作家。她的文字总是感情饱满，饱满得甚至沉重。我有点担心她的民族主义情绪会导致笔走偏门，影响大众对西藏的公正阅读。唯色是一个生长在汉地的藏族人，不会说藏语。在汉族人眼里，她是藏族人；在藏族人眼里，也许她更像个汉族人。对唯色来说，这样的身份转换带给她更多的可能是痛苦和惆怅，反映在笔下，是她对西藏现状和过去的爱恨交加。

我下车，站在德格的岔路口，脑海中挥之不去的是对这座小城的随意幻想。我背对着西藏，面向东方的工业文明。我的身旁有一座桥，沿着走，是德格的过去和

德格是藏文化的中心，伟大的印经院使这里的香火格外隆盛。
印经院的墙外，天天有藏民在转经。

现在，对了，这是我要去的方向——藏文化的中心。

我跟马叔叔和余阿姨一起住进了路口的蓉城旅馆。这是一家小旅馆，旅馆门口就是德格汽车站，汽车站没有任何明显标志，我住了两天都还不知道。临走前我跟旅馆的服务员打听车站，服务员咯咯一笑，指指门外，说："喏，那不就是嘛。"

德格最有名的是印经院，现在依然按照古老的方法印刷经文。有别于藏地的其他印经院，德格印经院摒弃门第之见，对佛教各派经典一视同仁。印经院有世界上最全的《甘珠尔》和《丹珠尔》的经版。《甘珠尔》也叫大藏经，在佛教中的地位，比肩基督教的《圣经》和回教的《古兰经》。《丹珠尔》更像是佛教的口述历史，是历代高僧大德的佛学心得。据说当年土司还亲自校验《甘珠尔》的经版，也许他只是检查一下经版的雕工是否精美，有无瑕疵。传说让我对土司产生了好感，扭转了以往的固化偏见。这个土司不一般，有文化，有追求。

在以前，印经绝对是高尚体面的工作。在我看来，印经非常耗费体力，非年轻力壮者不宜从事。两人一组，手起纸落，瞬息之间，拓印完毕。这样的连续动作仿佛是机械运动。我默算过，这种简单重复一分钟将近三十遍。旁人赞叹其动作舞蹈般优雅的时候，肯定体会不到单调、乏味还有疲劳。

从我踏进德格印经院的一刻起，就有一个瘦小的中年人跟着我。他说什么我没听懂，但我知道他是在努力表明自己的导游身份。他的如影相随更像是在监视我的参观。我本来想询问印经的工人是否可以为我印一张六道轮回图，我知道印经院为游客准备了这项业务。但我的心情被这位丝毫不能提供具体帮助的导游贻害无遗，放弃了收藏的念头，参观也草草了结。

我对德格的亲切感源自于她的花教背景，但却丝毫不留恋这座伟大的印经院。德格印经院现在由旅游局管理，而不是僧人。门票二十五块钱一张，本不是令人咋舌的价格，但门票上没有印上具体金额。思来想去，我猜是为了随时涨价的方便，这样的门票足以以不变应万变。印经院正在逐步成为当地政府的摇钱树，其经济效益被日益看重，而宗教意义却被逐渐淡忘，这符合国情。当年，毛主席就谆谆教导达赖佛爷说，宗教是毒药。他老人家肯定没想到，宗教在今天简直形同提款机了。

我曾经设想过德格印经院的门票，像大师的作品。纸张是印经文的那种，散发着草药的香味，门票上的字体由朱砂和黑墨印刷，除了德格印经院的图片名字，还可

131

以印上六字大明咒，背面印上格萨尔王的马背英姿。藏区的文攻武治，一票尽现。

在入口处，你恭敬地奉上人民币，工人按照三百年来的方法，唰唰两下，门票新鲜出炉。

这样该有多棒！

02

我有了同屋，是一个重庆妹子。她背着高过一头的背囊，独自在川藏线旅行，风尘仆仆。也许是因为旅途艰辛，她脸上杂草般地生长出不少粉刺。晚上借着昏黄的灯光，她举着小镜子挤压那些痘痘，有点心狠手辣的劲儿。我打心眼里敬佩这样的女生，不爱红装爱武装，为了追求自由不惜毁容。

早晨我叫妹子去吃早饭，她哼哼叽叽地就是不起来。我喝完两大碗热气腾腾的白粥，大啖半打香喷喷的肉包子，回到房间，见妹子还蜷缩在她的睡袋做春秋大梦。我把她叫醒，让她跟我去印经院的墙外看转经的信徒。

昨天她见到我在囊谦觅得的那把银鞘小刀，特别喜欢。我告诉了她这把刀的故事，她有点不相信，反复问我："这样也行吗？"她决定如法炮制，给自己收藏一把，再送闺中密友一把。我答应帮她。

听说是去寻刀，她才不情愿地起来跟我出了门。走在街上，我怎么都感觉像是拐卖了一个初中女生。妹子的登山鞋明显偏大，走在街上发出噼里啪啦的声音。她说自己的脚小，买不到正合适的登山鞋。好在她不是徒步旅行，不然脚丫肯定变成红烧猪蹄。

印经院外已经有很多藏民在转经了，我们不敢坏了规矩，随着人群也转了三圈。接着，我们开始找刀。回想起来，当时我的样子肯定不像正经人，心怀叵测，眼睛专盯女人的下半身。在藏区，男人佩刀，警察会干涉，所以男人会把长刀藏在衣服里；女人则不受治安条例的限制，更何况她们所佩带的无一例外都是弯弯小刀，装饰精美，怎么看都不像是吓人的凶器。

我问妹子："别人会不会以为我是流氓啊？"

妹子莞尔一笑："那还用说，肯定会。"

德格山坡上的经帐,迷人而震撼。

我反唇相讥:"那你昨晚还跟流氓睡在一起!"

我俩几乎是同时看见了一位正在躬腰缓行的老太太,腰间挂着一把小刀,看上去很有年头了。妹子像是发现了宝藏,快步趋向前去。老太太不会讲汉语,没有明白妹子的意思。妹子指指她腰间的小刀,老太太就解了下来递给妹子。刀鞘由藏银打制,还镶嵌了石头。妹子很喜欢,就问老太太能不能把刀转让给她。有人把妹子的话翻译给老太太听,老太太笑了,张开手掌,我们就听到翻译脱口而出:"五十。"

妹子手捧宝刀,千谢万谢完老太太,转身接着谢我。这时,另一个老太太经过我们身旁,她伸手拉住妹子的衣角,用不流利的汉语问她是不是还要刀。妹子点点头，老太太同样伸出了五指。只一会儿，妹子的愿望都达成了。

我俩坐在路边的石头上，她开心地玩着两把刀，还举刀对着太阳，像是要辨别刀的真伪。我想起了囊谦的格来大叔，心里有点不安，我们这样的行为到底算不算巧取豪夺？

妹子要赶回重庆上班。下午，我陪她在蓉城旅馆的楼下等车。妹子运气不错，没等多久，来了一辆东风康明斯，前往甘孜。唯一令人不放心的是驾驶室里已经有三个大老爷们，个个浑身冒邪气，看上去比我还像江洋大盗。我听说过很多川藏线上单身女游客遭劫色的故事，看看天色渐晚，就劝她明天再走。妹子这时显出了她那大无畏的侠女本色，问清价钱后跟司机说："劳驾把我的包包拿上去，走。"

我当着司机等三人的面，掏出纸和笔，记下车牌号，跟妹子说："放心走吧，到了甘孜给我发个短信。"

六个多小时以后，半夜时分，我正在灯下看书，接到了妹子的短信，轻描淡写的四个字：已到甘孜。

03

在德格，给我温暖感觉的是更庆寺。

更庆寺是萨迦派寺庙，于上世纪八十年代重建，据说不及原来更庆寺的十分之一。遥想当年的宏大寺庙及其下辖的印经院，可以依稀看到德格在藏文化中的崇高地位。更庆寺和印经院之间是德格土司官寨。如今官寨已灰飞烟灭，荡然无存，政府在官寨的旧址上建起了学校。从山坡上眺望，这栋白色的水泥建筑夹杂在绛红色的庙宇屋舍之间，显得特别突兀。有人庆幸土司能听到读书声了，但是从来就没人替古人担忧，更没人问一声土司是否想家。

少年出家，身穿袈裟也难掩稚嫩的模样。

校舍隔开了更庆寺和印经院。这样的隔阂不仅是地理位置上的，甚至也是意识形态上的。当年，更庆寺的喇嘛不怕流血牺牲才保住了印经院里那些珍贵的经版，自己的寺庙却轰然倒塌。现在，喇嘛已不再是印经院的主人，每当他们经过印经院，肯定是别有一番滋味在心头。

一位小沙弥告诉我说寺庙有一所孤儿院，据说是由我在玉树邂逅的塔泽堪布开办的。我按照小沙弥的指引，顺着山坡找到了这家孤儿院。在孤儿院负责的江永多吉喇嘛听说我见过塔泽堪布，客气相迎。他羡慕地告诉我："我还没见过堪布呢。"不过，江永的愿望就快要实现了，因为堪布一个月后就要来更庆寺。傍晚，我在旅馆房间的窗前见江永从街上走过，跟他打招呼。江永正在采购一些生活用品，说是为堪布准备的。

我把在杂货店买的糖果分发给孩子们。孤儿院有二十多个孩子。有些孩子并不是孤儿，但他们的父母也把他们送来接受寺庙的教育。江永说，孤儿院将来会变成一所学校。我回旅馆后告诉余阿姨马叔叔关于孤儿院的事，他们第二天也去了。余阿姨回来后告诉我，江永一直在夸我是个好人。

因为塔泽堪布的缘故，我在更庆寺受宠若惊。我被允许在大经堂随意拍摄，但我牢记规矩，若非僧人们要求，我轻易不举起照相机。我更喜欢和他们随意地交谈，但他们的汉语水平普遍不过关。我说我从北京来，他们就用特别短促的语气重复道："B京，B京。"我说我在玉树见到塔泽堪布，他们同样用短促的语气重复道："结古，结古。"我拿出堪布赠予的照片给喇嘛看，他们举起照片触碰额头，就当是堪布亲自给他们摸顶一样。喇嘛们的惊呼吸引了很多香客过来围观。等堪布的照片传回到我的手里，有人直接抓住我的手腕往自己的头顶摸去。我没见过这阵势，吓坏了，赶紧把手缩回来，把照片递给了他，我哪能狂妄到代表堪布替人摸顶呢！照片传到一个老太太手里，她摸完顶就把照片往衣袍里塞，喇嘛们见状赶紧替我要了回来。

我被请到了寺庙管理委员会的办公室喝茶，喇嘛们还拿出了好多自制的点心。藏地几乎所有的寺庙都建有民主管理委员会，受当地政府领导。委员会的主要任务是贯彻政府的政策法令并管理寺庙财产。据说当初有一条硬性规定，管理委员会三分之二的委员必须由苦大仇深的喇嘛来担任。现在的管理委员会无疑更像个旅游接待处，寺庙本身也在往人文方向转移，法会和节庆越来越多地带有世俗色彩。

委员会的喇嘛双手一摊，对我说："我们还要保护文物。以前说西藏根本没有文物保护的概念，那是因为我们这里没有人会破坏文物。现在可好，游客越来越多，不保护不行啊。"

我问道："委员会现在还组织喇嘛政治学习吗？"

办公室里一位年轻的喇嘛接过话题，哈哈笑着告诉我："学啊，我们还学'三个代表'呢。"我知道这是善意的谎言，令我高兴的是这样的玩笑只会在朋友之间提起。

寒暄期间，不时有香客进来，报告自己念了多少遍经，管事的喇嘛就会找出桌上的本子，在香客登记的名字后面把次数写下来。所以，委员会还有管理信教群众的功能呢。

临走的时候，喇嘛们赠送我甘露丸，说包治百病，包括非典。这有点像美人赠宝刀，让我感到局促起来。

///// 雀儿山

我始终纳闷，一些人不常出门，回来后却有讲不完的惊险故事，仿佛路上没有和死神擦肩而过，旅行就乏善可陈。按照这样的标准，我的旅行就属于特别没意思的那种，特别不精彩，我都有点不好意思见人了。但人在路上走，焉能不遇险。在苦闷了很长时间以后，这样的历险终于让我给憋出来了，雀儿山给了我津津乐道的机会。

这是我第一次绘声绘色地讲述这段经历，它发生得如此恰到好处，妙到毫巅，让我深信有

我的旅行一向没有惊险的故事可以炫耀。雀儿山的经历让我相信，旅途中的很多故事其实更像是传说。

惊无险其实是一种善解人意。

我从没想过，自己的命运居然被攥在一个陌生人的手里。这个人就是班车的司机。他手握方向盘，在川藏公路上带领大家避祸趋福。

我在睡梦里被一阵汽车喇叭声惊醒，从窗户望出去，天空正处于黎明前的黑暗中。窗下停着一辆班车，车头的两柱灯光亮得刺眼。喇叭声是在召唤乘客。不幸的是这样的召唤对我是致命的。德格是个舒适有趣的地方，我本没有离开的打算。可喇叭声宛如前进的号角，让我从床上跳起来，冲出门外。我对司机喊道："等我两分钟。"接着转身来到平常一直紧锁大门的汽车站售票处，买了张去甘孜的车票。等我收拾完行李回到车上，司机瓮声瓮气地嚷了一句："还有人吗？"车厢里此起彼落昏昏沉沉地应和着："没啦，没啦。"宇通客车的自动门徐徐关上。

我就这样离开了德格。

那天，天亮得很迟，因为云层很厚很低。不知道什么时候飘起了小雨，等我发觉，车窗上已经挂满了水珠，水珠顺着玻璃滑下。我每年都是在雨季结束后到藏地旅行，原因就是为了避开泥石流高发期。有时候，我仍会遭遇零星小雨，但这样更多的是增添了旅途的情趣。从德格到甘孜，要翻越海拔五千米的雀儿山。很快，我们的车子在吃力地爬坡了。外面已经是雨夹雪了，越往上走，雪片越大。原本清晰的山谷魅影无息地退去，目光所及之处，白茫茫，雪飞扬。

车轮碾过积雪，发出清晰的沙沙声响。司机很有经验，停车拿出铁链子给车轮套上，以免打滑。我下车帮忙，一踏出车门，脚背就被积雪完全覆盖。尽管这样，我还是觉得欣喜，这样的大雪已经绝迹江湖很多年了。然而，司机想的肯定和我不一样。他使劲拽铁链，检查是否稳固周到。

只一会儿，气温锐降，寒气袭来。我只穿了一件绒衣，羽绒服被我塞进了背囊里。我自恃强健，天生抗寒，始终没把羽绒服拿出来。事后我却有点后怕，因为有一段时间，我都怀疑自己会冻毙在雀儿山巅。

路上的积雪经过车轮的碾压，很快结成了冰。司机变得很严肃，双手紧握方向盘，一言不发。乘客也意识到了危险，直盯着车的前方，车厢里一片沉寂。

走到山顶，迎面有车驶来，两车的反光镜几乎蹭到一起。对方靠着山壁，安全地通过了。我们的班车贴着山坡，车轮往外滑去。山坡并不陡峭，但车辆一旦失控翻转，会毫无障碍地滚落山底，乘客生还的可能几乎为零。

司机挺直了身体，几乎是站了起来。他踩住刹车，摁住方向盘。乘客可没有他那样镇定，车厢里顿时弥漫开末世般绝望的空气。有乘客慌不择路，竟然打开了车的右侧窗户想纵身跳下。司机着急了，大声吼道："谁也别跳，谁也别跳，不能跳啊。"乘客愣住了，没敢跳。如果真的翻车，谁跳车，谁就会被压成肉饼。

右前车轮滑出路基后，车子终于歪斜地停住了。司机打开车门，让大家下车。他试图把车往后退，可后轮又打滑了。男人轮流着往车轮底下铲土。在五千米的海拔高度上，这样的简单劳动也变成了高难度动作，几乎没人能不停地干上两分钟，当地人也没有例外。当车子终于转危为安，大家欢呼起来。我朝司机竖起大拇指，冲他喊了一句："真他妈牛逼！"此时此刻，只有这样一句粗口才能酣畅淋漓地表现出一个男人对另外一个男人的敬佩。他点燃一根烟，得意地笑了。

前方又出现了险情，我们开始了漫长的等待。饥寒交迫之下，藏族乘客走去五号道班求助。我随后也跟着去，却意外地发现这些乘客并没有被道班收留，他们聚在一间车库里避寒。车库只有三面墙，与户外无异。我打听才知道这是藏汉矛盾的再一次体现。道班的工作人员多为汉族，藏族老乡愤愤不平地控诉他们缺乏人性。他们对我说："你是汉人，也许他们能让你进屋。"我没有去做这样的尝试，我选择了和同路人待在一起。我们找来了半条轮胎，点上火取暖。橡胶的味道很刺鼻，但是大伙都尽量靠近它。

雪停了，天完全黑了，轮胎也烧光了，大家开始讨论是否回到车上去。突然，有人惊呼起来，大家顺着他指的方向望去，我永远记住了这感人的场景。

漆黑的夜幕下，出现了幽灵般的灯光，灯光连着灯光，慢慢移动，越来越近。接着，传来了低沉的汽车马达声。大家叫啊喊啊，疯狂挥舞胳膊，就像是死里逃生，就差眼泪哗哗流了。

从此以后，我尊重川藏公路上的司机，就像尊重我的师长。如果有一天，你必须把自己的命运交给他们，不要有丝毫的怀疑，相信他们。

甘 孜

01

雀儿山脱险后，我们在马尼干戈过夜。

我喜欢马尼干戈这个地名，它甚至不像中国地名，如果你告诉我它曾是古罗马的战场，我也会深信不疑。

当晚，马尼干戈弥漫着紧张的气氛。有歹徒持枪打劫了一辆班车，乘客无一幸免地被洗劫一空。警方坐不住了，四处搜寻。我在饭馆吃饭的时候，警察就在一旁盘问老板。我想起传说中川藏线的匪徒，屡剿不绝，无奈之下，政府干脆用武警替下道班的工人，拿锹修路，扛枪剿匪，两样都不耽误，如此这般，匪情始得消退。

次日天不亮，司机就鸣笛敦促大家上车。马尼干戈距离甘孜不到百里。抵达时，甘孜县城尚未苏醒。幸好，车站门口的小饭馆已经开张了，供应包子和白粥。我请司机吃了早饭，算是感激他的救命之恩，经过了昨天的同车共济，我们已经有了战友情谊。

甘孜汽车站里有一家宾馆，名字早有耳闻，叫金牦牛宾馆，据说是全城最豪华的宾馆，客房里都有按摩浴缸。这样的宾馆自然要价不菲，令我辈敬而远之。我敲开车站对面的诚信宾馆，睡眼惺忪的服务员并没有对我这个不速之客心生恼怒，她随手丢给我一把钥匙："帅哥，先去睡觉，醒了再来登记。"我顿时对她产生无限好感，不是因为她叫我帅哥，而是她无意之间让我感受到了最为人性化的服务境界。这样的可心服务你在以人为本的五星级酒店里可享受不到。

中午我在前台登记的时候，来了两个老外打听住店。有点发福的老板娘一听我洋文说得利落，听得老外不住地点头哈腰，就一把抓住我说："大兄弟，你要是肯留下的话，我一个月给你两千块的工资，你只要把来甘孜的外国人统统拉到店里来住。"为了表示诚意，老板娘把我的房价从五十块降到三十块，并保证不会往我房里塞人。我住的是双人间，房间宽敞豁亮，而且非常整洁。老外也住下了，其中胖乎乎的美国妞居然是一个素食主义者，她穿一条低胯的牛仔裤，露出一段蛮腰，上面刺着一只蝴蝶。我好久没看到这样的尤物了，惊呼上帝："呕，卖搞。"美国妞经不住吹捧，高兴地对我连抛媚眼。老板娘觉得是我把老外留了下来，很满意，她眉开眼笑地说："厉害哟，大兄弟，晚上过来，我炖鸡给你吃。"服务员在一边起哄，拍着手叫好。老板娘瞪了她一眼，转身出门了，剩下小姑娘冲我直吐舌头。这样的场景令我很放松，仿佛目睹人间喜剧，旅途的辛劳顿时消散。就这样我喜欢上了甘孜，决定多住两天。

在藏地旅行，我先知道甘孜州，后知道甘孜县。甘孜州的首府不在甘孜县，而是在康定。康定旧称打箭炉，曾是西康省的政府驻地。西康省在1955年被中央政府撤销，金沙江以东并入四川，以西并入西藏。现在的甘孜州下辖十六个县，其中很多县城对驴子来说绝对耳熟能详，如雷贯耳，比如康定、丹巴、甘孜、德格、石渠、色达、理塘和稻城等。

在中国革命历史上，甘孜不乏浓墨重彩。长征时期，红二方面军与红四方面军在此会师。朱德与格达活佛的深情友谊至今依然在民间广泛流传。城北山坡上的甘孜寺曾经是康巴地区最大的黄教寺庙，但在那个年代被狂热的红卫兵捣毁，上世纪八十年代重建。唯一能看到的旧东西是库房里大量的藏刀和旧式火枪。当年信众们把这些上交给寺院，是为了表明其不再杀生的决心。库房平时门户紧闭，我特意买了门票才得以一见。

我喜欢甘孜城外的雅砻江河谷，江上有索桥，桥索上挂满经幡。过桥是大片树林和草甸，少女们在此野餐，不时传来悠扬的歌声。夕阳里，村民匆匆回家。远处藏居，炊烟婀娜升起。这样的田园风光，我住多久都不会腻。

老板娘确实诚信，没有忽悠我，我晚上喝到了鸡汤。我本来想请老板娘第二天为我做一锅水煮鱼，孰料甘孜流行水葬，不是人吃鱼，而是鱼吃人，吃了人的鱼自然不能上饭桌。我见过那个水葬台，很不显眼，就在迷人的雅砻江边。

02

在甘孜，我度过了一段轻松闲适的时光。在这个热闹的县城里，我抬头却能望见皑皑雪山。俗称小隐隐于野，大隐隐于市，这两项我同时全占了，于是觉得自己快成了不起的隐士了，不牛逼都不成。

每日，我不再早早醒来，而是像在家里那样睡到日上三竿。老板娘见我会关切地问:"大兄弟,睡好了哈?"她越来越敬重我的外语能力了,因为不管来的是哪路神仙,我都口吐莲花。她逢人就夸我:"那个大兄弟厉害哟,会说好多国的英文。"

下午,应我的要求,老板娘会盼咐伙计在宾馆门外搭上遮阳棚,搬出藤编桌椅,从对面的藏茶馆买来酥油茶。恍惚之间,我仿佛实现了自己的理想——喝淡汤,读闲书,看美人梳头。这个时候,如果有人评说我的旅行是自虐,我会很乐意承认这样的自虐。我一直认为,腐败不是因为有钱,而是因为有闲。

这个下午,我照例在遮阳棚下消磨时光,服务员教我学说当地的藏文。太阳西沉的时候,我注意到有辆班车拐进了对面的汽车站,一个小女生背包朝宾馆走过来。我心中鹿儿乱撞,却故作镇静,因为她径直朝我走了过来。

"请问,这里可以冲凉吗?"她介绍自己从广州来,想找地方住下。

广州人到哪都不忘冲凉。我告诉她:"有热水,可以冲凉。"她就高兴地去找老板娘问房价。老板娘这几天宰老外宰惯了,脱口而出的房价让女孩面露难色。英雄救美的机会来了,我岂能放过!我把她叫过来说:"你跟老板娘说你要跟我住一屋,三十块就够了。"

"这样行吗?"她将信将疑。

"没问题,这两天我有功,你一说老板娘准保不会反对。"

果然,老板娘来回踱着步说:"只要大兄弟愿意就行,我答应过他不加人的。"我赶忙说:"我没意见,我没意见。"谁会对跟美女同居有意见啊!

她的名字叫JJ。我对这个名字表示反对,我总不能管一个小女生叫姐姐吧。JJ开心地笑了:"就是这个意思。"她放下背包就去冲凉了。我知道淋浴间的花洒被水垢堵塞了。打开龙头,水细得简直就是涓涓细流,你得不停地闪腾挪移才能够淋湿全身。我是急脾气,就每两天才洗一次,聊胜于无。JJ洗了很久才一路小跑着回了房间。她一边梳理着头发一边抱怨那烦人的花洒。突然,她话锋一转,问:"你怎么不去冲凉啊?"我没觉得问话有多唐突,广州人可能用这句话来相互打招呼。我猜这也许是岭南文化的特色吧。

"我昨天洗过了,今天懒得洗。"听罢此言,JJ顿时睁大双眼瞪着我,像是看着一只怪兽。我感觉她要骂我,但她忍住了,只是说:"怎么可以不冲凉啊?"晚上熄灯前,她又问我:"你怎么不去冲凉啊?"我被问急了,就说:"你烦不烦啊,又不睡在一个睡袋里，洗不洗没关系。"JJ 气鼓鼓地不说话了。

两年后，我在 MSN 上问 JJ："你怎么会决定跟我住一屋呢？"

"你不像坏人。"

"我都觉得自己像个坏人。"

"你看上去有亲切感。"

"那晚你一点也不害怕？"

"害怕啊。"

"谁先睡着的？"

"你，还打呼呢。"

"那你还不踏实睡，瞎琢磨什么呀。"

按照 JJ 的说法，那晚她很晚才睡着，心中始终忐忑不安。她第二天天不亮就搭车去马尼干戈，因为有人告诉她新路海美若仙境。我提醒过她那边治安不好，她不听，执意要去。得知 JJ 是第一次这样旅行时，我不由得佩服她的胆识。我告诉 JJ 一些应急的方法，需要时希望能管用。

白天我几乎一直期盼着她的安全回来。JJ 很晚才回到甘孜，正好赶上我们在喝排骨汤。老板娘给她盛了碗饭，说："才回来哟，我们正担心着呢。"她这句话也代表了我的心思。

JJ 坦白说新路海确实名不符实。我敢肯定，JJ 一路上几乎没看什么风景，她一直在和自己内心的怯弱作殊死斗争，最终获胜。JJ 告诉我，回来的时候在路边等车，见天色渐暗，心里不免发慌。她说："当时我想，要是你在多好啊，我就不会那么害怕了。"鼾声扰人清梦的一夜情，居然带来如此效果，让我不禁感叹信任其实也不是那么难得。这并不说明我有多么心底坦荡，像正人君子，而是从另一方面证明了美貌如花的 JJ 不乏大智大勇。

JJ 也许不知道，她的执着改变了我对她的看法。对这样一个外表柔弱、内心坚毅的女生来说，我对她只有敬佩。

从那以后，我就经常给朋友们讲起那个在甘孜老催我去洗澡的女侠的故事。

我要去色达！色达因为有世界上最大的佛学院而闻名遐迩，与之同样闻名的是她的遭遇。

///// 色 达

01

　　黎明的炉霍，我的心情懒洋洋的，任由卡萨班车把我带向前方。我对前途完全没有预料，就像是很多重大的历史事件，它们的发生也许有先兆，却完全没有预告。

　　前方的目的地是色达。

　　车到翁达镇，很多人下车，路旁赫然立着一块蓝色的指路牌。班车驶离炉霍已经七十一公里了，往东一百九十七公里，是阿坝州的首府马尔康，继续北上八十二公里，就是色达。在距离色达二十公里的地方，有一个乡名叫洛若，从这里沿着山路上行三公里，就到了喇荣沟。这里坐落着世界上最大的佛学院——色达喇荣五明佛学院。据说第二大的是在印度达兰萨拉的西藏佛教因明学院。

　　天涯孤旅，早就让我喜欢上了单调却温暖的指路牌。它就像个忠实智慧的老友，无言地守候在你经过的路边，指点你的前程。有时候，我都能感觉到自己是多么热烈地盼望见到这位老友。

　　司机去小卖部买可乐。我拿出照相机，像往常那样把这位老友记录在取景框内。

"嗨，嗨，把照相机收起来，前面有检查，他们不让照相。"同车的索南从车窗里探出脑袋，向我喊道。

索南是佛学院的弟子。几天前，我在甘孜遇见他和师弟。我们都住在诚信宾馆。因为他们是出家人，老板娘给他们提供了和我一样的房间，价钱却便宜了十块，这让我愤愤不平，却又觉得理所当然。师弟圆峰是东北来的汉族弟子，在旅社的过道里遇到，我们总会聊上几句。索南是藏族，汉语不是很流利。他总是面带笑容，耐心地听着我们的交谈，也不插话。我们在甘孜最后一次见面，是在网吧。圆峰头戴耳机，正聚精会神地听着当时最新流行的 mp3。索南坐在一旁，盯着显示器的屏幕。可怜的师兄啊，只是在盯着歌名看。

没想到，离开炉霍的时候，我们在黑漆漆的车厢里重逢了，只是没有见到爱玩的小师弟的身影。索南说圆峰去成都了。

回到车上，我疑惑地问索南为何不能照相？警察从何而来？

"到时候你就知道了。"索南淡淡地回答。

到了洛若，下车的人不多，除了索南和我，还有一位来自广州的驴友阿鹏。

"你们把照相机藏起来，前面有检查站，他们不让带照相机上山，发现了会扣下的。"索南提醒着我们，"但是不要紧，我和他们很熟，应该不会开包检查的。"索南见我们有些紧张，便开始宽慰我们："现在已经松很多啦，要是在前两年，他们还会赶你们走呢。"

善良的索南本来想让我们松弛一些，可他的这番话让我和阿鹏更加局促不安起来，感觉上山如同赴汤蹈火一般充满凶险和不测。我们按照索南的提醒重新整理了背囊。

在佛学院和色达县之间，有载客的小面包车运行，后来才知道，那些小面包车是在向当地公安机关缴纳了高额的保证金后才被允许进入佛学院的。数量不多，只有六辆。

我提议徒步上山，因为我们远道而来，就是为了朝拜圣地。弃车步行更能表现出我们的虔诚。这样的建议自然不会遭到反对。于是，索南带着阿鹏和我，心情和步履同样沉重地往山脚下的检查站走去。始料未及的是，当我以一个旅行者的身份，朝拜一个遥远而神秘的佛界净地，胸膛里跳动着的竟然必须是一颗像老游击队员那样坚强而勇敢的心脏。

在检查站,我们被一位便衣警察领入屋内。

"登记身份证!"

我和阿鹏递上身份证后,他又改变了主意,随手把身份证往抽屉里一扔。"你们就把身份证留在这里,下山的时候来取。"

"你们带照相机了吗?"

"没有。"我们按照索南的吩咐回答。

索南在一旁赶紧跟他聊起外面的见闻。离开检查站的时候,那人仍不忘冲着我们的背影喊道:"山里有工作组,发现你们照相,照相机没收。"

也许他看到我们和索南如此熟稔,喊话是个善意的提醒。这位藏族老弟肯定不愿意成为一个造孽恶汉,不然的话,我们如此浅显的谎言怎能轻易过关?背囊又怎能真正地藏匿起一部照相机?

我不知道应该厌恶还是感谢这个家伙。我们总算是物我无损地过了第一关。三个人沿着弯弯的、起伏的土路向喇荣山谷缓缓走去。

02

喇荣山谷海拔超过四千米,空气清新而湿润,周围跌宕起伏的山峰恰似一朵绽放的六瓣莲花。我不禁被山谷里的一切所吸引,忘掉了刚才的不快,心情也豁然开朗起来。

"你们知道喇荣的意思吗?"索南仿佛读过旅游心理的专业课程,不然他怎么会知道我在心里琢磨什么呢。

连续的爬坡让我和阿鹏累得不想说话,两个人点点头,算是回答。

"喇荣二字可非比寻常,意思是一到此地就想出家。莲花生大师一千多年前就说过在这山沟里会诞生一所佛学院哩。"索南自豪地告诉我们。

莲花生大师在八世纪后叶把佛教从印度带入了西藏。西藏人民习惯称呼莲花生大师为咕噜仁波切。在寺庙,唇上留有调皮短须的那尊佛像就是大师他老人家。莲花生大师出生于乌金国。乌金国位于当今巴基斯坦北部的斯瓦特。我早年到过斯瓦特，却不是为了拜佛，那时候我甚至还不知道莲花生大师。斯瓦特风景如画，就像是传说中对香格里拉的动人描述。当年玄奘西游也曾经过。尽管现在巴基斯坦回教盛行，佛教颓败，但斯瓦特山谷的路边林间，仍有残存的石雕佛像目睹世间万象被风吹雨打。

莲花生大师曾经预言道，有一位叫列洛林巴的高僧，将在西藏的康巴地区，建立起利益众生的佛学院。后来，经书里明确指出一位名叫晋美的大师将在色达的喇荣沟，创建显密道场，拥有四方佛徒。一切都像是神的安排，色达佛学院的创始人法王晋美彭措正是十三世达赖喇嘛的老师列洛林巴的转世化身。

色达佛学院的全称是色达喇荣五明佛学院。"五明"取意于古印度的五种学术，即语文学的声明、工艺学的工巧明、医药学的医方明、逻辑学的因明、宗教学的内明。旅途中我到过许多佛学院，无论大小，皆以五明冠名。1987年，十世班禅大师批准了学院正式成立。除了为佛学院题写院名，班禅大师还亲自前往学院视察。海内外都承认色达佛学院是不具任何政治色彩的学术机构。

佛学院的创始人法王如意宝晋美彭措在2004年初圆寂。一年后，我来到喇荣山谷，听到的是法王无数的神奇传说。据说法王刚出娘胎，就跏趺而坐，念起了文殊心咒——跏趺就是像练瑜伽那样盘腿而坐，脚背放在腿上。家里的大人被惊呆了，赶忙去问活佛。活佛说这肯定是一位高僧大德的转世灵童，叮嘱家人好生看护。六岁的时候，法王无师自通，能读会写，对佛法表现出超常的领悟能力，还经常探囊取物般轻易地挖出佛像佛经。在西藏，这叫掘藏，挖出来的东西叫伏藏。一般是前辈把学佛心得记录下来，藏在山里，等后学来发掘。

法王十四岁出家，当了一名小沙弥。二十二岁受比丘戒后，法王还老受到寺庙管家的批评，说他不遵守纪律。法王的上师却不这么认为，年轻人谁不调皮，活佛也不例外。他像爱护眼睛一样爱护法王，因为他知道，这个年轻人的肩上担负着弘法利生的重大使命。

我深深地被这些传奇般的故事所吸引。或许，我们在主观上很难把如此玄妙的记载及其吻合的历史演变与往日的教育而形成的世界观联系在一起。现在，我越来越愿意相信，总有一种神秘的力量存在于我们的能力之外。无论我们接受过多少教育，仍需怀着一颗恭敬的心来看待未知的事物，藐视或嘲讽只能印证我们是多么的无知和浅薄。

"嗨，你们抬头看，经幡！"索南显得很兴奋，表情也越发生动起来，就像离家很久的孩子，见到了倚在门旁盼儿归的白发老娘。

我现在仍能真切地回忆起当时的感受。当我抬头从山壁之间望见经幡如同冰雪般地漫过山顶，心中的震撼无以复加。那是信仰之花在天地间顽强茂盛地开放。仅仅一小步，仅仅那一眼，我就仿佛从凡世俗尘脱胎换骨跨入伏藏大门，置身于清净刹土了。假如喇荣山谷成了我旅行的终点，皈依的念头肯定就是在这一瞬间从内心深处迸发出来的。

接着往前走，我们终于见到了那一大片足以令任何一位初次造访者激动得透不过气来的红色木屋，像蜂巢，密密麻麻，层层叠叠，遍布整个山谷。我感觉自己瞳孔放大，气若游丝，渴望在心底升腾，生命往外张扬。我被比阳光更强烈的光明笼罩着，灵魂如轻烟出窍。在那个瞬间，任何言语上的描述都不可能还原那种令人心颤的现场气氛，照片也做不到。

1980年佛学院创建之初，只有寥寥三十余位学生，发展到法王圆寂之前的鼎盛时期，喇荣山谷里已经有一万多僧众潜心学法。红色僧房相当于学生宿舍，由僧众们自筹资金，采用整根原木搭建而成，外体无一例外地被刷成红色。红色是僧袍的颜色，象征着法王晋美彭措担任教主的宁玛派。所以，宁玛派在藏传佛教中亦被称作红教，是藏传佛教流传至今唯一一个直接侍奉莲花生大师的教派。

在佛学院粗俗的水泥山门前，我们和索南分手了。分手后，我再也没有遇见过索南。我不由得怀疑他来自佛界，化身下凡引我上山。把我领进门后他就隐身而退，把余下的交给我自己来观察，体会，领悟。

03

佛学院的大门只具有象征意义，它既没有铁门，也没有木门，水泥柱更像是里程碑，尽管没有注解，却依然指明前途和来路。我体会它悠远的哲学意义，眺望着神秘的喇荣山谷。

大门位于山谷的西侧，百步之遥就是大经堂，经堂外的匾额上有藏汉两种文字

是蜂巢、积木，还是撒落人间的珠宝？这幅被我命名为《童话》的照片记录了喇荣山谷里的奇迹。

的院名。藏文为十世班禅大师所题，汉文名字由赵朴初书写。经堂前有一座大鹏鸟雕塑。大鹏鸟形态巨大，色呈金黄，正展翅欲飞。大鹏鸟是藏传佛教中最大的护法神。阿鹏对这只大鸟很痴迷，我猜那是因为他的名字里有个鹏字。阿鹏告诉我，如果遇到合适机会，他想在色达皈依佛门，然后回广州做居士。居士是对在家修佛之人的称呼。阿鹏是个有勇气的人，他决定皈依，肯定是深思熟虑的结果。越过大经堂的屋檐，继续往东看，靠北的山头上就是那大片经幡，靠南是金碧辉煌的坛城，中间有一栋白色水泥楼房，三层高，是佛学院唯一的招待所，叫坛城招待所。索南告诉我们可以投宿的就是这里。很多驴友住进招待所后就仓皇下山，逃之夭夭，因为他们无法忍受穷途末路般恶劣的住宿条件。有人说招待所是危楼，随时会垮塌。我没有理会这些，索南既然说这里可以住，就肯定可以住。出家人不打诳语。

　　大门附近有一些餐馆，我和阿鹏本想请索南撮一顿，索南没应允。饭馆很简陋，饭菜也很便宜。饭馆老板说价钱都是由学院定的，几乎不挣钱。我本想要一盘麻婆豆腐来下饭，老板晃晃脑袋说："没得。佛学院规定的价格我们连豆腐都买不来。"

正吃着，我扭头瞥见窗外有很多喇嘛捧着盛满酸奶的碗经过。老板告诉我，这几天佛学院开法会，每天这个时候给大家分发酸奶。我一听，就赶紧跟老板借了个大海碗，冲了出去。

大经堂周围的道路和空地上，坐满了身穿红袍的僧人，正在和煦的暖风中咂摸嘴，回味酸甜滋味。我迟了一步，几乎所有的木桶都空了，剩下的唯一一桶也已经被大家团团围住。我正犹豫是否挤进去，就听见有人在喊："你们都让一让，让这位居士先来。"大家齐刷刷地看着我，我明白是在说我。喊话的是负责分发酸奶的喇嘛，长得又高又黑。我小心翼翼地捧着碗，从人缝里钻了进去。我有点不好意思，因为我的碗实在是太大了。等两勺过后，我赶忙说："够了，够了，给大家留点。"说罢，我这个假居士羞愧难当，落荒而逃。

从学院大门走到坛城招待所绝非易事，俗称看山跑死马就是这个道理。道路九曲十八弯，让你感觉你始终在原地兜圈子。如果恰好有车带你上去，你也得支付十块钱的代价。有佛学院的弟子好心带我们走捷径，穿越僧房之间的狭小空间，很快来到了招待所的跟前。招待所外墙斑驳，里面阴暗，散发出陈腐的气味，像是一幢很多年没有人住过的房子。我们没有见到服务员，就坐在门口等。

从来就没有无缘无故的等待，等待会带来意外收获。我和阿鹏坐在门口的石阶上等候服务员的出现，只见一个觉姆朝门口走来。藏地称呼女出家人为觉姆，在汉地，她们有另外一个名字——尼姑。

她个头不高，眉宇清秀。她没有穿那种红色的僧袍，完全是内地尼姑的打扮。她经过我们身旁的时候，停了下来，用悦耳的声音问道："你们是要住这里吗？我看见服务员在上课，估计一会儿就下课了。你们还是先到我屋里来喝点水吧。"

我和阿鹏面面相觑，两个几乎走遍了藏地的老家伙居然也会不好意思。我们像幼儿园的孩子听老师话那样，乖乖地跟着往里走。在幽暗的走廊里，她说："我叫智空。"

服务员回来后，给我们安排了二楼朝西的一个房间。房间里有三张床，窗户面对山谷。一张床位的代价是七块钱，很便宜，但是也有不便宜的，比如开水，五块钱一热水瓶。我和阿鹏对床褥的卫生状况丝毫不在意，因为我们都带了睡袋。

夜深人静，我和阿鹏躺在床上，正欲入眠，只听得天花板的隔层上和地板上，发出急促而规律的窸窣声。阿鹏嘟囔着问了一句："是老鼠吧？"

"是吧。"

"怪不得游客不敢住这儿，原来有夜袭队出没。"

"哦，听动静，是支不小的队伍。"

"真想起来开灯看看它们什么样！"

"不用看，这里不杀生，还给喂食，估计个头比猫都大了。"

"那太壮观了！"

"把睡袋口抽紧点，别一会儿钻进去俩。"

"好。"

04

我喜欢智空这个名字，既有文学想象，也有哲学意味。智空的师傅肯定想让徒儿具备大智若愚的品质，来看待这个本来无一物的世界。我跟智空开过一句玩笑："你的大师兄是不是叫悟空？"

智空是湖南人，她坦诚告诉我是因为感情困惑而遁入空门。这本是我最瞧不起的出家方式，因为我讨厌所有被逼无奈下的看破红尘。皈依究竟是应该发自内心还是取决于外部条件，在喇荣山谷，在智空面前，我有点迷糊，有点醒悟。佛称法不孤起，因缘方生，智空的困惑和苦难或许正是她皈依佛门的缘起。

佛光普照的彼岸只有一个，摆渡的方法却很多。

智空住在招待所的一层。因为她是佛学院的学生，所以院方只收取她每月九十块钱的租金。她的用度全凭家里支持。

到佛学院的当天下午，我和阿鹏到智空的小屋喝水歇息。房间很小，也很暗。靠门的是床，一侧墙安置了佛龛，另一侧是做饭的桌子，整齐摆放着电炉和锅碗。窗子底下放着一只箱子，地上铺着厚厚的毡子，客人来了就席地而坐。屋子里进来三个人后，顿时显得很拥挤。我跟阿鹏刚在毡子上落座，智空拿出两张光盘递给我们，说："这里面劝告人们不要堕胎，因为堕胎就是杀生，是一种很深的罪业。"

我们刚伸出去的手又齐刷刷地收了回来。我跟智空说："原来你把我们当作问题青年来教育了啊！"

智空不嗔不怒，没有硬塞给我们，问："你们来佛学院不就是来接受教育的吗？"

我和阿鹏赶忙说："我们怕那里面太血腥。"面对出家人，我总是觉得自己笨嘴笨舌，不会说话。

晚上在山下吃完饭回招待所，见到智空屋里的灯还亮着，我们便又去探访。智空正在打坐，这让我们很不安，没说几句话就退了出来。阿鹏说："佛学院好像规定晚上八点以后男生不得探视女生，我们刚才违反规定了。"我有点担心智空会因此而惹上麻烦，就开始埋怨阿鹏："你怎么不早点说？"阿鹏挠着头回答："我刚才也忘了。"

喇荣山谷看起来乱搭乱建，全像是违章建筑，其实也有规划，分为八个区，男女生各四个区。男生区被称为男仲，分别是宝剑区、金刚区、法轮区和摩尼宝区；女生区叫女仲，分为法身区、莲花区、化身区和报身区。佛学院的学生都很遵守院规，男仲在晚上八点以后绝不造访女仲。也许坛城招待所在山谷里算是特区，网开一面，管理松动。不然，智空肯定会把我们挡在门外。

次日清晨，我看见智空在楼外的空地上扫地，就跑下去为昨晚的冒失跟她道歉。智空莞尔一笑，连说没事，就安静地接着扫地了。

我临走的时候，在学院的小卖部里买了些饼干蛋糕，跟智空告别的时候送给了她。一向落落大方的智空觉得不好意思，脸都红了。我说："要不是照顾影响，我和阿鹏本来想请你吃顿饭的。"在这里，藏族弟子在吃的方面没有禁忌，可以大口吃肉。我在达赖喇嘛的自传里读到，当年达赖喇嘛曾试图改吃素食，健康状况因此受到影响，最后不得不听从医生的劝告放弃吃素。汉族的弟子很执着，甚至到了高原也照样恪守清规，不食荤腥。智空就是这样，所以身体显得很弱。遗憾的是，山谷里物质匮乏，我买不到更好的营养品送给智空。

第二年春天的一个傍晚，我正走在长安街拥挤的街头，接到一个没有署名的问候短信。我问对方是谁，回答是张曼玉。在另一条短信里，有这么一句话，他日你若再去藏地，我们自会相见。我猜可能就是智空了。

确定后，智空像个孩子似的说："我都出家了，世俗习气还这么重。其实你猜不到我是谁才好呢，我可以做一次以前的我。居然被你猜中，真是丢死人了。"

我抱怨她把一份简单的欣喜困扰于猜测，她却满不在乎，说那是她在家时的性格。智空当时正在五台山朝佛，然后回湖南。她似乎没有完全走出困境。智空沉重地告诉我："好多往事总也挥不去，抹不掉，也忘不了。好几次都差点过不了那道坎。我出家了，不能像以前那样喝点酒发泄一下就过去了。我现在必须要忍，往肚里咽。"

我回复说："我知道你也有很多烦恼，但这些烦恼和你的追求相比，实在是很渺小。我们的区别是采取不同的方式来实现人生的圆满，殊途同归。当初给你留电话，觉得可能唐突，但现在我却感到幸运。"

"我活得很累，感觉快窒息了。如果没有佛法，我不能撑到现在。"智空好像确实遇到了麻烦，她情绪很低落。好在我们是通过短信交谈，我有足够时间斟酌。

我回答智空说："遇事要听从自己心灵的召唤，犹豫反复皆无益处。回家和亲人待一段时间，取舍后一定要行动果断。"说这话的时候，我明显缺乏底气，因为我自己都做不到。

我们谈到了我的旅行，智空恢复了常态，送给我一句话，圣者取心不取境，愚者取境不取心。她建议我在旅途上多了解佛教的真谛，用心来体会，而不要被外境所改变。

从那以后，我们之间杳无音讯。然而，智空清秀苍白的面容却时常浮现在我眼前。她也许回到了藏地继续学佛，也许还俗回到了亲人身边。她已经从挫折中尝尽了辛酸，在苦修中悟出了道理，接下来她应该能轻松面对挑战，过上幸福的生活。

我祝福她。

05

在色达佛学院的日子里，我的生活用三句话就能说明白：在山顶睡觉，在山腰拉屎，在山底吃饭。喇荣山谷确实是个殊胜的地方，这样高度简练的概括居然出自我口，就越发得意起来，觉得深奥的佛法被我一语道破。

在山顶睡觉，对游客来说，并不都是曼妙的经历。有些人无暇顾及夜晚的山谷里灯光和星光相映成趣，因为他们头疼欲裂。索南告诉过我他每次外出回到山谷，身体总还是有点不适。我和阿鹏一直在高原旅行，没有丝毫不良反应。阿鹏还去了冈仁波齐转山，过人的勇气需要有牦牛一样强健的身体作保障。

所有去过藏地的人，不管是否有洁癖，他都会对在裸露的自然环境里排泄而感到习以为常。在我看来，这其实就是行为艺术。我相当享受我的艺术创作，这远比坐在马桶上百无聊赖更具有诗意。遗憾的是我始终没有下决心在背囊里添加一把铁锹，野外出恭前先挖一坑，神清气爽后再把土回填，这样我就可以成为坊间热传的环保卫士了。铁锹很重，而且会在搭乘高级交通工具时被误认为凶器，所以最后只好放弃了。

在喇荣山谷，我的伪经验主义现了原形。山谷里很干净，我看不到有人随处制造肥料。后来我知道佛学院对环境卫生有明文规定，学员也严格要求自己。由此看来，监管和自律缺一不可。山谷里的公共厕所都是藏式的传统样子。地板上并列挖出长方形的蹲坑，相互之间没有隔断，不仅适合大家交谈，打扫卫生也没有死角。地板很干净，木头被洗刷得发白。粪坑至少距离地板三米，之间空气流通，所以厕所里并无令人窒息的恶臭。早晨我和阿鹏会各拿上一卷纸，去山腰的那间厕所报到。我和阿鹏始终忘了问清楚一件事，就是在蹲着的时候向人致意扎西德勒是否缺乏严肃性。但出家人似乎并不在意表现友善的场合。我们都矮人一截地蹲着，作一些查户口似的简短交谈，基本上是人问我答，气氛很是融洽。

我们的洗漱工作和一日三餐都是在山底下进行的。在经堂附近，有一块不大的空地。空地上有一排水管，有人洗脸，有人洗衣。旁边有两个很大的灶台，起码一米多高。两口铁锅大得惊人，经常用来熬制下午茶，我们遇到过一次，场面很壮观。灶台上站着两个人高马大的觉姆，握着巨大的锅铲在搅拌茶叶。如果不穿僧袍，换上普通装束，她们简直就是田间地头的农妇，粗壮剽悍。茶熬好后，她们就用长柄大勺把甜茶分装到学员们摆在灶台上的铝制大水壶里。热气腾腾的劳动场面特别好看，更何况茶香四溢。

我随身带有一只六百毫升的希格水瓶，嘴很小。我把它也放在灶台上，仰着头，挑衅地望着觉姆，似乎在问，你有卖油翁那几下子吗？觉姆肯定明白我的意思，她笑着摆了摆手，只见一个学员往灶台上搁了一只水壶。觉姆先把水壶灌满，然后提起水壶把我的水瓶灌满。

望着她报复得逞后的得意笑容,我一步一作揖地把水瓶拿了回来。旁边的喇嘛觉姆都忍不住开怀大笑起来。这是我的梦想剧场,不同种族,有无信仰,全抛在脑后;没有言语,不用表白,都看在眼里。此时此刻,开心不用掩饰,欢笑不用伪装。没有酒,我们就用茶代替,一切都在茶里。

埋头喝茶的时候,阿鹏用胳膊肘捅了捅我,我抬头望见一位觉姆,绝对惊为天人。她身材修长,冰肌玉骨,双瞳剪水。当时我肯定是看呆了,忘乎所以,近乎粗暴。她朝我们嫣然一笑。还是阿鹏沉着冷静,问神仙姐姐从何而来,她只回答了炉霍两字便涨红了脸赶忙走开了。

半晌,阿鹏无限感慨地说:"真正的美女都出家了。"

等我缓过气来,也叹了一口气,禁不住自语道:"太漂亮了,我多想爱她啊!"

06

喇荣山谷里,最丑陋的建筑是坛城招待所,最漂亮的是坛城。两个建筑靠得很近,一荣一枯,一胜一败,正好象征着尘世的虚幻。

坛城源于密宗,是密宗教徒修炼的道场。"坛城"是梵文 Mandala 的意译,音译叫曼陀罗。坛城的梵文意思是圆圈,藏语意思是中心和边缘。在藏传佛教里,冈仁波齐就是宇宙的中心,围绕神山的就是边缘地带,能量由边缘往中心聚集。

我对坛城的好奇心由来已久,却始终不明白坛城的意义。我曾经向密宗弟子打听,他们都笑而不答。后来我读了《密宗断惑论》,才知道密宗有规矩。除非我得到金刚上师的大圆满灌顶,不然,密宗弟子不可以向我讲解密宗的历史和道理。灌顶是密宗最殊胜的仪式,有点像日常生活中的师徒关系。只有师徒名分确定后,徒弟才能在师傅的带领下正式开始学艺。密宗尤其重视上师的作用,不认可自学成材,因为如同阅读小说那样是无法修成正果的。所以,在密法里,三宝演变成四宝,除了佛、法、僧,还有上师,而且,皈依上师在先。

我曾经把灌顶误解成摸顶的高级说法,现在想起来真是羞愧难当。摸顶是一种加持的方式,可以简单理解为赐福。十世班禅大师曾经在一天里为数千信众摸顶,最后累得连胳膊也抬不起来了。

在印度佛教历史上，坛城的诞生起源于回教的入侵。回教的兴起和迅速壮大，造成了佛教的夕阳西下，日渐式微。为了扭转局面，佛教信徒修建了坛城来作法驱魔。我的这些看法纯属读书偶得，完全没有经过密宗大师的首肯和认可。尽管后来坛城被赋予了更多的含义，但我相信坛城的由来就是那些令佛教徒们不堪回首的往事。我见过喇嘛用彩色的沙子修建迷你坛城，完工后，由仁波切把它捣毁。这样的仪式有深奥的精神意义，同时也象征着又一块异教之地被收复。

现在的坛城，可以是真实的存在，也可以是虚幻的意念。有人把西藏比喻为坛城，拉萨是中心，周边雪山环绕；拉萨也是坛城，大昭寺则是中心。坛城的法则解释了自然景象，同时也关注人类活动，丝丝入扣，引人入胜。但它深含法理的建筑结构却不是我这样的游客所能明白并叙述的。

当我坐在夕阳里的寺顶，俯瞰色达佛学院金碧辉煌的坛城时，在和平安详的仪规里丝毫看不出丢城失地背井离乡的那种切肤之痛，却像是痛定思痛后的淡然出世。从早到晚，坛城上始终摩肩接踵，人流滚滚，大家朝着一个方向，步履沉着稳健。很多信徒不顾年岁已高，从遥远的内地跋涉至此，日复一日地围绕坛城转经，甚至像藏民一样五体投地，向着坛城磕长头。坛城下的山坡上，被放生的牛羊闲适从容，它们必定是知道自己逃离了被宰割的命运，可以幸福地等待死亡的自然而至。

我和阿鹏在寺顶上静静地坐着，谁也不愿意多说一句话。望着坛城上渺小的身影，我分不清这个无始无终的红色旋涡是在向中心聚拢，还是朝四周扩散。如果身临其境，无疑会被吸入，成为其中的一朵浪花。这样的力量无声却强大，你不可抗拒，或者，你根本就不想抗拒。我也去转经，但那只是为了表现我对佛教的尊敬。我的目光流离顾盼，心有旁骛。有人殚精竭虑想逃脱一种状态，但有人穷其一生是为了进入一种状态。

我没有去参观大经堂，因为那是课堂，有堪布讲经。就算我斗胆闯入，也会被礼貌地请出来。听课也需要资格，需要得到上师灌顶。

在遇到圆皇之后，我和阿鹏终于有机会结识上师了。这让阿鹏的皈依变得可能；没有上师，皈依就是一句空话。这也让我在喇荣山谷的旅行不再是简单的观摩，多了参与，这是我最喜欢的一种旅行形态。

07

在旅行中，我和很多人不期而遇。大家素昧平生，却一见如故。正是他们，改变了我对旅行的看法，让我越来越相信，静止的风景是舞台，哪怕这个舞台大到无边无际，上演好戏还得靠演员。我们都是演员，不是观众。

圆皇就是其中的一员，我们相识在坛城。他简直就是索南的接班人，代替他来负责我和阿鹏在色达佛学院的导游工作。圆皇身材修长，脸庞瘦削，跟我们打招呼的时候，带着浓浓的东北口音。圆皇虽然年轻，举止却沉稳得体，待人热忱而不失内敛。我从圆皇的身上能体会到闻思修带给一个人的影响。

阿鹏把结识圆皇上升到了佛缘的高度。他告诉圆皇皈依的愿望，圆皇答应带我们去见自己的上师嘉祥堪布。我既兴奋又紧张。依据密法，上师不是个人，他集佛法僧三宝于一身。在我这样的俗人看来，上师就是神。人要去见神，当然战战兢兢。我在玉树时，有幸得见塔泽堪布，但那纯属意外，我还没来得及患得患失，拜见的仪式就结束了。

跟着圆皇去见嘉祥堪布的路上，我一直在想能跟堪布聊什么样的话题。

从坛城下来，迎面走过来一名少年喇嘛，清新可爱，稚气未脱。圆皇见了，立马露出恭敬的神色，侧身站在路边，垂下胳膊，弯腰向少年致意。等少年走过去了，圆皇告诉我们这是一位活佛。圆皇说："在色达佛学院，有三百多位活佛呢。"我没想到，在别处特别稀罕的活佛，在眼前的这个山谷俯拾皆是。阿鹏跟我说："以后别再逗小喇嘛玩啦，说不定就是活佛呢。"

嘉祥堪布和圆皇都住在山谷北面的摩尼宝区。直到离开佛学院，我都没有机会去看看圆皇的窝儿，他始终没有邀请，我也没要求。受人尊敬的堪布住宿条件却很一般，屋子不大，隔成里外两间。外面一间住着堪布的助手敦珠喇嘛。敦珠喇嘛是汉族人，毕业于武汉大学，自愿追随上师学佛。嘉祥堪布很看重敦珠喇嘛的学识，就让他做一些事务性的工作来辅助自己。堪布的屋子里有一排书柜，陈列的几乎全是藏文经集，只有一本汉语书，是《新华字典》。屋子里没有床，堪布就睡在窗下的地板上，上面铺了厚厚的毡子。铺盖卷前面有一张矮桌子，那是堪布的办公桌兼饭桌。堪布见我们进来，随和地招呼我们坐下。如果不是袈裟在身，嘉祥堪布更像是一名普通的机关干部，一点也没有传说中密宗上师的威仪。

我依旧没有找到合适的话题来跟堪布交谈。我唯一想了解的是佛学院近几年来的坎坷命运，但向堪布探问此事不免欠妥。讨论这样的话题不仅需要时间，更需要信任。我也曾经想过，我或许可以向堪布请教佛学，但这样做显然更荒唐。一个小学生无论如何都不具备向教授提问的智慧。嘉祥堪布可不像我这样心事重重，他对我们的到来表现得很热情。他随意地侧卧在毡子上，胳膊肘撑地，手掌托着下巴，从很时髦的无边眼镜后面向我们投来宽厚善良的微笑。

当堪布得知阿鹏皈依的想法后，很有兴趣地坐了起来，说："这件事很好，你决定了可以告诉圆皇，在色达佛学院皈依真是太好了。"堪布转向我说："我每年都要去北京举办一些法事活动，一会儿你把电话号码留给敦珠喇嘛，我们不要失去了联系。"

有客人来拜见堪布，我们就起身告退。堪布把敦珠叫了进来说："你们不要急着走，没事的话跟敦珠喇嘛聊聊吧。"敦珠喇嘛告诉我们："堪布每天要见很多人，说很多话，特别累。"

跟敦珠喇嘛和圆皇聊天，气氛轻松了很多。我们甚至聊到了好莱坞明星基努·里维斯。我很多年前看过一部电影，叫《小活佛》（*Little Buddha*），基努·里维斯在电影里扮演王子悉达多。给我留下印象最深的是基努·里维斯步步生莲的场景，至今都感叹好莱坞的特技亦真亦幻，深具禅意。敦珠喇嘛对这部电影很感兴趣，我答应回北京帮他找。后来，我找到了这部电影的光碟，却一直没机会转交给他。

跟敦珠喇嘛聊天的时候，我们摇着他递过来的转经筒。我觉得累了，就习惯性把转经筒放在身前的地上，敦珠喇嘛见状就提醒我应该把转经筒搁在高处。有时候，习惯很容易闹出笑话甚至误解。我曾经在中央民族大学问过一位藏族女学生贵姓，她瞪了我一眼，然后告诉我："我们藏族人没有姓，只有名字。"我心里懊恼不迭，习惯性的无心快语冒犯了她。我要是问小姐芳名，那她肯定会芳心大悦。

离开山谷的那个早晨，我又遇到敦珠喇嘛。他一袭僧袍，斜背着一只军挎。他正要领人去尸陀林看天葬，阿鹏也去。我告诉敦珠喇嘛自己从来没看过天葬。我不是担心惹恼活人，却怕打扰死者。敦珠喇嘛说："通过观摩天葬，我们可以深刻体会生命无常的道理。"

和阿鹏分手后，我们没有再联系过，我也不知道他是否已经皈依我佛了。

08

色达佛学院的书店有点像是地下书店，外人根本找不到。圆皇答应带我们去。我和阿鹏就在佛学院商店附近等他下课。

大经堂是山谷里地标性的建筑，可是它被例外地建在了谷底，完全不像雍布拉康那样借助山势，彰显威仪。大经堂的周围是佛学院的商业区，人口密集程度仅次于坛城。下午没课的时候，会有不少人坐在路边墙角，跟随扩音器里传来的诵经声重复念金刚萨埵心咒。圆皇没费多大力气就教会了我和阿鹏念金刚萨埵心咒。其实，金刚萨埵心咒特别简单，只有六个字——嗡班喳萨埵吽。念诵金刚萨埵心咒是为了忏悔罪业。佛祖说过，消除罪障有很多方法，其中最殊胜的方法就是念嗡班喳萨埵吽。

前一年，我去了甘南的拉卜楞寺。转经的时候，我在口中诵读六字大明咒，念着念着我就学着韩红的样子唱了起来："唵嘛呢玛呢呗咪，唵嘛呢玛呢呗咪……"用歌唱的方式来表达对神明的敬仰发自我的内心，可一旦歌声响起，我的心却像跑调一样跑得不见了踪影，不知道去了什么地方流浪。在色达佛学院，我也会坐在出家人当中，跟他们一起念金刚萨埵心咒。我没有皈依佛门，但依然需要忏悔。念咒的时候，我仿佛能感觉到有人在聆听。

跟几家小杂货店相比，色达佛学院商店显得比较有规模，有成排的柜台和货架，然而可供出售的商品在种类和数量上都很有限。玻璃柜台里常常只放了一两件东西，像是博物馆里展示的稀罕文物。我很想买下看中的一只碗，外面是木头，里面是白银。这是一只岁月久远的旧碗，污垢使木头和白银丧失了本来的颜色。担任售货员的僧人报出三百块的价钱着实令我吃惊，原来这只碗确实是被当作文物而不是日常用品来出售的。我当时没舍得，至今觉得遗憾。

在一家杂货店的外墙上，密密麻麻地贴着照片和身份证，甚至还有一只老鼠被钉在了墙上，场面绝对少儿不宜。圆皇说照片和身份证上的人有的已经往生，有的还在人世，但他们都同样祈求出家人修法超度他们。我望着摧毁了审美习惯的那只老鼠，意识到它也许是天底下最幸福的老鼠，寿终正寝不算，还被专业人士超度脱离肉身,进入中阴,直至获得重生。这只老鼠让我顾影自怜起来——不是谁都会有如此好的福报。

我们跟着圆皇,沿山坡拾阶而上。当圆皇停下脚步示意到了的时候,我看到的是山谷里那众多红房子中的一幢,此时脑海里关于书店的所有想象完全被颠覆。

眼前的这幢小房子没有任何标示,甚至门户紧闭。圆皇来到窗户前,敲了两下,窗户像是密码输入正确般地吱扭一声打开,随即有人探出头来。我和阿鹏没有听清他们的交谈,这越发像地下党接头的情形了。只见圆皇朝我们招手:"过来吧。"

书店的主人也是个年轻的喇嘛,他问道:"两位居士想请些什么经书?"

我和阿鹏面面相觑,实在不知道问题的答案。我们把选择权交给了圆皇和书店的主人,他们两个嘀咕了一阵,喇嘛开始给我们递书,一式两份。

这是我集书生涯里最为奇特的一次。书店不像书店,像秘密据点。我相信,如果不是圆皇在场,任凭我们擂门砸窗,哭天喊地,都不会有人出来卖书给我们。我兴冲冲来买书,却不知道书名。这样的情形也许将来还会再现,但之前从未有过。如果我不把书名罗列在此,肯定引起旁人歧义,怀疑我费尽心机求得的书必定冒了天下之大不韪。它们分别是:《释迦佛广传》(上)、《甘露妙法》(一)、《甘露妙法》(九)、《大圆满前行》、《慧灯之光》(二)和《密宗断惑论》。对于我这样一只懵懂无知的菜鸟,他们选择的书更像是佛教的普及读物,通过日常生活现象来阐释佛法,就像文艺作品一样生动形象,没有了神秘晦涩,浅显易懂。其中的《释迦佛广传》(上)和《大圆满前行》由佛学院的索达吉堪布亲自翻译。索达吉堪布经常给藏汉弟子讲经说法,他的翻译和创作自然深得教学要义。索达吉堪布当之无愧地是一位杰出的佛教教育家。《释迦佛广传》(下)已经售罄,我无缘获得。但这时刻提醒着我,弥补遗憾的最好方式是再次启程,奔赴远方那传奇的山谷。

在偿付了区区二十五块书资后,我们离开了书店。我始终没有踏进书店,哪怕一步。转身之间,恍惚顿生,我回头望,已不见了来路。

晚上,我凝望那片山坡,心存感激。我知道,书店就是其中的一盏灯。佛教在两千年前就传入中国,信仰基础广泛而且深厚,早已是中国文化不可分割的一部分。

当我背着沉甸甸的经书往回走的时候,外人无从知晓包里乾坤。途中遇到觉姆搭建木屋,觉姆显然是从汉地初来乍到高原,锯原木的时候喘息沉重。我把背包放下，伸出手说："来，给我，我帮你。"腼腆的觉姆没有拒绝，把锯子递给我，接着指着地上的背包问我："包里面有经书吗？"我不由得直视着她，有点慌张。"你怎么知道我的包里有经书？"觉姆没有回答，笑着把包拿起来，挂在竖立的木桩上。阿鹏袖手旁观，嘴却不闲着："太神奇了，太神奇了。"

按照我的旅行习惯，途中收集的图书都被邮寄回北京。但我在色达没有这么做，因为我知道邮寄的包裹无一例外地会被扔在邮局的角落里等候发落。我把它们放在背囊的顶部，小心伺候，轻拿轻放，生怕亵渎圣洁的经书，就这样一路带回了北京。

////// 班 玛

如果把我的旅行比喻成一部电影，色达就是影片的高潮部分。只是，电影随之落幕，而我依旧人在途中。

在一个艳阳高照的午后，我像一条流浪的野狗，失魂落魄，蹲坐在县城的街头。忧伤像阳光一样，自天空倾泻而下，令人无处躲避。我的身旁是一对乞讨的母子。女人旁若无人，仰头望着亮得刺眼的天空，放声高唱。她不停地唱，像山林间的小鸟，声音清脆而顽强。我听不懂她在唱什么，但我做梦都会想在她的歌声里找到我的渴望。在明晃晃的光线里，我像是吸食了大麻一样出现幻觉。我看到所有的东西都飘浮在空中，听到所有的声音高低远近不同。我感觉到自己分裂成了很多长得一模一样的人，每个人既敏感又麻木，既坚强又脆弱。我的意识信马由缰，风生水起。此时此刻，只需一声轻唤，我的身体，我的灵魂，肯定会义无反顾，如烟升空，哪怕天堂，哪怕地狱。

晚上回到旅馆积满灰尘的房间里，睡到第二天中午，醒来纷乱不安的情绪平复了很多。我叹了口气，起床，退房，背起包，回到了街上。我收拾起心情，我要继续我的旅行。

色达开出的班车只有两个目的地，马尔康和炉霍。这两个地方都不是我的下一站。色达毗邻青海的班玛县，我想回到青海去，但相距一百多公里的两地之间没有公共交通服务，唯一的选择是去城北的桥头搭便车。

桥头就像机场跑道，不仅可以是起点，也可以是终点。独坐桥头，正好可以体会古诗里野渡无人舟自横的意境。

我如果运气好，天黑之前能到班玛。我慵懒地坐在桥头的石墩上，不时与路过的牧马人聊上几句。他们对我的兴趣多过胯下的马。我歪头望着县城的方向，心里盘算着如果走不成，索性跟牧马人回他们的帐篷，云游放牧。就在我美滋滋地幻想自己的马背英姿时，一辆面的从城里开了过来，经过我身边的时候戛然停住，跳下一个年轻喇嘛，衣着华丽，他用普通话问我是不是要去班玛。我没想到好运这么快就降临，有点措手不及，我甚至怀疑自己是否真想这么快就离开色达。我知道，旅行在某种意义上已经结束了，我接下来要做的只是一路往北，回到西宁。我只要不上车，只要滞留在某个地方，旅行就还在延续，哪怕是狗尾续貂，画蛇添足。对我来说，在路上本身就是一种安慰。

但我还是决定离开，这辆面包车代表着我的好运气，我不能目送它撇下我绝尘而去。狭小的车厢很拥挤，已经有了四位乘客。副驾驶的位子上坐着一位身躯庞大的喇嘛，就是他包下这辆车，然后以每位二十块的价钱拉上我们这些散客。其中一个人的行李很多，他为此额外支付了二十块。这是一趟不算舒适的旅行，但绝对划算，车窗外的美景也足够抵消身体的疲劳。

车过年龙乡，我的心再次被揪紧。年龙就像我经过的那些仿佛与世隔绝的美丽乡村，她们的美像突如其来的大病一样把我击倒。我默念着一个又一个令人心颤的名字，珍秦、歇武、加桑卡、岗托、年龙，她们就像昨晚的梦一样无声地来到我身边，又悄悄离去，了无痕迹。我无法清晰地回忆起那一草一木，却时常幻想天堂的模样。也许有一天，我会再来，我要像小鸟见到水边的芦苇一样，一头扎进她们的怀抱。

离开年龙，就离开了色达，也离开了四川。在小别半个月以后，我又回到了青海。班玛是一个只有一条街道的县城，没有穿梭的车流，也没有人来人往。县城外有一条漂亮的公路，沿着这条路，我可以回到未来的世界。

////// 玛　沁

　　我带着色达的心情，来到班玛；离开班玛的时候，我却无法再收拾起心情了。

　　在班玛，我突然意识到自己正在离开藏地，这让我心灰意懒，垂头丧气，不可避免地对旅行产生了疲劳感。尽管旅途依然遥远，但巅峰已过，一切归复平静。接下来，我会沿着漂亮的省道，搭乘气派的班车。我的头会靠在舒适的椅背上，随意地望着车窗外，让那些陪伴我许久的风景在我的眼里慢慢变得平庸，在我的心底，波澜不兴。

　　我并不了解班玛。我来这里，纯粹凑巧。因为不想从玉树往回走，我选择了借道西藏和四川。不走回头路，是我的旅行习惯。这样的习惯看起来合理，却近乎偏执，我曾经为此吃了不少苦头。体力上的消耗从来没有击倒我，但感同身受却使我疲劳。

　　班玛是青海果洛州平均海拔最低的地方，有着青海最大面积的原始森林。但千万不要高兴太早，班玛的平均海拔再低，也高于四千米，远不是可以放纵自己的地方，我一样能感到来自空中威严的注视。班玛是法王晋美彭措的故乡，这给小城带来了无上的光荣。我在县政府院子里的莲花宾馆住了一夜。时值深秋，遍地落叶，莫名地令人惆怅。宾馆旁边有一块篮球场，几个穿着校服的孩子正在嬉戏。夜深的时候，我听到隔壁房间醉酒后的话语声一宿未停，令我吃惊的是这样的话语声来自同一个人，我敢肯定，听者中除了我和神，没有别人。在边远的地方旅行，我越来越善解人意。在一个与世隔绝的遥远部落，人们能排遣孤独的方式除了歌舞，就是酒精。有时候，自言自语不是病态，而是治疗手段。

　　翌日上午，我方才惺忪醒来。我背起包来到街头，恰巧遇到从车站驶出的班车，不用招手。停车，开门。我边上车边问司机："达日？"其实，我的问话显得多余。班玛已经是省道的尽头了，出城的班车无一例外的都是冲着西宁方向。距离班玛以北一百五十公里的地方，是达日县。离开班玛的时候，天气阴郁寡欢；中午抵达达日，已经是云开雾散，晴空万里了。

　　达日没有像样的县城，充其量就是个乡里的集市，但明显比班玛热闹，往来的车辆和人员多了许多。我没打算在达日过夜，学当地老乡的样子，蹲坐在街边晒太阳。

在吃了一碗炒面片后，就靠着背囊打盹。两小时后，有一辆班车去往玛沁县城大武镇。大武镇也是果洛州州政府的所在地。街边也有不少面的揽客，但我更相信班车。班车的司机多半经过正规培训，有驾照，加上班车个头大，开不了太快，相对安全。我见过太多坠崖的越野车，司机也许幻想着他们能起飞。

　　大武镇距离达日一百五十公里。到大武的时候，一切笼罩在薄霭中。大武不像达日那样坐落在一望无际的草原，它的四周全是山。由于新近下过雪，山上白雪皑皑。空气里丝毫感受不到阳光的温暖气息，风夹带着雪丝，恣意地从这座像是积木搭起来的县城里穿堂而过。我推开邮政宾馆的门，服务员告诉我没有暖气，建议我去住隔壁的民政宾馆。我总是对旅途中遇到的客栈宾馆持有绝对的满意度。这样的满意当然不是来自硬件设备，而是服务员充满人性的关怀，他们那与生俱来的亲切感，叫我完全弃盔卸甲，就像回到家中一样放松。民政宾馆果然热气腾腾，窗户的玻璃上因为室内外的温差而挂满水雾。在经过了难耐的一周后，我终于重新获得了洗澡的机会。宾馆里有一台半自动洗衣机，我干脆不嫌麻烦地把内外衣都洗了，然后把洗好的衣服搭在二楼过道的暖气罩上。稚气未脱的服务员信誓旦旦地跟我保证："衣服一小时准干！"

　　趁着天没黑，我上街溜达。镇子上充满了冬天来临万物凋零的味道。所有的房子仿佛无人居住，店铺也分不清是开张还是打烊。偶尔与一两个路人擦肩而过，他们也都是埋头疾行，仿佛暴风雪将至。这让耐冷扛冻的我非常沮丧，草草吃过晚饭就回房间了。房间至少温暖，我很需要这样的温暖。

　　尽管我早已放弃了去阿尼玛卿转山的念头，次日离开大武的时候，还是留恋地张望神山，依依不舍。藏地有很多著名的神山。青海境内有两座，都在果洛州，除了玛沁的阿尼玛卿，还有久治的年保玉则。我曾经无限地接近过这两座神山，却只能与它们目光交融。在越来越多的人以登山为荣的时候，我最喜欢的转山也间歇性地失去了魅力。当阿尼玛卿消失在我身后的时候，我对自己说，我会再来。

　　对我来说，每一次旅行都是崭新的，哪怕是故地重游。

///// 拉　加

　　离开大武镇的时候，天气没有转晴。我知道昨天的心情完全与坏天气有关。去车站打听车讯的时候，有一辆面的在门口揽客。我往车内张望，司机见状便说："大哥，就缺你一个了。"这辆车的终点站是六十公里以外的拉加镇。拉加镇上有拉加寺，是我计划中要去看的地方。我跟司机说："好啊，那你把车开到民政宾馆外面等我吧。"

　　黄河流过拉加镇，连接两岸的拉加黄河大桥。以前，桥东叫拉加乡，归海南州；桥西叫军功乡，归果洛州。三年前，两个乡被撤销，合并为拉加镇，归属果洛州。黄河发源于毗邻果洛州的玉树州，可流到拉加之前，在甘肃玛曲拐了一个弯。我在甘南旅行的时候，不曾到过玛曲。在各种玛曲旅游资源的介绍材料中，玛曲都被誉为黄河第一弯。我对这样的噱头一向持怀疑态度，以为那是炒作的需要。在扎陵湖乡，黄河是我胯下的小溪流，我撒泡尿，河水就暴涨。我从没说起过往黄河撒尿这件事，唯恐一旦下游河水泛滥我被认为是肇事者。

　　拉加寺是一家格鲁派寺庙。历史上的拉加寺规模宏大，可在一场藏汉人民共同的灾难中被摧毁殆尽，不复存在。二十多年前重建的寺庙，背靠山崖，面朝黄河。河滩上林木扶疏，风景宜人。由于海拔已降低到两千多米，在河边散步是件非常惬意的事情，心情就像清澈的黄河水一样轻快地流淌，对历史的追忆带来的困惑瞬间被抛诸脑后。

　　我敲开靠近公路的僧房大门，提出寄放背囊的要求。大门很气派，有漂亮的木雕装饰。应门的是一个胖喇嘛，长得五官端正，笑容感人。他不会说汉语，但明白我比画的意思。他带我穿过干净的院子，来到一间收拾得一尘不染的木楞房。他示意我把背囊放在墙角，便拿起热水瓶给我倒茶。我们无言地做着各自的事情，却都明白对方的意思。跟我去过的那些藏地相比，这里可以算是内地了。房间里有不少我很熟悉的东西，比如桌上的热水瓶，还有墙壁上的挂钟，这多少给传统的僧房带来一些现代的气息。我合拢双掌，放在颔下，表示睡觉的意思。胖喇嘛点点头，他明白我在问他是否可以借宿。他背上佛包，歪着头琢磨了半天，憋出两个汉字：

"念经。"他怕我不明白，还抬起胳膊指了指山上大经堂的方向。胖喇嘛把我留在屋里，径自走了。我喝罢茶，也掩门朝山上走去。

由于刚下过雨，地上特别泥泞。重建后的拉加寺规模很小。大经堂门口的靴子凌乱不堪地斜倒在地上，但是数量并不是太多。由于正在集体诵经，我就没进去。院子里一些幼小的喇嘛正在辩经，见到有人关注，格外

拉加寺是格鲁派寺庙。辩经是喇嘛们常年的功课，而现在越来越像为游客准备的表演项目了。

卖力，巴掌拍得震天响。我难掩些许的失落，草草转了一圈回到僧房，在屋檐下找了块干的地方坐下。在这里，我抬头能望见大经堂，低头能看见国道。我改变了主意。如果有车，我就接着往西宁方向走，走到哪儿算哪儿。拉加距离西宁还有将近四百公里。

我搭车的运气一向很好，可我没有免费搭车的经历可以炫耀。免费搭车几乎成了漂亮美眉的专项，她们唯一要做的就是陪司机没完没了地说话。有时候，她们也会遇到令人不快的骚扰，有些不太老实却又胆怯的司机会趁着换挡的机会似是而非地摸一下漂亮妹妹的大腿。这些都是在搭车的时候听司机们说的，他们总是在我的追问下兴奋得像牛犊那样嗷嗷直叫。

我正盘算去留的时候，见到两辆红色的夏利轿车由西往东驶来，车顶上还有出租车的标志。我站起身，正犹豫，夏利已到眼前。我下意识地抬起胳膊，领头的夏利发出刺耳的刹车声，停了下来。司机说他们送客人到拉加，正要回贵德呢。我问他多少钱，司机伸出四根手指："四十块。"我怀疑自己听错了，又问了一遍。司机看出我的疑虑，哈哈笑了："别算了，比你坐班车还便宜呢。"我将信将疑，但花四十块钱坐出租车跑两百多公里，怎么算都划算。我让司机在路边等着，跑回屋里取行李。我匆忙之间给胖喇嘛留下了所有治感冒拉肚的药。每次旅行我不敢不带药，却从来没派上用场，都馈赠老乡了。刚出镇子司机又搭上了几个乘客，但他们很快就在贵德、同德和泽库的三岔路口下了车。

165

司机是汉族人，中年，高原驾驶经验丰富。他兴致很高，告诉我他儿子考上了大学，这让他很自豪。他说前两年下岗开出租车觉得特别没面子，现在不同了，出租车司机有了一个前程远大的儿子，谁都不能小觑。他说："你坐我的车，没别的，就是安全。尽管放心，我还想等儿子工作以后搬去一起住呢。"

　　坐出租车旅行真是段奇妙的经历。我们像一只羚羊那样轻快地翻过海拔四千多米的克穆达山口，在穿越草原的路段被羊群簇拥着举步维艰，刚从峡谷脱颖而出，就在一望无际的高原屋脊上朝地平线疾驰。司机的伙伴有时候在前面领跑，在苍茫的暮色里，我能看到车顶上那团温暖的橙色灯光。夜色越深，光团越大，以至于我觉得那像是挂在天际不落的太阳。

　　到贵德后，司机把我拉到了贵德宾馆，只有这里还亮着灯。之前，我请两位司机吃了顿饭。这顿饭花了我十六块钱，其实，多吃点，我也乐意。

　　这一天，我心满意足！

我的在路上，跟杰克·凯鲁亚克的"在路上"不同。他的路上全是机动车，没有羊群，没有这种所有生命共赴前程的温暖场面。

2005年,我去阿里转神山。在圣湖玛旁雍错邂逅了这三位印度香客。
2008年,我又去了趟阿里,湖边的红草已不见了踪影。

从上到下依次为：

金色坛城（色达）
卓玛拉山口（冈仁波齐）
惊落马下（玛旁雍错）

底图：

雪山碧湖喇嘛庙（扎陵湖）

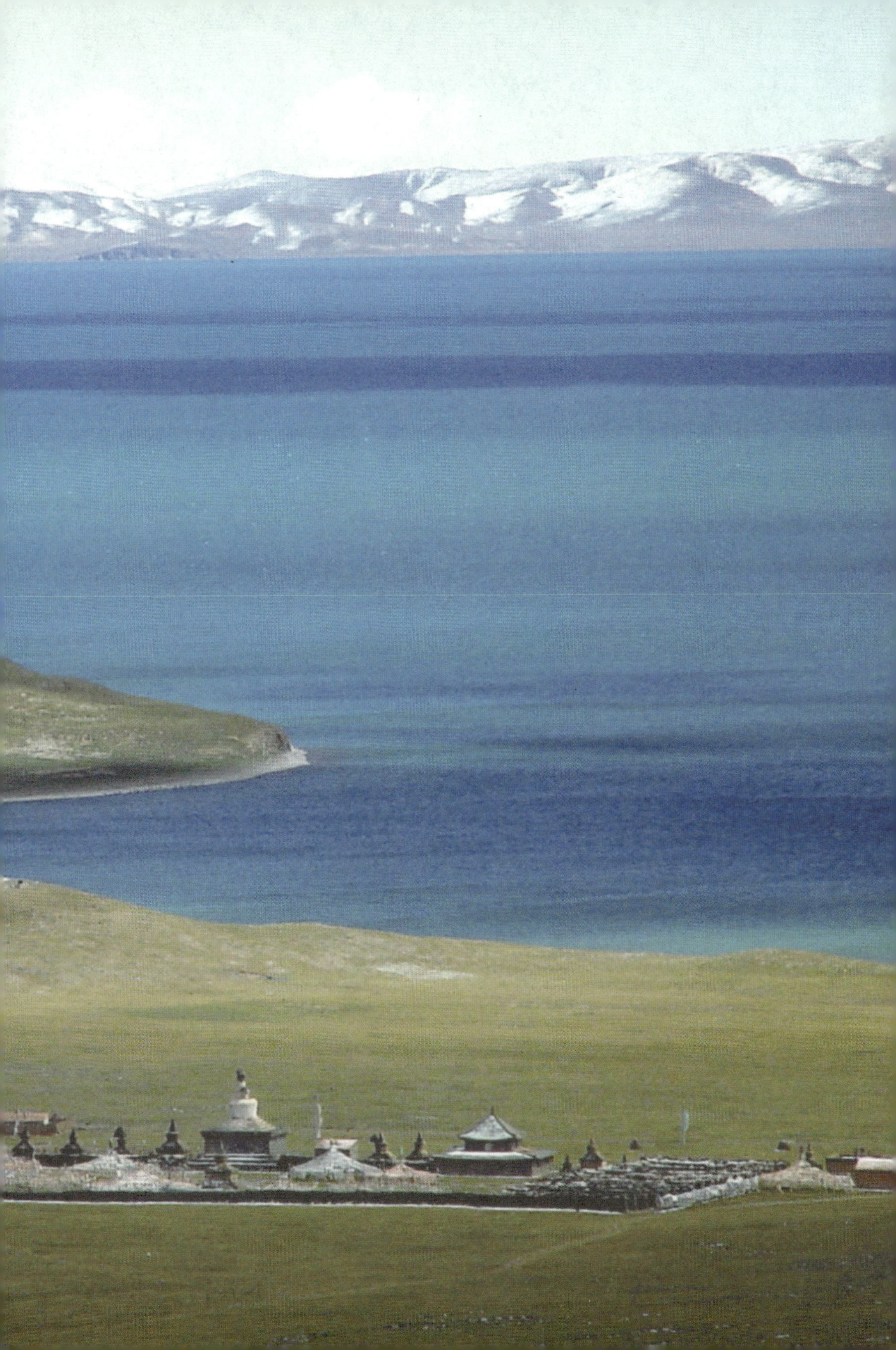

高原的阳光如刀劈斧凿般，在她额头上刻下深深的皱纹，默默地记载着江孜的历史。

///// 湟 中

我喜欢贵德宾馆，然而，这样的喜欢跟享受没有丝毫关系。

贵德宾馆的楼道和房间弥漫着一种怀旧的气氛，这让我觉得自己仿佛回到了上个世纪的国营招待所，居然有一种久违了的亲切感。宾馆不仅楼层高，而且楼道宽敞，地面刷着暗红的油漆，颜色因为岁月久远而深浅不一，服务员用大墩布把地面拖得能照出人影。房间里家具呆板却不失平和，让我感兴趣的是那种已不多见的脸盆架，被放置在离门最近的地方，两只花枝招展的脸盆，有的地方搪瓷已经脱落。屋子的一角孤零零地站立着一个老掉牙的衣帽架。床头柜的跟前有一只搪瓷痰盂，刷得很干净。床上铺着雪白的床单，枕头上盖着粉色的枕巾，枕巾上印着的"贵德宾馆"四个字清晰可辨。房间里还有写字桌和椅子，晚上的时候我正好借着昏暗的灯光草草记一些流水账。

贵德县城所在的海南州是一个藏族自治州，但满街头戴小白帽的人们常常会令人产生错觉，以为到了回族的居住地。事实上，我看到的在街上卖自制酸奶的大婶，还有烤羊肉串的汉子，都是信仰回教的撒拉族。在毗邻海南州的海东地区，循化就是一个撒拉族自治县。撒拉族有自己的语言，却没有自己的文字。他们的祖先来自中亚。

贵德距离西宁一百多公里，在回到西宁之前，我准备先去趟距离西宁二十五公里的湟中县；在县城外的莲花山谷，坐落着藏传佛教格鲁派的塔尔寺。我的如意算盘是在这样一座千古传唱的伟大寺庙跟前，盘桓流连，结束我今年的藏地之旅。可是，旅行真的结束的时候，塔尔寺也很快被忘却了。越来越多的旅行目的地，现实永远不及想象。

塔尔寺，就给了我这样的感觉。

上午离开贵德，翻越积雪的拉鸡山口，中午时分，我就已经置身于集市一般热闹喧嚣的塔尔寺了。一辆接着一辆豪华的旅游巴士带来了五湖四海的游客，他们欢天喜地地从车上下来，争先恐后地在白塔前留影，然后拥向大金瓦殿。这些人养尊处优，衣着光鲜，但他们和我有着共同的称呼——游客。跟这些游客们摩肩接踵，却让我从内心深处产生一种焦虑感。从都市的人流中离开，最后归复都市中的人流，这多少有点像轮回，也像是宿命。

我打算在塔尔寺过一晚。几乎所有的游客在参观结束后都回西宁，只剩下我，可以独自品尝塔尔寺的傍晚和早晨。于是，我在塔尔寺对面的如意宾馆要了一个最便宜的床位，那个房间是把大堂的多余空间隔断而成，一切都很简陋，但没关系，我只是在白天存放我的行李，晚上存放我的身体。

当我在寺外的山道上转经时，我发觉自己对僧侣生活的关注多过寺庙本身。从山道上可以清晰地望见他们的宿舍，单从院落的布局和房间的设计，就可以体察出喇嘛们的幸福生活。很多房子都有回廊，落地的玻璃窗把回廊打造成了令人羡慕的温室。与我擦肩而过的喇嘛，用的手机款式比我的还新。这让我越来越相信自己多年前的判断：现在选择出家，在某种意义上就如同谋求一种职业，为养活自己和家人而寻求一份固定的薪水。不同的是，出家人进的是庙门，我们进的是写字楼。

由于藏地的寺庙大多没有政府的财政支持，所以信教群众的布施是其主要收入来源。但塔尔寺显然有点过于处心积虑了。在经殿里陈列的佛像都有藏文注释，我只在两尊菩萨的基座上发现贴着汉语名称的纸条。他们分别是最受汉族人民喜爱的财神菩萨和药王菩萨，也许寺庙觉得其他菩萨根本就不具备创收的潜质。参观者绝非鼠辈，他们个个天资聪慧，能够充分理解寺庙的良苦用心，在泥塑的菩萨跟前堆起了人民币的小山。

我根本不怀疑寺庙的动机，也许寺庙把所有菩萨的汉语注释全罗列清楚会显得脱俗一点。当年，宗喀巴大师在僧人中间展开整风运动，创建格鲁派，主要还是因为出家人变得唯利是图，骄奢淫逸。宗喀巴大师没想到，风气也轮回，寺庙也疯狂。我在旅行中尽量节省用度，但在参拜寺庙时，也常常随喜布施。可是在塔尔寺我没有这样做，我没觉得有何不妥。

黄昏，游客散尽，我爬上寺对面的山坡，等着太阳下山。此刻，远处的雪山泛着蜂蜜般温润的光芒，塔尔寺退去铅华，静若处子。僧房的上空，已经升起袅袅炊烟。僧侣们三三两两地沿着山道而行，绛红色的身影和霞光交相辉映。

这才是我喜欢的塔尔寺。

零公里

Zero Point

神山、圣湖、红草滩。蓝天、白云、无人烟。这里是玛旁雍错，这里是众神居住的地方。应该就是人们想象中的天堂的样子吧。

///// 叶 城

01

叶城，因为是新藏公路的起点而为世人所知。提起零公里，热爱西藏的驴子们都会露出神往的表情，那是梦开始的地方。

叶城，像是个汉语名字，实际上却是在晚清时期由叶尔羌一词转化而来。我承认被自己的好学给弄晕了。叶尔羌是个古代地名，现在叫莎车，是新疆人口最多的县城。"叶尔羌"在维语里是土地辽阔的意思。当年马可·波罗路过此地，回国后告诉他的老乡说叶尔羌是个大城市，城市像花园，瓜果随便吃。

到叶城之前，我特意去看了莎车，两地相距不到一百公里。古老的莎车叫回城，这样的名字令我喜欢。回城的街道上，林木扶疏，垂柳依依。马车驰过，尘土飞扬。空中的浮云，像谜团一样掠过。工匠铺首尾相接，敲打之声不绝于耳。食肆飘来诱人肉香。若非街边纷乱的电线杆，我会怀疑自己走进了中世纪的巴扎。面对友善或者冷漠甚至仇恨的目光，我孤魂野鬼般游走在传说中的街道。我想告诉我的维族朋友，我们都是在爱恨交错中认识这个世界的，慢慢长大，成为兄弟。

我之所以对莎车喋喋不休，是因为叶城就是叶尔羌回城，光绪年间被移建至叫喀格勒克的地方。古往今来，称谓更换，但说的基本都是一个地方。我在新藏公路邂逅的老外不说叶城，只说 Kargilik。

古老而神秘的意境往往会被现代恶俗的城市建设所破坏殆尽。我眼中的叶城完全没有叶尔羌回城的遗韵，如果街头没有维族人的身影，就像内地的小县城，不值得留恋。

02

  我在客运站下车，花五块钱坐摩托车穿过县城，奔向九公里以外的零公里。开摩托车的四川小伙子问我住哪家旅馆，我在他脑后大声喊道：
  "阿里军分区招待所。"
  三层的阿里军分区招待所位于新藏线 219 国道一公里处，是零公里最气派的楼房。无声的建筑也透着当兵的威仪。招待所里的服务员全是男兵，反正我在的那几天里，没见到女兵的身影，不然我可能赖着不走。部队不是经营酒店的行家，但管理丝毫不差，前台大堂干净得一尘不染。
  我住 306 房间，朝西，窗外就是国道。房间素面朝天，四张上下铺的铁床上只有光秃秃的木板。一名年轻的士兵从库房抱来了褥子、被子和枕头。楼层里有公用洗澡间，地面铺着瓷砖，擦得倍儿亮，女孩穿裙子走在上面难免春光乍泄。
  服务员听说我要去阿里，直摇头。再三追问下，他才吞吞吐吐地告诉我部队在山上演习，国道封闭了。我下意识地打听演习的具体地点，他警惕性很高地瞪了我一眼："这可是军事秘密。"望着战士转身而去，我有点恍惚。小时候，伙伴之间经常用这句话来故弄玄虚，不曾想在临近不惑的年纪，终于听到了这句话的正版，口吻严肃，军中无戏言。
  等我出了招待所，才发觉军事秘密早已在民间流传。摆摊卖西瓜的维族人操着新疆普通话告诉我："朋友，解放军在库地大坂那里演习，危险得很，车子不让过。"
  我一听就乐了，原来是内紧外松啊。回到招待所，我给小战士上了一课。我告诉他有一种叫谷歌地图的工具，谁都可以在网络上免费下载。通过这样的工具，"帝国主义"可以看清楚我们晾在招待所楼顶上裤衩的颜色，更别说坦克火炮这样的大目标了。结果可想而知，小战士半天没说出话来。他也许准备向指导员汇报，零公里一带发现了可疑人物。
  我本想搭军车进藏，但部队明令军车不许载客。我还没有胆大到冒死穿越封锁线，就干脆在招待所踏踏实实地住下了。招待所除了我，还有去阿里探亲的军属。
  这天，正当我在洗澡间练歌的时候，闯进了一名年轻军人，风尘仆仆的样子，一看就知道刚到。晚上，这位驻守在阿里边防哨卡上的李排长过来找我聊天。聊天的过程很有意思，一开始像是特工之间的互相试探。

　　旅途中，一个人的姓名毫无用处，根本没人打听。李排长关心的是我从哪来，去阿里干什么。他翻看我的身份证、护照和介绍信，看似不经意地向我发问。我小时候没少看侦探小说，喜欢这种绵里藏针的交谈。

　　我现在要向李排长补充交代，在那个有趣的夜晚，我隐瞒了一件事。我随身携带的采访介绍信是真的，但内容基本不属实。我的旅行没有任何政府背景，也从来没有想过要靠介绍信来蒙吃骗喝。在内地，介绍信几乎形同废纸，但在偏远地区，人们照样习惯于这样的官样程序。李排长很有经验，问我："你为什么没有工作证？"我差点被问住，就模棱两可地说："住进来的时候，服务员也没要求我出示工作证啊，身份证足够了。"

　　例行公事般的盘问结束以后，谈话终于进入了轻松愉快的阶段。李排长从他在乌鲁木齐的女朋友，一直说到他复员后的打算。他借用我的手机给女朋友打了电话。看来情形不妙，女朋友不堪忍受相思之苦，逼他脱下军装。

　　我知道驻守在中印边境大山里的军人，经常没吃没喝，艰难困苦绝非我们所能想象。关于自己的工作，李排长闭口不提。我心里明白，那是真正的军事秘密。我从小在部队大院里长大，对军人一直怀有敬意，李排长没有例外，尽管他用审讯的方式问了一些令我难堪的问题。

　　李排长比我先出发去阿里。那天早晨，他咚咚敲开我的门，说马上上山。我忘不了他浑身充盈的那种使命感，仿佛前方就是战场。他手里握着枪，肩上扛着责任，去为我们站岗放哨。

　　分别的时刻，猜忌和怀疑统统一扫而光。两人的手握在一起。我的大脑瞬间短路，一句著名的台词脱口而出："李排长，你要帮我多杀几个鬼子啊！"

03

　　零公里最热闹的地方是西藏阿里地区驻叶城办事处，去往阿里的人员和物资都在这里集结。我每天都去转一圈，几乎所有人都知道部队封路演习，办事处门可罗雀。院子里停了几辆满载的卡车，司机用打篮球打发时间。

很少有驴子像我这样，待在零公里，既不前进，也不后退。我也打发时间，读书或者坐在招待所门口看来往的行人和车辆。公交车经过我身边的时候，维族司机特意摁响喇叭，漂亮的女售票员冲我招手。我天天在零公里徘徊，早已混得脸熟。

零公里有个赶马车的巴郎仔，十来岁，起先跟我混得不错，我坐他的马车，他让我享受维族人的待遇，从零公里邮局把我拉到招待所，只收五毛钱。我坐其他维族人的马车，他们通常会恶狠狠地强收一块钱。身在异乡为异客，我不会愚蠢到为了五毛钱跟当地人叫板。

我请巴郎仔喝健力宝。杂货店老板娘不同意我的做法，她觉得维族人完全不值得我用心示好。我指了指巴郎仔，说："他还是个孩子，什么都不懂，只记得谁对他好，谁对他不好。"

但巴郎仔没有给我得意的机会。在我的瑞士军刀失踪以后，他也失踪了。直到我离开零公里，巴郎仔始终没有再露面。我至今都不相信这是个阴谋。我的双肩背里有更值钱的东西，一把旧刀根本就不显眼。我愿意这样设想，自己不慎把小刀遗失在马车上，恰好被巴郎仔捡到，他的过失仅仅是没有物归原主。其实，我可以赠刀给他，至少那样我的信念不会受到动摇。我没有告诉杂货店老板娘这回事，我的心情已经有点糟了，不想再遭人嘲笑。

我依然保留着巴郎仔的照片。少年天真无邪地笑着。

在零公里，不能不说夜生活。

零公里是叶城的经济开发区，一到夜幕低垂，就变得热闹非常，县城里的人跑来寻欢作乐。国道两边的歌舞厅和发廊亮着粉红的灯光，装束暧昧的女子坐在门口等候客人光顾，四处响起四川口音："老板，进来耍一下哈！"

有一次，晚饭后，我经过招待所旁边的发廊，胖胖的老板娘招呼我进屋，关切地说："你们旅游的，好辛苦，来，选个小妹帮你按摩按摩，她们的技术都很不错的。"

见我环顾左右而言他，老板娘不再花言巧语了，问："打不打炮？只要一百块。"

屋内有两位小姐，胳膊跟脸蛋都胖乎乎的，正聚精会神地看电视剧，仿佛我根本不存在。我摆脱老板娘的纠缠，撤了出来。第二天，饭馆老板凑上来问我昨晚耍了没有，我说没耍，一百块太贵了。他立马接茬道："你跟她还还价，她们五十也干呢！

反正也闲着。"

又一次，饭后散步，数个黑衣女子与我擦肩而过。最后一个女子，中年模样，回身跟我打招呼："兄弟，耍吗？"我没假思索，冲口而出："操！"

在零公里盘桓的几日里，我经常去零公里坐标旁边的一家维族馆子吃饭。一次，有两个维族女孩翩然而至。厨子坏笑着告诉我两人是鸡，问我喜不喜欢，并伸出两个指头说只要两百块。我对厨子的印象立刻坏到极点，敢情他除了拉条子，还拉皮条。更可恨的是这家伙居然漫天开价，欺负我人生地不熟。

零公里就是这样一个地方，上天堂，下地狱，朝着同一个方向；灵魂净化，身体堕落，全在一念之间。

夜深了，零公里未眠，窗外的莺声莺语伴我入睡。

///// 219 国道

01

也许是赶上新疆五十年大庆和西藏四十年大庆，新藏公路上的军事演习显得意味深长，更像是敲山震虎。但交通管制滞留了旅人的脚步，阿里办事处路口的餐馆外面，背包客的身影越来越多。大家来自不同国家，总有人操着带口音的英语，招呼我坐下，一块喝啤酒。

在零公里的第三个黄昏，一阵急促的轰鸣声把我从睡梦中惊醒。我爬起来往窗外望去，吓一跳，坦克、装甲车和军用卡车风驰电掣般从我的眼前闪过，就像赶往十万火急的战场。足足过了半小时，零公里才恢复平静。

国道畅通了，零公里弥漫着一种莫名的悸动。大家似乎憋坏了，恨不得连夜上山。司机们可不着急，要等到山上有同伙的车下来，问明情况才会动身。

次日正午，骄阳似火，我坐在车牌号是藏 F-T1739 的红岩牌油罐车上，离开了零公里。

除了我，驾驶室里还有两名司机和一位韩国女孩。大家相识不到一个小时，却欣然结伴共赴前程。按照西北的习惯，我称呼司机高师和张师。他们都来自甘肃陇南，十年前在新藏公路上当运输兵，复员后继续在国道上谋生。高师在零公里安了家，张师的家在乌鲁木齐附近的昌吉。

当时，高师和张师坐在树荫下吃西瓜，看见我就递过来一块，我于是决定跟他们走，旅途上大方的司机并不多见。

那天，除了好几辆油罐车，还有一辆开往狮泉河的卧铺班车。班车不定期往来两地，完全视乘客人数而定。价钱比搭油罐车贵出五十块。高师夸我会选车，后来我才明白高师的意思。班车开得快，颠得车厢里尘土弥漫，乘客此起彼落。高师说自己的车核准载重十六吨，他严格遵守，绝不超重。高师从不开快车，这样的工作态度令我大为赞赏。晚到天堂总比早进地狱强。

韩国女孩叫李，绝对没有韩剧里那些人工美女的娇艳面容，怎么看都像韩国人。其实有时候，相貌平平是保护自己的武器。高师收她四百块，最后以三百五十块成交。李已经在中国旅行了两个多月，连照相机都被人偷走了，对中国国情不陌生，所以没有计较比我多付五十块。我问她为什么不坐卧铺车，她说自己从库尔勒坐卧铺车到喀什，睡了一路，没有看清大漠的模样，于是这次无论如何都不坐卧铺车了。

走了不到两小时，高师把车停在了路边。张师下车拦了一辆维族人的摩托车，独自走了。高师解释说："前面就是普沙乡，路口有个交通检查站。我们驾驶室里多了一个人，所以张师去前面等我们。"

但是，警察还是把我们拦下了。高师跟警察进屋接受处罚，因为警察说车超载。高师很冤枉，但是没争执，掏出三百块钱，交了罚金。

检查站门口的空地上已经停了两辆超载明显的货车，已经从早晨等到现在，警察根本就不放行。高师认识那些司机，说他们不服判罚，跟维族警察吵了起来。

在我眼里，高师不像是那种没文化的草莽司机。他对某些社会现象的深刻认识令我自愧不如。一路上，他遇事老练稳妥，恰到好处地化解突发矛盾。我夸他，他显得很开心，说了一句真理一样的话："我跑车是为了挣钱，哪能不打发路上的小鬼呢？"

高师也很风趣，时不时把我逗得乐不可支。我们继续上路后，他告诉我们说：

在新藏线旅行，可以搭乘的交通工具有班车和往阿里运货的卡车。班车跑得快，但很颠，卡车多半会超载，但跑得慢，你正好可以坐在驾驶室里饱览美景。

"刚才一辆车上有两位小姐也去阿里，她们想换到我们这辆车上来。"

张师和我顿时来了兴致。高师眼睛盯着前方，说："我跟她们说别去阿里了，那里都没工程了，去了也没生意。"

高师像是特意告诉我："那辆车的司机是我的朋友，我不能抢了他的客人，再说，我们也挤不下了。"

我说："太可惜了，不然男女搭配，旅行不累啊。"

大家大笑。张师肯定跟我想的一样，他说有一次带了三位小姐上阿里。他开车，

177

高师睡觉。他偶尔回头，发现高师把脸枕在小姐的奶子上，睡得特香。高师赶紧解释说："那是因为睡着了，不知道，只觉得那里比枕头还舒服。"三个大老爷们儿无所顾忌地哄笑了起来。李困惑地望着我们，我才懒得翻译给她听呢。

老实说，我喜欢高师多一点。他身材瘦小，走起路来喜欢把手插在裤兜里，上半身纹丝不动，走得像根直线。不握方向盘的时候，高师像个乡村民办教师，和蔼可亲，给我讲些新藏公路上的故事。

也许是高师的走路姿势太典型了，张师有时候也学着那样走，逗得大伙笑翻天。张师微胖，大多数时间里就像徒弟一样老实巴交，对高师言听计从。我觉得好的搭档就应该是这样。两个人若都是性格乖张，锋芒毕露，相处都难，更别提在219国道上一起出生入死了。

02

过了一个不起眼的山口，高师如梦方醒般地告诉我："这是库地大坂。"叶城海拔一千多米，库地大坂三千多米。对很多人来说，高原反应会像预约般如期而至。我和两位师傅面不改色心不跳，说说笑笑。李开始面露菜色，不仅不张嘴说话，眼睛也闭上了。

到库地兵站，天已经完全黑了。高师出人意料地宣布请大家吃晚饭。这样的事情很新鲜，反正我是第一次遇到。搭车旅行开始像住酒店了，房价含早餐。我对李说："你多付了钱，得到了好的服务，你说值不值？"

李的高原反应还不算太严重，她眨巴着眼睛回答我："你没多付钱，不也得到好的服务了吗？"

"那不一样，我们是老乡！"这句话是我用汉语说的。因为我早就发现她对英语和汉语的理解程度都差不多。

饭馆的名字叫兰州饭店，高师跟老板很熟，饭后他们要喧一会儿，我就带着李去外面溜达。这条不足两百米的山缝中，一边是饭馆和修车铺，另一边是兵站。饭馆里全是军人。我想起了李排长，也许此刻他也在库地。韩国妞也许是第一次看到高原夜空，银河低垂，繁星闪烁，她不住地用韩语喃喃自语，估计是抒发感情。

如果没有在黄昏时分到达札达,你完全不能体会我的感受。在颤抖的空气里,时空和岁月古老而年轻,一半幽暗,一半光明,一半呜咽,一半歌唱。

等候通过库地边防检查站的时候，我想下车撒泡尿，被高师拦住了。高师说："你不熟悉情况，边境跟内地不一样，你乱跑，武警真会开枪。在这里，天是老大，他们是老二！"

望着黑漆漆的四周，仿佛随时会传来拉枪栓的声音，吓得我尿意全无。我听出来高师话中有话。武警似乎怀疑我们的车上还藏着某路神仙，用大号手电把驾驶室的各个角落照了一遍，才挥手放车。

继续上路，由张师开车，高师爬到后铺躺下睡觉了。李也顾不得礼节，把双脚搁在仪表盘上，似睡非睡。我坐在中间，十三不靠，困意袭来，也不可抗拒地沉入梦乡。

不知过了多久，我听到张师在叫我。睁开眼睛，夜色像浓墨，只能看见车灯下的砂石路面。张师告诉我这里是麻扎兵站。"麻扎"在阿拉伯语、乌尔都语和维吾尔语当中都是坟墓的意思。我看了一眼腕上的颂拓，显示海拔三千六百多米。如果是白天通过，我可以看见一条岔路，通往世界第二高的乔戈里峰。麻扎兵站名存实亡，国道的一侧只剩下废弃的营房。国道的另一侧有几家饭馆，高师张师每次都从山下为他们带菜。我问张师带了什么菜，张师说是鸡蛋。我半开玩笑半认真地问："碎了几个啊？"张师回答："你放心，一个都碎不了。"

接近天亮的时候，张师困得不行了，动作变得僵硬，机械地左一下右一下地打着方向盘。我不敢再睡觉，就叫醒高师换班。张师感激地对我笑了笑，好像由他来叫醒高师是件特别理亏的事情。我善解人意，正好为他排忧解难。

高师眼都没挣开，爬到驾驶座，踩油门就走。我没有见过这架势，忧心如焚，就不停地说话。高师不傻，终于挣开了双眼，安慰我说："你放心好了，我睡着了还能开几公里呢。"我一听，赶紧抓起一瓶矿泉水，随时准备砸醒高师，挽救大家的性命。

第一晚就这样过去了，平淡无奇。两位司机轮流睡，韩国妞尽管睡姿不雅，但一觉接着一觉，最后干脆也挤到后铺，和高师一头一脚地对着睡了。我最惨，睡得最少，还杞人忧天，充当了交通安全监督员。

03

我们在三十里营房停车吃饭。高师告诉我这里曾经是新藏公路上最有名的红灯区。国道两旁，都是些脏兮兮的简易平房，招牌却充满诱惑。除了饭馆，还有发廊、歌舞厅、夜总会和娱乐城。在这远离人群的穷山恶水之间，也许只剩下赤裸裸的肉欲才是对付孤独的最好良药。

我也佩服那些小姐，她们必定是克服了常人难以想象的困难，在空气的含氧量只有海平面一半的极限地方提供人类最古老的服务。在这接近五千米的海拔高度上，走路都呼哧带喘，别说剧烈的床上运动了。

我没有想到，离三十里营房这个曾经的大妓院不远，就是康西瓦烈士陵园。强烈的反差令我震撼。一百多位烈士长眠于此，面向东方。他们的年龄大都不到二十岁，没有尝过女人的味道；三十里营房的那些军人没有尝过战争的味道。

当年，印度为了侵占更多的领土，居然玩起了下三烂的勾当。他们偷偷把界碑挖出来，越过传统的国界线，往中国境内推进。

西线的中国军队反击时，印度军队在阿里地区有一个营的兵力，滚雷英雄罗光燮的故事就发生在这里。有的战士死于敌人的枪弹，有的被冻死，有的在运送作战物资时被累死，有的被高原反应夺去生命。一部分烈士的遗体被运到叶城安葬，一部分被运到了新疆军区前线指挥所的所在地康西瓦。

当时，新疆军区的部队，一直打过了喜马拉雅山脉，离新德里就差三百多公里。由于没有接到最新的命令，部队准备拿下新德里，吓得印度军队在新德里的大街上和公园里挖起了工事。直到接到中央军委的书面命令，部队才班师回国。

如果不是经过康西瓦，上世纪六十年代的那场中印边境自卫反击战仿佛久远得早就被遗忘了。

高师把车停在了岔路口，指了指烈士纪念碑，说："这里到那里，有两公里。我们要赶路，就不进去了。"纪念碑是周围唯一的建筑物，尽管离得很远，依然显得醒目挺拔。

我没有酒，就把矿泉水洒在地上。车轮再次启动的时候，高师摁响了喇叭，朝烈士鸣笛致意。

04

在红柳滩吃晚饭的时候，我们赶上了高师的伙伴，他们的油罐车上也拉着多国旅游部队，个个神形涣散，面如死灰，被高原反应折磨得瑟瑟发抖。高师见状，使劲夸我："你厉害，一点反应也没有。"

韩国妞的高原反应没有好转，她没完没了地睡，还咳嗽。叫她，就抬一下眼皮，随即合上。高师说这样很危险，必须让她醒着。原本给高师预备的矿泉水瓶就抡在了韩国妞的头上。她肯定没有理解我们的良苦用心，反而怀疑是我想让她腾地儿，因为她坐起身后，我二话不说就躺下了。

晕头转向的李一个劲儿地问发生了什么。

我大声告诉她轮到我睡了。

睡着真好，时间像风一样过去了。恍惚中有人推我，睁眼一看，天都亮了。车外一汪湛蓝湖水，藏羚羊款款走过。高师一手扶方向盘，一手举着拍照手机，正从车窗里探出身去搞摄影创作呢。

张师告诉我，这就是死人沟。

我习惯性看一眼颂拓，死人沟的海拔不到五千米。

据说当年解放军进藏，有一个连队夜宿此地，翌日无一人醒来。几乎所有提及死人沟的文章都不厌其烦地叙述了这个故事。我之所以也这么做，目的不是危言耸听，而是想用自己的亲身经历告诉大家，新藏线上的很多传说，其实多半是用来吓唬后人的。我没有在死人沟一命归西，反而清醒了过来。

新藏公路上有个著名的段子，高师告诉我的版本是，"界山达坂撒泡尿，班公湖里洗个澡，狮泉河镇嫖只凤"。段子说的全是反话，三件事的难度很大，只有铁人才能胜任。我不是铁人，只有撒泡尿这样的事还能勉为其难。

真正令我好奇的不是这些段子，而是界山达坂的确切高度。武警交通八支队新近竖立起来的区界碑上，刻着红油漆描过的数字——六千七百米，这是江湖中广泛流传的高度。当它近在咫尺的时候，我却哑然失笑。六千七百米的高度上应该常年积雪，而不仅仅是寸草不生。武警不应该忽视这样浅显的常识，他们也有更好的测绘工具来重新定义界山达坂的高度，但他们没有这样做。我猜六千七百米已经失去了它的物理意义，是一个令人骄傲的精神高度。

我听说过六千七百米的来历，真实性有待查证。很早的时候，有个兰州人来到界山达坂，就在一块石头上刻下六千七百米这样的数字，于是以讹传讹，假亦成真。我的颂拓提示我脚下的高度是五千四百米。我相信这是一个更加科学的数据，就算有误差，完全可以忽略不计。

过了界山达坂，就是西藏。高师极富气质地叹道："一进西藏，颜色都不一样了！"我听了怦然心动。我原本以为他们会厌恶甚至痛恨这条艰辛而贫瘠的公路，为了生计，青春耗得油尽灯枯。听到高师由衷的赞叹，我才明白他们其实跟我一样，心中依然有梦。

05

经过多玛乡，我们见到了张师的相好。

这是一个分辨不出多大岁数的女人，日子肯定过得不称心。一路上，张师从来没有在高师面前侃侃而谈，在多玛，张师像是换了个人，我们大家都在听他说话，

新藏线上的很多传说，其实多半是用来吓唬后人的。我没有在死人沟一命归西，反而清醒了过来。

高师也不出声。后来，高师告诉我，这个女人不是当地人，谁都不知道她怎样跑来多玛，也不知道她怎么就留在了多玛。张师看她实在可怜，每次路过的时候都接济她，就这样，两人好上了。高师不无惋惜地叹了口气："她跟乡里的每个男人都睡过觉。"

高师显然觉得张师不值得为这样一个娘们儿付出太多。我问高师："那现在他们怎么样了？还在一起吗？"

高师说不。"她现在日子好起来了，还开了这家茶馆。"

我没有向张师打听详细的故事，张师当时肯定是出自本能，对一位沦落天涯的女子施以援手。两个人的聚散依依都是必然。我觉得自己不了解张师，高师也不了解。张师粗糙迟钝的外表下面不乏柔情似水。当我露出最不怀好意的笑容时，偶尔也会记起自己其实很贫乏。

多玛到班公湖，八支队的战士们摆开一字长蛇，用最原始的方式维护路面。大部分战士只是手握一把铁锹，把个头稍大的石块清除出路面。高师说："那些石头像是从地里长出来的一样，过不了多久，你就发现路面又全是石头了。"

我很少看到部队动用大型的专业修路工具，比如压路机。我们遇到了一辆铲车。它没有被用来修路，而是占路。两名战士把铲车停在路旁，铲斗伸出来，横在路中。高师低声骂道："他妈的，又是要东西。"骂归骂，高师还是给他们送去了一只西瓜。经过铲车，我忍不住打量起两位士兵来。他们很年轻，八支队的战士并不全像他们那样没有觉悟。有一段路正在重新铺设路面。我们被要求原地停车，等候命令。眼看着太阳就要西沉，高师跳下车去恳求武警放行。重新出发后，我问高师为什么武警只放行我们一辆车。高师挥了挥手，说："这不难。我告诉他们车上有一位外宾，病得不轻，要马上赶到县城输液。"我看了一眼外宾李，她又睡着了。

车过班公湖，太阳已经落到山后。没有阳光的照射，西藏的湖泊也就变得平常。班公湖被中国、印度和尼泊尔三国拥有，湖面时有军舰游弋。高师说湖里有水怪，他老盼着自己开车经过的时候水怪能现身，弄出什么大动静。我心想，班公湖神秘莫测，传说中的水怪会不会是三国海军的潜艇呢？在西藏，做一些漫无边际的猜想，是最恰如其分的表现。

车子绕湖走了一个小时，国道才折向日土县城。在县城停车吃饭，已是满天星光了。日土县很小,只有一条长不过百米的街道。饭后,韩国妞屁颠儿屁颠儿地去网吧了。张师抓紧时间检修车。高师把给别人捎带的物品卸下,还悄悄从油罐放了一桶油,卖给了一家修车铺子。这是两人的灰色收入。从别人羡慕的目光里,我可以体会到高师他们的光荣和骄傲,仿佛车上装的不是汽油,而是别人对幸福的希望和期待。

离开叶城后的第三个早晨,我在迷迷瞪瞪中被唤醒。张师告诉我狮泉河到了。我一下睡意全无,不由得直起身子。车子爬上一个高坡,张师一脚刹车,努力睁大疲惫的双眼,朝我扬了扬下巴:"看,前面就是无数人的梦想!"

此时,天空云团簇簇,太阳正缓缓爬高,狮泉河还在沉睡。这是一个令人向往的山谷,像朵莲花,神秘而灿烂。

张师松开刹车,踩下油门。

我们一头扎进了阿里。

///// 狮泉河

两位好心的师傅把我们送到陕西宾馆,看名字就知道是陕西援建。西藏所有的县市在内地都有援建的对口省份。可恨的是所有援建单位无一例外地把自己的名字留在了西藏,弄得西藏像是各省的后勤单位。除了无聊,这样做还有篡改西藏传统的嫌疑。

我和李分享了一个一百块钱的双人间,房间里有干净的床铺和久违的电视机,但是没有单独的卫生间。三天的旅行过后,李对我信任有加,要求和我"双栖双飞"。为了表示出自己的诚意,她坚持要请我吃晚饭。我在旅行中经常与老外结伴而行,他们并不像传说中的那么抠门。我不会用对钱的态度来衡量一个人,但我确实因此喜欢这些到中国来走江湖的洋鬼子。

狮泉河再高级的宾馆也没有洗澡的设施,好在街上的公共浴室可以弥补这个缺憾。这些浴室大都由四川人经营，十块钱洗一次。这个价钱不便宜，在歌舞厅里可以和姑娘们跳好几支舞曲。我和李疑似一对夫妻，郎有才，女没貌，跋着拖鞋一起去洗澡。

我洗完后等了老半天，李才洗得水滑凝脂地出来。浴室楼下是市场，出售滴血的鲜肉，场面太血腥，李不肯原路返回，硬是跑到了马路对面，绕回了宾馆，接着睡了一下午。她的高原反应接近了尾声。

我独自在狮泉河的街头转悠，在藏茶馆里写明信片，领略了阿里高原阳光灼人的午后时光。我固执地认为，阿里是西藏的精髓。没有到过阿里，就不算真正到过西藏。阿里独一无二，就像是原始世界，没有生命痕迹，仿佛一切还没被孕育出来。她的美和丑，都散发出致命的诱惑，根本不顾你的感受，就这样把你掳获。

在很多人的印象里，阿里就是指狮泉河。可传统意义上的阿里三围，不包括狮泉河这个边陲小镇，说的是普兰、札达和日土。现在多了噶尔、革吉、措勤和改则四个县，后面三县属藏北高原。

噶尔县城狮泉河是一个小镇，却是阿里的首府。狮泉河从城南流过。我在河边散步，却没法对这条大河产生一丁点好感，河道两旁就像是全镇的公共厕所和垃圾处理站，肮脏得令人后悔看了第一眼。要知道，狮泉河接着流，就成了养育南亚次大陆的印度河。

现在的人们很难想象只有一个院落的县城，当年的狮泉河就是这样。全城没有群众，只有干部，都在这个大院里工作和生活，连部队也不例外。西藏可能找不出第二座县城像狮泉河那样，没有居民，没有宗教了。在西藏生活了二十年却只造访过阿里一次的马丽华用很多听来的故事写了一本《西行阿里》，她在书里转述了狮泉河大院那些既苦涩又甜蜜的回忆。

据说当年所有人都住在大小堪比单人牢房的房子里。那些土夯的房子有一米厚的墙，内部空间却只能容纳一张单人床、一张铁桌子和一只铁皮火炉，剩下的地方放不下一把椅子。

在阿里，取暖是头等大事，采暖期长达九个月。生存面临危机，环境保护就是一句脆弱的口号。为了解决饥寒温饱问题，人们烧光了方圆百里的红柳。红柳是阿里高原上唯一的原始森林，生长在狮泉河的两岸。当年选址设县，就是看中了这点。红柳枝条密集，根系发达，是燃料的最佳替代。人们动用了所有的工具来挖掘红柳，甚至钻眼安放炸药轰炸。十年间，红柳和其他高原植被全被烧光。作为回报，大自然曾经让狮泉河这样的地方洪水滔天。

在当年的大院生活里，大家也串门，但很少蹭饭，而是为了蹭暖，目的是省下自己定量供应的木柴。烧完了木柴，有人开始烧报纸。做一顿饭，正好烧掉一年的报纸。后来，对太阳能的利用才逐步解决了能源供应的问题。

除了物质条件，精神上的折磨也令人困苦不堪。来往阿里的邮件要经过半年大雪封闭的新藏公路。冬天，大家生活在音讯全无的世界里。恋人们只得通过明码电报互诉衷肠，忘情时难免出现啃啊咬啊的火爆言辞，最终被领导狠批。

马丽华把当年大家等待邮车到来时的情形写得很生动。全城出动，引颈西望，望见远处烟尘陡起，人群开始骚动，大家又哭又笑又叫又喊又跳又蹦又打又闹。这样动人的场面堪称凝固的历史影像，足够刻骨铭心，催人泪下。它发生在不算遥远的过去，时间却赋予了它伟大的色彩。

现在的狮泉河早已改头换面，只要肯花代价，灯红酒绿的醉生梦死不再只是遥远的都市故事。狮泉河的街头，充斥着酒楼、发廊、赌场、录像厅、芬兰浴和歌舞厅。从高师那里得知，阿里主管公路建设的领导因为收受贿赂被拘捕，导致工程停工，各种人员纷纷撤离。但是往日红红火火的特种行业并没有因此孤灯唱晚，日益没落。

狮泉河是时代剧变的产物。我没有看到古老的寺庙，没有看到传统的牧场，只看到一堆粗制滥造的现代建筑物。

有人向往它，有人憎恶它，有人把它当梦想，有人拒绝美梦成真。

这就是狮泉河。

///// 札　达

离开狮泉河的那个中午，与高师、张师不期而遇。他们空车回叶城，等着有人搭车。当时有两个女孩，炫耀从古格过来，坐车没花一分钱。她们做出楚楚可怜状，对张师展开一波接着一波的攻势。张师可能没见过这种架势，直往后躲。我和高师在一边乐。直到我的班车扬长而去，那两个妞还在锲而不舍。性别差异大部分情况下给女孩带来了不少好处，但我对刻意献媚的做法嗤之以鼻，在我看来，这跟露出大腿招揽嫖客只差一步。

狮泉河开往札达的班车票价很贵，不到两百公里的路程，要两百六十块，一口价，爱坐不坐，难怪那两个小妞对自己免费搭车的经历甭提多自豪了。乘客是两位在札达工作的公务员和五位游客。除了李和我，多了深圳的黄、香港的阿坤以及韩国男孩金。韩国妞立刻表现出喜新厌旧的顽劣品格，把原本属于我的好位置强行腾出来给了金，把我支到后面吃灰。李学过拳击，聊到开心处，忘乎所以地对自己的同胞饱以粉拳，完全是野蛮女友在西藏的最新版本。韩国帅哥惊慌失色，回头用英文向我喊道他情愿去死。

五个小时以后，当满目全是土林的时候，札达近在眼前了。李和金早已停止了嬉闹，大家盯着窗外，一言不发。

如果没有在黄昏时分到达札达，你完全不能体会我的感受。

喜欢西藏的人，多半是向往山上宁静的积雪。札达的海拔和拉萨一样，三千七百多米，却没有积雪的山峰，被光秃秃的土山包围在象泉河的岸边。绵延数百公里的札达土林，原来是汪洋，因为地质变化，湖盆伸出水面，被雨水冲刷而成土林。土林那年轮般的层次，是海水退去的痕迹。

这是一个难忘的黄昏，山峦嶙峋，乱云飞渡。班车如旱地行舟，蜿蜒穿行在土林之间。剧烈的颠簸和晃动中，班车就像是惊涛骇浪里命悬一线的小船，随时有倾覆的可能。浮尘像海水一样从车身每一个缝隙钻进车厢，在霞光里上下翻飞，仿佛无数精灵在跳舞。窗外，象泉河谷风生水起，土林像火山喷发。旷世凄美的景色如同天山寒铁淬炼而成的剑刃，从我的咽喉上无声无息地滑过，令我在不知不觉之间变得呼吸困难。在颤抖的空气里，时空和岁月古老而年轻，一半幽暗，一半光明，一半呜咽，一半歌唱。

我掏出照相机，用背带缠在手腕上，用身体死死抵住车窗，取景，调光，按下快门。我从来没有在旅行中变得如此惊慌失措。我知道这样史诗般的壮烈风景转瞬即逝，就算是被甩出窗外我也心甘情愿。班车忽高忽低，忽左忽右。快门响过之后，我根本不知道取景框里记录下了什么。我喜欢这些极限状态下拍摄的照片，多半是因为无法忘怀当时的心情。

晚霞中的土林。如果不是亲身经历，我绝不会相信原始的风景也会令人心碎！

还没跨过象泉河大桥,我就远远望见了札达县城。在金碧辉煌的原始世界里,一排水泥建筑散发出白色的光芒。等班车在县城里停稳,我把行李扔在街头,急忙跑向河岸边的托林寺。站在白塔的位置可以拍到河谷的全景,可是几乎在眨眼之间,光线失去了力量,一切化为平淡,只留下我怔怔地站在岸边,神情恍惚,若有所思。

札达的黄昏日复一日,属于我的就一次。

///// 古　格

01

我对古格的知识多半来自霍巍的《古格王国:西藏中世纪王朝的挽歌》。所有关于古格的著作里,我至今认为霍巍写得最好。霍巍是一位考古学家,他落笔就像是写严谨的科学论文,文字却朴实易懂,没有其他著作里那些真伪难辨的玄虚故事。我出门的时候,把这本书装进了背囊。

古格距离札达县城二十公里,我和伙伴们徒步前往。这块路碑像一位老友那样,明白无误地给我们指明了方向。

要讲述完整的古格故事,要从发生在公元840年的朗达玛灭佛开始;可那是历史学家的工作,我还是从古格老国王拉喇嘛意希沃说起。那几乎是一个人尽皆知的故事,居然连对话都很相似。

西藏的史书记载,意希沃时期,藏传佛教处于复苏前的混乱状态,僧侣中烧杀淫掠的事情屡有发生。意希沃听说印度高僧阿底侠大师道行高深,决心迎请大师到古格传教。年迈的老国王居然亲自率兵攻打信奉伊斯兰教的邻国噶洛,以夺取迎请高僧所需要的大量黄金。

不料,意希沃兵败被俘。噶洛国王好心劝降:"您老人家如果能改信安拉,我就不杀您。"

倔老头坚决不允。

国王又建议："如果您答应用与您体重相等的黄金来交换，我也可以不杀您。"

老头还是说不。

国王只得说："您就等死吧。"

意希沃的侄孙筹集了黄金来赎人，国王嫌不够分量。头部已经被灼伤的意希沃对侄孙的做法大为不满，怒斥道："我已经是一个废人了，救我有屁用，还是用那些黄金去请阿底侠大师到古格弘扬佛法吧。"

那个时候，大师年近花甲。他被意希沃的献身精神感动，自愿放弃三十年的寿命，于公元 1042 年起程前往古格。

藏传佛教后弘期由此开始。

一个国家的兴衰总是与外来文明的侵入密切相关。佛教使古格繁荣昌盛，天主教却使古格亡国。

公元 1624 年，葡萄牙的神甫安德拉德装扮成印度香客，翻越喜马拉雅山，来到古格首都札不让。受到古格国王和王后的很高礼遇，并允许传教士们可以随时出入王宫。国王并不真正相信新的宗教，而是打算借此来打击日益强大的佛教僧侣集团。1624 年，在古格国王超乎寻常的热心帮助下，古格建起了一座天主教堂，国王、王后也时常到教堂跟着祈祷，佩戴十字架居然成为一种时尚。

佛教徒们看得心中不爽，他们的床边响起了别人的鼾声。国王的弟弟也向国王发出动乱的警告。国王不但没有收敛，而且迅速升级对僧侣集团的打击。朗达玛灭佛的情形在古格重新上演了。

1630 年的春天，僧人们趁安德拉德回印度述职，国王染病，终于脱下袈裟，换上战袍，拿起武器，包围了首都。此时，与古格积怨颇深的拉达克王国也介入了战争，但是实力占优的暴动集团还是无法在攻坚战中占到便宜。国王忠实的卫队踞

险严防死守，屡克强敌。最后国王被自己的弟弟出卖，被拉达克军队诱捕，卫队惨遭杀戮，王宫里的珍宝也被席卷一空。

具有七百年历史的古格文明终于在碧血黄沙中陨落。

02

古格的旧都，成了现在的札不让村，距离札达县城二十公里。

我们五个人本想投宿札达宾馆，可人家笑容可掬地告诉我们客满了。去武装部招待所，干脆被人家以不对外为由拒之门外。我们经当地人指点，闯进邮政局的院子，一位身穿邮政制服的藏族职员见我们打听住宿，就说："这里就是邮政招待所。"我们在这里住了两晚，却始终没有看到招待所的牌子。

招待所好像只有一间客房，靠墙摆了六张床，一张床二十五块钱。大家开心地呼喊起来，房间正合适，就像是特意为我们安排的。我向那位职员打听去札不让的车，他指指院子里停着的绿色皮卡说："我可以带你们去，就这车。"我赶紧问价钱，回答是三百五十块，来回。我觉得太贵，深圳的哥们儿黄也觉得太宰人。

饭桌上，我告诉大家自己准备徒步前往古格，露营一晚，次日返回札达。黄和阿坤响应。李几杯啤酒下肚，胆色陡增，指着金喊道："你替我背包，我也走着去。"金一脸苦笑，求救似的望着大家。黄举杯，对金说："来，干一杯，你多受累。"

第二天出发前，我们吃了一顿丰盛的早餐。大家心里明白，下一顿饭还没有着落呢。一顿早饭不算万能催化剂，可是如果没有它，我们古格小分队的全体成员就不会这么顺利抵达札不让村，令我惊讶的是体质最弱的李也没有掉队，坚持走完了全程。

二十公里不算路途遥远，但是海拔三千七百米的沿途，烈日当空，草木不生，时而上坡，时而下坡，体力损耗就像抽丝一样不易察觉。我们把多余的行李留在了招待所，只是携带了露营需要的装备。

从狮泉河的邂逅开始，我就发现黄是个训练有素的好手。他自制了一块太阳能充电器，行走的时候安置在背囊的顶部，给携带的所有电子设备充电。我觉得黄应该留在阿里当一名志愿者，至少可以教会牧民充分利用高原上用之不竭的阳光。我们俩通常走在队伍的最后面，不是为了收容伤病员，而是经常停下来拍照。黄在照相上再次体现出他是一位技术能手。他站在原地,举起相机,分别朝左中右三个方向按下快门。他说回家后会把这些照片拼在一起,组合成超广角照片。

阿坤平常说话不多,既不显摆他的长处,也不暴露他的破绽。他一直走在最前面,从不主动和小分队其他成员交流。我从他的步幅和速率上觉察出阿坤绝不是一只绣花枕头。他的节奏沉稳,后劲十足。如果距离放大,也许我走不过这个港脚。

金和李几乎没有随身的行李,一开始,他们甩开胳膊,大摇大摆地走在路中央。再后来,李双手叉腰,扭扭捏捏地往前走。我有一阵很担心她会一屁股坐下来,朝我们示意她放弃了。

我们总共走了五个小时,当古格城堡映入眼帘,大家欢呼起来,所有人的神情都是喜出望外。朝圣往往被比喻为艰苦卓绝的旅行,但是我们不费吹灰之力就来到了顶礼膜拜的圣地。趁大家在河滩上休息,我独自背起包继续前行。我不想让别人看到我眼中噙泪。我不是一个脆弱的人,我的泪腺也不很发达。我在旅行中从来没有把自己感动得痛哭流涕。但是在古格脚下,我却体会到了前所未有的归属感,陌生而温暖。

古格管理处的值班员格桑热情好客,见我们徒步前来,就破例允许我们在管理处的院子里扎营,并为李腾出一间屋子睡觉。天黑以后,格桑找来很多蜡烛点亮。他解释说:"出于保护古格遗址的需要,我们没有把水电接到山上来,晚上只能点蜡烛,喝水只得去山下背上来。"

晚上,我们借用格桑的铁锅煮康师傅,风卷残云过后,李意犹未尽,提出再煮一锅,所有人立刻觉得又饿了,纷纷响应。我们的好胃口直接导致小卖部囤积了很长日子的方便面终于脱销。

吃完饭,我钻进帐篷,掀开外帐,但见银色月光流入,满天星光陪伴。

我沿着象泉河,走到札不让。风声带来远古的呼唤,那是古格的光荣。

古格王国遗址门票

黄和我第二天天不亮就起来了。我们看到初升的太阳渐渐照亮古格的田野和城堡,深邃的蓝天神秘安详,意味深长。

参观古格遗址需要买门票,八十块钱一张。价钱不便宜,但我们谁都没想逃票。我拿出霍巍的《古格王国——西藏中世纪王朝的挽歌》,请格桑在扉页上签名,并盖上古格管理处的戳。格桑是位好学的青年,他拿起我的书不肯放下,嘴里嘀咕:"我怎么就没见过这本书呢?"我答应格桑回到北京后再去买一本同样的书寄给他。临走的时候,格桑格外叮嘱我说:"别忘了啊,朋友,你一定要把书给我寄来。"

我没有食言。回北京买到书,我没敢耽误时间,立即寄往札达。对古格的现代守卫者,我想表示出源自内心的敬意。

///// 札达—塔钦

扛大厢,指的是坐卡车的车斗。

在西藏扛大厢,绝不是件浪漫的事。韩国妞显然不清楚这点。

阿坤的脚扭伤了。他觉得连累了大家,提议他出钱包车回县城。大家没同意。既然我们是古格小分队,那么就应该以最弱的队员为标准来指导全队的行动。黄和我去札不让村找车。

村子里的车正忙着运青稞。好说歹说,村长小扎西答应用他的东风卡车送我们。车钱不便宜,数目像骂人——二百五!按照我平常的规矩,肯定是断然决然地拔腿就走,不是付不起这钱,是丢不起这人。可今天不同,我得妥协。尽管我们是乌合之众,但也要赶时髦,讲团队精神。

194

我们安排阿坤和李坐驾驶室，女人享受伤员待遇。这让李很不开心，她觉得大厢如同广阔天地，能够带来自由翱翔的感觉。事后，我有点后悔，照顾女人是男人的天职，但也不能剥夺女人体验刺激生活的机会啊。

小扎西将近五十岁，开起车来却像个莽撞的青年。在他眼里，道路根本多余，下坡拐弯，像过山车那样完全不减速；卡车甚至像滑翔机那样在空中飞行，然后重重落地。坐在大厢里的金、黄和我，不时被抛上半空。我们的大呼小叫使得李频频回头探望，从她的表情上我能看出她有多羡慕。

小扎西是个好司机，唯一可能持反对意见的是我们的臀部。

翌日正午，我们找到一辆年代久远的五十铃卡车，司机益西说去玛旁雍错，答应先送我们到塔钦。我们小心翼翼地问价钱，回答出人意料："每人五十块。"

那可是将近三百公里的距离啊。

韩国妞这次乐了。驾驶室已经被人占了，她终于可以扛大厢了。车厢里有一箱玻璃，两桶柴油，两个桌子和几袋腻子。玻璃被绳子绑在了车厢的前端，我们坐在玻璃的后面，危险得就像坐在刀尖上，随时可能被放血。如果不是搭车不易，我肯定不上这辆车。

益西看出我们的顾虑，帮我们收拾出一块地方，铺上毯子，用腻子袋在玻璃和我们之间垒起防御工事，以免他急踩刹车，我们就与玻璃同归于尽。到塔钦后，我已经找不到一块完整的玻璃，全成玻璃碴儿了。益西说这些碎碴儿正好用来插在院墙上防贼。

出发的时候太阳暴晒，大家穿着短衣短裤，说说笑笑。没多久，乌云遮日，下起了雨，气温急剧下降，大家纷纷换装。我脱下短裤，穿上秋裤，再套上牛仔裤。回头看，李早已是花容失色，用披肩把头裹得像抢银行的女劫匪，早就钻进了睡袋，黄还拿出帐篷盖上挡雨。

我一边挤进她的睡袋，一边问："以后还扛大厢吗？"

可怜的丫头下牙磕着上牙说："No. Never."

益西是个好人，大家都这么认为。他也是好司机，没人会提出不同意见。出札达不久，遇到一个上坡的急弯，即使是最牛逼的丰田越野车，在我们的眼皮底下，也是上下打了两把轮才过去。就在路旁的山沟里，趴着一辆冲下道路的卡车。它成

195

了最生动的警示牌，不可能再回到路面上来了。益西见状，让我们下车，在坡上等他。这小子好生了得，一把轮就过了急弯。大家欢呼起来，回到车上就开始数落那个越野车司机：都是开车的，差距怎么就那么大呢！

益西的杰出表现远没有结束。五十铃实在是太老了，不仅走不快，还接连爆胎。轮胎有半人多高，死沉死沉的，我根本无法把它扶起来。瘦小的益西此时极像轻量级举重运动员，只见他气沉丹田，往手掌吐了两口唾沫，双臂一抖，轮胎就立了起来。所有人见了无不动容，当然就不会吝啬赞美之词了。黄再次表现出高手的素质，他比我们谁都懂车，就下车去帮益西补胎换胎。

到巴尔兵站，已是深夜，大家又饿又冷。益西又是敲门，又是鸣笛，就是无人理睬。益西气得骂起娘来，只得继续前行。

午夜一点，我们来到一户牧民家。牧民是益西的朋友，一家都很善良，把冻得哆嗦的我们引进了屋子。屋子不大，炉子烧得很旺。主人让我们歇息，自己抱着被子和老婆去了隔壁没有生火的仓库。

睡着之前，我决定以后不再扛大厢了，否则早晚出人命。

天亮后，我们接着赶路，天依旧下着连绵阴雨。黄很有创意，把帐篷的四角扎在车帮和桌子腿上。尽管雨还是拐弯抹角钻进来，但红色的帐篷就像一面旗帜，呼啦呼啦地飘扬。如果从远处看，迷死人！

////// 冈仁波齐

01

塔钦，又称大金，是神山冈仁波齐脚下的一个村子。有人说冈仁波齐是东方的耶路撒冷，此言不虚。印度教、耆那教、苯教和佛教的信徒不畏艰辛来到这个偏僻的村子，转山道上留下了他们虔诚的身影。信徒甚至认为在转山途中往生是最光荣的事情。冈仁波齐在印地语里称作Kailash。据称印度教的湿婆神就住在山上的宫殿，他的媳妇住在玛旁雍错；两人做爱，精液化成了雪山。

据说苯教神灵也住在这座山上。米拉日巴智斗那若本琼的故事谁都知晓。米拉日巴曾经是个问题青年，后来苦修成佛。据说他长期以树叶为食，最后连皮肤都变成了绿色。

我们住在村口的阿旺客栈。站在门口往南眺望，219国道穿过草原，白雪皑皑的纳木那尼峰在云雾中若隐若现。鬼湖拉昂错湖面瓦蓝，波光粼粼。马丽华在她的《西行阿里》里说在塔钦根本看不见神山冈仁波齐，网上很多似是而非的帖子也以讹传讹，我曾经信以为真。可当我在塔钦住了一礼拜之后，我才发现要么是马丽华的观察不够仔细，要么是她和神山无缘。天气晴好的时候，我站在塔钦村口，神山真真切切，触手可及，仿佛就在客栈的院墙后面。

客栈老板叫阿旺，是一位退休的藏族干部。退休工资据说好几千，令村民羡慕。阿旺盖了很多房子，出租给人用作餐厅、茶馆、小卖部什么的。自己经营的旅馆墙上用藏语写了"恰康"两字，意为茶馆。我学藏语的时候学过这个词，因事关吃喝，就用力记住了。阿旺看着旅游旺季人来人往，自己的旅馆却门可罗雀，正在犯愁。

我摆出经验老到的样子，朝阿旺建议："香客自带帐篷，遇水扎营。只有背包客才打尖住店。你这排房子没有汉语和英语招牌，谁知道可以落脚啊。"

阿旺觉得我的分析在理。

我住在塔钦村阿旺大叔的客栈，早晨，躺在床上不用抬眼就能望见旭日中的纳木那尼峰。门外不时有香客和驮队走过，铃铛声由远而近，又由近而远。

197

我说就叫阿旺客栈吧，肯定吸引人。我拍着胸脯保证："招牌我来画，三种语言都写上。"阿旺大叔乐得赶紧吩咐儿媳妇给我煮甜茶。

阿旺客栈的左右是冈底斯宾馆和圣湖宾馆。印度和尼泊尔的香客住前者，包乘越野车而来的欧美和内地游客住后者，泾渭分明。

黄的时间有限，不等雨歇就决定去转山。转山全程五十七公里，最艰难的地方是接近海拔五千五百米的卓玛拉山口。在客栈，有位藏族警察不无得意地说他一天就转完了，耗时十五个小时。黄有点不服气，他说在深圳经常参加几十公里的徒步穿越。黄决定当天往返。我相信他能行，鼓励他轻装上阵，除了干粮和水，其余什么都不带。金说跟着一起去转山。两人五点钟摸黑起床就出发了。

晚上八点，我正和几个骑车旅行的德国人吃饭聊天，黄和金回来了。小饭馆里的所有人都为他们鼓掌。黄宠辱不惊，气定神闲。那边厢，金把头晃得像拨浪鼓，直说：Oh．Crazy．It's crazy．

阿坤的脚没好利落，在村子里待了两天，和两个四川的洗头妹搭军车去了普兰县城。普兰不像大伙儿说的那样容易搭车去拉萨。阿坤回到狮泉河，坐班车去了日喀则。黄和韩国组合也在转山回来的第二天离开了塔钦。李有点伤心，抱着我差点掉眼泪。

后来听说黄在巴嘎候车时，打电话回家，跟儿子聊着聊着就放声大哭起来。

真乃铁汉柔情。

02

神灵总是眷顾那些执着有耐心的人，冈仁波齐也只对有缘的人露出真面容。

早晨，我被灼热的阳光照醒，起身北望，只见朵朵白云，贴着神山飞行。阿旺背水回来，笑眯眯地跟我说："你瞧，天气多好啊。"

我突然决定下午出发去转山。阿旺就叫儿媳妇烙饼子，让我带在路上充饥。饼子很香，有淡淡的甜味。后来每当我吃饼子的时候，就会想起阿旺的儿媳妇。她那略带羞涩的笑容比饼子还甜。

我出发的时候已经是下午两点，狭窄的转山道上只留下我长长的影子。尽管负重不轻，但蓝天白云雪山碧湖让人心情愉悦，忘了脚下是海拔四千五百米的高原。

不时有香客迎面走来。他们应该是苯教教徒，逆时针转山。

走到佛塔的时候，我遇到一帮老外，分别来自捷克、丹麦、以色列和美国。我在这里之所以不厌其烦地一一细表，是因为在未来的旅行中，我们再三重逢。缘分就始于神山。

佛塔是转山的入口，也是眺望神山的最佳位置。

太阳西沉，气温随之降低，山谷里冷风越刮越大。我来到路边的帐篷茶馆，里面有一位阿姐在操持，一壶酥油茶卖十块钱。酥油茶不仅驱散寒冷，还帮助我迅速恢复体力。喝茶后继续前行，遇到两位藏族香客。他们仿佛在城市的步行街闲逛一样，大摇大摆，其中一位还穿着皮鞋。

到泽热普寺，已经是晚上九点了。下午一共走了二十四公里，耗时七个多小时。泽热普寺位于神山背面的山谷，海拔五千两百米。等我找到一块平地扎好帐篷，天已经完全黑了。气温很低，我没脱衣服就钻进了睡袋。半夜，山谷里刮起大风，从我的单人帐篷里呼啸着穿过。睡袋里的我全身冰凉，直后悔没有找石头压住帐篷的四周。

翌日，太阳尚未升起。我冻得再也睡不着了，就起身来到帐外。

风停了，山谷一片沉寂。当日出把雪山染成金黄，月亮还静静地挂在蔚蓝的天幕上。我想起詹姆斯·希尔顿笔下的蓝月亮山谷，但他肯定没有像我这样真的身临其境！

天大亮，山谷里冒出很多人，蜿蜒着向卓玛拉山口走去。卓玛拉山口是转山道上的最高点，海拔超过五千五百米。从泽热普寺到卓玛拉山口大约八公里，有积雪。我走了四小时。昨晚的彻骨寒冷没有让我患上感冒，却使我损失了不少体力。我努力调整呼吸，依然举步维艰。有的上山路段，我几乎是走十步就不得不把肩上的背囊顶在石头上，就势喘口气。

下午两点，我终于登上了山口。山口积雪很厚，有经幡飞扬。

稍事歇息后，我开始下山。路很难走，全是碎石。在山脚下的帐篷茶馆喝完茶，我就沿着河走。路面平缓，少有起伏。

这个时候，已近黄昏。晚霞停歇在山峰，风也没有了踪影。有不少老外在河边

199

这是神山的背影。冈仁波齐在印地语里称作 Kailash。印度教的湿婆神就住在山上的宫殿。

露营。搭建帐篷、烧水煮饭的是他们的尼泊尔向导。

  走到尊最普寺的时候,天暗了下来。这里距离塔钦不到九公里。路上已经见不到香客的身影。几乎只是一瞬间,我抬头望见深蓝的天空里星星开始闪耀,银河朝我流过来。不一会儿,月亮跳上山岗,整个山谷明亮如白昼。我按照颂拓指明的方向,往南疾走。累了就头枕背囊席地而卧,嚼两口饼子,喝两口冷水,尽情享受独自旅行的美妙感受,尽管这样的幸福不符合大众的审美情趣。

  半夜十一点,我终于回到塔钦。在此起彼伏的狗叫声里,我径直来到依然亮着灯的小饭馆,撂下背囊就喊:"来碗肉丝面。"

  这一天走了三十三公里,花了十三小时。

03

  早晨,把门打开,我躺在床上不用抬眼就能望见旭日中的纳木那尼峰。门外不时有香客走过,还有牦牛和骡子。铃铛声由远而近,又由近而远。我起身来到门外,望见村舍上空炊烟袅袅,空气里有一股燃烧树枝的清香味道。往北眺望,雪白的冈仁波齐镶嵌在瓦蓝的天空,一尘不染,就像美术馆墙上挂着的风景画。

  阿旺的儿媳抱着一大盆衣服去河边洗。她的模样惹人怜爱。我问她老公去哪了,因为院子里的东风车不见了。她一直笑,但是不回答问题。

  我每天都去冈拉梅朵喝甜茶。我说的这家冈拉梅朵是一家帐篷茶馆,完全不像拉萨城里北京路上的那家。老板娘的闺女曾经在拉萨的冈拉梅朵干过。

  平时,帐篷是司机的聚集地。包车的客人都去转山了,他们就整天待在帐篷里喝啤酒,讲段子。厨娘年轻貌美,是司机们的重点调戏对象。她给客人斟茶的时候,这帮糙老爷们儿会趁机摸一下奶子,捏一下屁股。她好像并不介意,她的宽容态度惹得大伙儿嗷嗷叫。

  帐篷真是一个让人开心的去处!

  我一大早踏进帐篷的时候,没见到司机的影子。老板娘的闺女告诉我昨晚他们都喝大了,现在肯定还在旅馆里昏睡不醒呢。厨娘很快就弄好了一壶茶。她在我面前总是放不开,显得很腼腆,一对红云飞上双鬓。有时候会开玩笑地想她一准喜欢上了我，不然为何害羞。

喝完茶，我去找阿旺。我答应过他给客栈画招牌。材料很简陋，只有铁皮和黑白黄三种油漆。我已经不是第一次在旅途上给人画招牌了。上一次是在郎木寺，叫江边小馆；同样是铁皮和油漆，我如法炮制。阿旺很喜欢，马上张罗着把招牌立在了房顶。

天气出奇的好。我就在客栈的院子里，趴在防潮垫上睡觉。我只穿一条运动短裤，在身体的裸露部分抹上了防晒霜。我喜欢把自己晒得黑黑的，这让我很有归属感。阿旺儿媳不这样想，她劝我别晒，说西藏女人喜欢长一身白肉的男人。我没听从她的意见，接着晒，她就偷袭我，朝我的裆部扔小石子。我经不住这样的挑逗，就起身跟她进屋。她不说话，端给我一碗酸奶，味道不错的酸奶堵住了我的嘴，也堵住了我的想法。

我记起我党的民族政策，决定只喝酸奶不泡妞。

///// 玛旁雍错

玛旁雍错距离冈仁波齐二十多公里，是印度河、恒河和雅鲁藏布江的源头。很多人相信香格里拉就存在于神山圣湖之间的四维空间里。从塔钦并没有公共交通工具去湖边，但这没有让我着急上火，我可以花半天的时间走着去，一不小心还可能闯入香巴拉王国。不料我的胡思乱想遭到了朋友的批评，说没有班禅大师的通关文书，不可能误打误撞进入香巴拉。

中午时分，我坐在村头晒太阳，与甘肃来的黑子闲聊。黑子两年前和媳妇来到神山脚下，开了个修车铺，用修理自行车的工具专修各种越野车。我不懂修车，不知道黑子身怀何种绝技，反正黑子会补胎、焊钢板，总有办法让那些饱经摧残的车子吐着黑烟离开。他的媳妇开了个饭馆，做的面条还不错。有时候，吃饭的客人多，黑子会钻进厨房帮忙，双手沾满了黑色的机油，照样炒土豆丝。黑子让我也给他画块大招牌。可到我走，他也没把画招牌的玩意儿找齐。

聊得正欢，有人朝我们走来。这厮从头到脚都裹得严实，像是听从了阿旺儿媳妇的劝告，走到跟前了，才揭开捂脸的毛巾。我认出来是上海宝贝。他张嘴就说："你怎么这么黑，都差点没认出来。"他跟两个香港的哥们儿正准备去转山，问了我一些转山的情况就回去准备了。

黑子媳妇出来告诉我店里有三个客人要去圣湖，问我是否愿意跟他们一起包车去。他们分别来自上海、法国和韩国。

上海的那个女孩显然把自己当领队，一直在跟黑子媳妇诉说旅途上的委屈。法国人带着一把吉他。他说自己是古典吉他演奏家，需要天天练习。后来在拉萨再次邂逅这位法国音乐家，可我始终没听到那如诉如泣的琴声。

我去找阿旺，让他儿子开卡车带我们去。阿旺说收他们六十块，收我五十块，还让我别告诉别人。可上海人不能接受坐卡车。她施展妇联干部的功夫，软磨硬泡，终于说服一辆丰田4500的司机忙里偷闲跑一趟，车钱每人五十块。这么多年来，我第一次在旅途中有机会坐好车，就决定腐败一次。

他们想去圣湖边的基乌村，住在村民开的旅馆里。村子还有温泉，对已经很多天没洗澡的游客来说，就像磁铁一样有吸引力。上海人对我独自去湖边露营感到惋惜。她想借我的藏语课本，我没答应。

适值黄昏，残阳如血。湖边的红草滩上已经支起几顶帐篷。我的蓝色单人帐篷显得很不起眼，特别单薄。我记起神山脚下那个寒风凛冽的夜晚，就找来几块石头紧紧压住帐篷。

湖水太冷，完全不适合沐浴。我捧起圣水抹了把脸，算是洗礼。

随后，我去了新建的基乌寺。僧人正在举办开光仪式，很多村民参加。我进去喝了几杯青稞酒，没等仪式结束就先走了，不然肯定醉倒在佛的跟前。喝酒对我来说，始终是件特别困难的事情。

圣湖边有一家宾馆，名字叫 Manasarovar Guest House。Manasarovar 是圣湖的印地语名字。宾馆由印度遗产研究基金会援建，每个房间的门边还刻有捐献者的姓名。走进宾馆的院子，你会觉得来到了印度。作为院子里唯一的汉族人，我成了圣湖边的少数民族。

我不会忘记在玛旁雍错的露营以及醒来的早晨。圣湖沐浴在晨光里，光影柔美，景色安详，就像传说中的香格里拉。我愿意我那顶蓝色的帐篷成为葬我的坟墓，让我长眠湖边。

院子当中的帐篷里，几个尼泊尔人正在做饭。我闻到空气里传来南亚调料的香味，顿时饿得腿发软心发慌。

我问能不能也给我准备一份晚餐，尼泊尔厨子让我去问印度领队。

我找到领队，提出入伙要求。领队和那些印度香客都惊呆了，领队问我："你从哪儿来？在哪儿学的印度话？"

我洋洋得意，但没敢说实话。我会说乌尔都语，是印度邻国巴基斯坦的国语，在口语上和印地语一样。我说话很小心，避免不小心说出具有伊斯兰教特点的话语伤害这些善良虔诚的印度教教徒，他们对我有一饭之恩。语言原本是帮助人类相互沟通，但欢声笑语之中依旧危机四伏，甚至暗藏敌意，实在太可惜了。

夜半，我还是被风声惊醒。由于事先做了防备，没觉得多冷。等再次醒来，圣湖沐浴在晨光里，光影柔美，景色安详，就像传说中的香格里拉。

///// 巴　嘎

我很幸运，昨晚的那几个尼泊尔哥们儿答应我可以搭他们的给养车去巴嘎。

巴嘎和相去不远的霍尔是普兰县下辖的三个区中的两个，规模跟村子差不多。巴嘎往西是狮泉河，往南是普兰，往东是仲巴。我要搭过路车往东走，走到哪儿算哪儿。从圣湖边到巴嘎很近，卡车走了半小时就到了。我问藏族司机多少钱，他说随便给。我给了十块钱，再少了肯定影响民族感情。

巴嘎以前有个武警交通检查站，不久前撤了，但兵营还在。巴嘎有一所学校，学生身穿统一的运动服。据说校长很有意思。有一次他喝多了，换上并不合身的武警衣服，站在检查站拦车。没人敢不服，只能陪着他瞎折腾。

站在巴嘎路口，能望见神山崇高的身影。路口有一些商店和茶馆。

我一眼就看到了东北饺子馆。饺子馆门口停着那辆闻名阿里的农用三轮车。饺子馆和农用车的主人叫老马，我和他在塔钦有一面之缘。他很高兴又见到我。另外很高兴的还有一个台湾妞小夏。前几天她在黑子的饭馆大谈她徒步墨脱，景色如何优美，还问我是否有同感。第二次见到我，小夏特兴高采烈，给我泡了一杯速溶咖啡。

老马是个明星人物，他的冒险经历被阿里人民传唱。两年前，他开着这辆农用车从家乡河南来到了阿里，又在一个月黑风高的夜晚来到人生地不熟的巴嘎，在藏族老乡的帮助下开了这家饺子馆。我很佩服老马，没有过人的胆识绝对办不了这事。他是这里唯一的汉族人，他的饺子馆也成了巴嘎的高级餐厅，武警的首长和学校的校长请客吃饭都在老李这儿。餐馆里只有两张并在一起的桌子，没有椅子，大家直接坐在床上喝酒吃肉。

小夏无疑是巴嘎的口水人物，因为她居然在老马的东北饺子馆安营扎寨了，白天帮着老马洗碗，晚上陪着老马喝酒。后来我发现他们俩其实相安无事，平淡得让人失望，根本挖掘不出一点八卦新闻。

在收留小夏这件事上，老马精神上觉得很满足，因为他再一次显示出了不凡技艺，不仅会开拖拉机、包饺子，还会和台湾人建立统一战线。我没问小夏为什么留下来，但我劝她早日离开。她不明白，我说你不了解这里的情况。

从上午十点等到太阳落山，路过的车辆用手指都数得清。有一辆油罐车去不远的霍尔区。霍尔比巴嘎大，很多背包客都去那儿等车。

老马劝我留下，说霍尔太大，反而容易错过过路车。老马的话，我没有理由不听。

油罐车的司机是维族人，他在巴嘎停留是为了卖油给村民。老马说那油掺假，坑人。

搭油罐车的三个游客引起了我的注意，有一个瘦小的维族女孩，一个高大的维族男孩，还有一个像韩国人。后来在萨嘎和他们再次相遇，才知道被我当作维族人的那个男孩是美国人，叫大卫。当时，他戴着标志性的维族小帽。大卫说连上车例行检查的武警都把他当成了维族人，没要求他出示证件。

天黑刚进屋，一阵轰鸣声由远及近，窗户玻璃被灯光照得刺眼。老马说来车了，就出门帮我打听。有三辆运羊毛的车去樟木，他们愿意带我到萨嘎。讨价还价，车费两百块。老马说："你小子运气不错，才等一天就有车了。"

老马很仗义，尤其照顾游客。晚餐弄得很丰盛，有饺子、卤肘子、还有炒鸡蛋。

他还把他当武警的哥们儿扎西叫来一起喝酒。喝了一会儿他们觉得不过瘾，就跑去茶馆接着喝。我吃得心满意足，和小夏聊了几句，就往后一仰，睡了。

真是个不平静的夜晚。

没睡多久，我被门外的叫骂声吵醒了。小夏也起身疑惑地看着我。旅途上我从不看热闹，远离麻烦。我向小夏摆摆手，说接着睡。

突然，门哐的一声被撞开了。老马跌跌撞撞地冲了进来，嘴里喊着："菜刀，我的菜刀呢？"

我赶紧拦住老马，问发生什么事了。这时候，老马指着小夏，恶狠狠地骂开了："全他妈你干的好事！"

原来，前两天的一次聚会上，有个康巴人邀请小夏跳舞。老马当时就不快，觉得康巴人纯粹是作弄自己。刚才两人又撞见了，情敌相见，分外眼红，老马怒从心头起，恶从胆边生，抬手就打；扎西是老马的哥们儿，也迈着醉步挥拳而上。

康巴人落荒而逃。他的老爹不干了，去部队告状。扎西立马被关了禁闭。老马回来拿刀想去剁了那厮，解救哥们儿。没找到菜刀，老马就不依不饶地接着骂小夏不检点。小夏觉得委屈，开始掉眼泪。我劝老马先别去砍人，赶紧找个借口，让部队把扎西放出来。

我陪老马去兵营找政委。值班的哨兵下午还来老马这儿买苹果，可这个时候他坚决不让我们进去。他说政委已经吩咐，谁也不让进。老马冲着里面扯嗓子喊开了："扎西兄弟，哥哥我对不起你啊。我一定把你弄出来。"

看到这情形，我忍俊不禁，赶紧拉着老马回到饺子馆。小夏还僵硬地坐在床上发呆。老马倒在床上，没一会儿就鼾声如雷了。我跟小夏说："你也该收拾收拾撤了，再待下去，要出人命。"她这一次肯定明白我的意思了。在藏地，喝酒打架很常见，弄出人命来政府也很难处理。

折腾了大半夜，我没敢好好睡，怕误车，天不亮就起来了。

老马和小夏都没醒。

我放了三十块钱在桌子上，开门走了。

///// 巴嘎—萨嘎

从巴嘎到萨嘎，全程五百多公里。萨嘎往东就有班车了，最近的一站在三百公里以远，叫拉孜。拉孜很有名，因为去珠峰大本营要经过。不知道为什么，我对珠峰大本营始终没有兴趣，觉得那些趋之若鹜的驴子们实在是被珠峰的盛名所累。拉孜是我的中转站，但不是去珠峰大本营，而是萨迦。我对自己的选择很得意。珠峰有高度，萨迦有厚度。容后再禀。

运羊毛的卡车没有超重，但是体积庞大。三辆车互相照应，慢慢东行，一路上有惊无险。尽管旅行结束后，很多人会把行车安全歪曲成平淡乏味，似乎险情不断才是旅行的目的。我敢保证，在路上，哪怕一次物我无损的意外，都会令人担惊受怕，巴不得旅行赶紧结束。

抵达帕羊之前。我们的车队就发生了这样一次意外。开在中间的那辆车突然方向盘失灵，在我的注视下冲下了路基，车轮陷入泥沙，所幸没有翻车。另外两辆车没费多大周折，把它拉回路面。好在当时我们是在一望无际的旷野上，路面高出地面几十厘米而已。如果换成山路或者桥梁，结局只能是车毁人亡。这样的事故不能多想，想多了你会觉得生命太脆弱，分分钟可能离你而去。要想避免惨祸的发生，人力靠不住，全凭运气。

三辆车的领队长得特帅，浓密的头发稍稍弯曲，眼神有力。如果他拍电影，肯定迷倒无数少女。起初，这小子对我不算太友好。在巴嘎，我们进行过一场唇枪舌剑，起因是搭车的费用。我觉得他提出的三百块钱太贵，就还价两百。他眉毛一扬，丢过来一句："你们旅游的都很有钱。"

"我转山的时候，见到很多藏族人，难道他们是有很多钱才出来转山的吗？"我针锋相对。

我的这句话显然打动了他，就默认了我的还价。

如果赶时间，你就不适合搭藏族司机的车。他们不跑夜路，还经常停车喝酥油茶，喝一次茶的时间不会少于半小时。在西藏，时间并不等于金钱。办完事回到家，不也是照样喝茶晒太阳嘛。他们不住旅馆，也不睡帐篷，把随身带的铺盖往地上一扔，面向星空而卧，很浪漫，也很辛苦。

夜宿帕羊，我睡在牦牛旅馆的客房里，司机们就睡在院子里。

在老仲巴，我实在饥饿难耐，就花高价买了一碗康师傅牛肉面，吃完后才发现已经过期一年了。司机们整日以糌粑充饥。他们除了酥油茶，还爱喝红牛。红牛的价钱不便宜，在阿里，一般不会低于七块钱一罐。他们开车累了，就喝红牛，喝完了就顺手往车窗外一扔。219国道上，红牛罐是最常见的垃圾。我没有试图去劝阻他们。我是来自远方的客人，没有权力去教导主人该做什么，不该做什么。在我看来，他们随手扔垃圾，就跟他们砍树盖房子一样，不足以对生存的环境造成致命的伤害；反而是我们这些破坏力和创造力同样强大的人群，才能真正威胁到高原的未来。

到了萨嘎已是晚上，街上的饭馆和浴室还开着。我离开札达后就再也没洗过脸，更甭提洗澡了，脸上拖泥带水，像是抹了油彩。衣服也没换过，就快看不出原来的颜色了。我匆匆住进电信宾馆，把行李撂下就往浴室跑。我一贯主张先洗干净身体，后解决温饱。浴室里还有一台洗衣机，为客人提供洗衣服务，两块钱一件。我把脱下的衣服从淋浴间门后甩了出来，让看浴室的丫头拿去洗。等我洗完澡出来，衣服居然也洗好了。我问洗干净了吗，丫头不高兴了，说我洗澡洗了半个多小时。我一看，有些衣服被洗得更脏了，就拉下脸，只付了一半的钱。四川来的丫头一脸不愿意，但觉得理亏，没敢再说话。接下来，按照惯例，填饱我肚子的是一碗肉丝面。

经过了艰苦而漫长的旅行之后，路过这样的村庄，钻进这样的小店，不仅可以填饱你的肠胃，还可以安慰你落寞的情绪。

///// 萨嘎—拉孜

早晨醒来，就去找开往拉孜的班车，不料，在电信宾馆门口，再次遇到了上海宝贝、韩国人、维族女孩、美国佬大卫和两位香港人。他们在霍尔包了一辆越野车，昨晚到萨嘎，住进了对面的邮政宾馆。床铺的价钱都一样，二十块。

由于乘客少，司机要等一天才肯走。我们在一家甜茶馆里消磨了整整一天时间。两位香港人随身带了中国象棋，落座就开始厮杀，一直杀到天昏地暗。其中有一位老兄长得像我大学同学。过了很久，我才想起打听他的名字，他说他叫Momo。我反问："摸摸？"他的幽默很到位："如果有女孩子这么叫我就不客气啦。"

哥儿几个没事老逗维族女孩。她叫尼沙古丽，他们就简称她为尼姑。我叫她古兰丹姆。我解释说这是我最喜欢的维族名字。尼沙古丽是一位友好、善良和健康的维族女孩，她英语说得很棒，求知欲特强。她进到佛教寺庙，也双手合十。吃饭的时候，她就变回一个严格要求自己的穆斯林。如果没有清真饭馆，她宁可饿着。大卫在新疆大学学习汉语和维语。美国人有本事，不然他怎么说服尼沙古丽一起出来旅行呢，这在尼沙古丽的家人看来，肯定是一件离经叛道的事情。

我没听过韩国人说话。上海宝贝说他要去尼泊尔。这小子除了韩语其他都不会，这种角色最厉害。

第二天一大早，班车终于快坐满了。我一看邻座居然是我在塔钦认识的法国妞。上海宝贝在开车前为大家买来了早餐，一袋是肉包子，一袋是伊利牛奶。从那一刻起，我就认定宝贝是个好人，真仗义。

我跟司机聊天，才知道他是东乡族。我告诉他我在兰州最好朋友的媳妇也是东乡族，他立马对我产生了好感，转脸让坐在车前位置上的乘客挪到后面去，把位置让给我。我说："你没看见坐我旁边的是个洋妞吗？别拆散我们。"

没想到洋妞还真是个麻烦。她没办进藏证明，在检查站被拦下了。士兵跟政委汇报，政委也没主意。全车人都等着，司机有点不耐烦。我说我去解释一下，实在不行，就把她行李卸下来。

我知道韩国人在西藏旅行，不用另外办理进藏证明。法国也是我们的友好国家，估计也不用。士兵没把握，接着去请示政委，回来就笑着说："没问题了，可以走了。"

法国妞乐得跳了起来，撒开双腿，跑回了车上。司机和我慢慢吞吞地走在后面。司机夸我有办法。我说我也是瞎估计，毕竟人家是客人嘛。一般情况下，没有进藏证明的老外要去县里的武警中队补办，并处罚金三百块。

回到车上，我问法国妞为什么没去办证。她回答办签证的时候交了钱，不想为这种stupid paper再交一次钱。我立马火了，劈头盖脸就说：

"你来中国，不按我们中国的规矩办，还耽误大伙的时间，你以为你是大卫·妮尔呢？"

她被说蒙了，一路上道歉不止。

其实，我没告诉她自己对这种证明也深恶痛绝。我去西藏旅行，如果不专门办理边防证，就得用护照。护照是出国旅行的证件，可是去西藏，怎么会和出国一样的待遇？

在桑桑停车吃午饭，法国妞提议由她为大家埋单，她说欧元升值，法国人也从穷人变成了暴发户。我没拦着。可大卫跳了出来，说他请大伙吃。我想这是宝贝的功劳。他请大家吃包子的无私奉献精神感动了又臭又硬的洋鬼子。

到了拉孜已是晚上。拉孜属于日喀则地区，表明我已经走出了阿里高原。拉孜是个大地方，有街心公园。

我在拉孜下车。法国妞害怕再往前走又遇到检查站，也跟着下车。韩国人要去尼泊尔，我在邮政宾馆的停车场里找到一辆从拉萨开来的国际班车，正好有空座，可以带上韩国人。

上图：这是一张生动的照片。安宁、祥和、唯美，虽然称不上杰作，但仍是我在萨迦拍到的最好照片。
下图：在萨迦寺外的转经道上，我遇到两位放学回家的小学生。他们彬彬有礼，用很标准的普通话喊我叔叔。

211

吃晚饭的时候，我对宝贝说："我们都从阿里来，就叫昆仑派吧，你当掌门。"

///// 萨　迦

二十年前，自由而贫穷的海子来到萨迦，感叹远方的幸福，是多少痛苦。

今天，我终于可以用自己的眼睛看到这个被诗人称为遥远的远方了。

萨迦距离拉孜二十多公里。旅馆的伙计告诉我很多车去，包括拖拉机。旅行经验证明，这些消息来源直接，却不一定可靠，因为这样的信息不具备普遍意义。

十字路口车很多，但大部分去日喀则。我在街头从上午十点坐到下午一点，我看行人，行人看我。好在天气不错，暖暖地晒着太阳，不至于虚火上攻。当我远远地望见法国妞全副武装向我走来的时候，我知道自己又要成政委了。她很客气，让你无法拒绝她的要求。

"你介意我跟你一起在这里等车吗？"

在昨天的旅行中我向她和大卫介绍过萨迦。八百年前，蒙古大军枕戈待旦，剑指西藏。萨迦班智达贡嘎坚赞挟侄儿八思巴北上凉州，甘为人质，为使西藏免遭蒙古铁骑践踏，宣布西藏归属蒙古，并成功说服蒙古大汗皈依藏传佛教。后来，十九岁的八思巴为比他年长二十岁的忽必烈灌顶，建立了师徒关系。忽必烈也拜八思巴为国师，并帮助他建立了萨迦地方政权，萨迦的政治地位在当时超过了拉萨。

就是这样一个历史地方，离你咫尺之遥，诱惑你叩门而入。

再次打听后，我们走到县城外的加油站，没等半小时就等到了日喀则去往萨迦的班车。道路好得让我称奇，打听才知道是上海援建。如果宝贝也在，他肯定很自豪。萨迦是迄今为止我见到的最具管理水准的西藏县城。镇上有气派的宾馆和干净的石板路，镇外的仲曲河水流潺潺，苯波日山脚下的村舍刷着梦幻般的红黑灰三色。

唯一让我觉得特别没文化的是这里的主要街道被命名成了宝钢路。

我们住在藏族家庭旅馆。旅馆干净温暖，价钱公道，完全藏式风格。法国妞像发现了新大陆似的，兴奋地不停地向我致谢。我早就发现法国妞心理严重不健康，经常自言自语。但她偶尔也说一两句像是萨特那样的哲学家说的话。她告诉我她旅行的时候不带照相机。"如果我的朋友想看到这美丽的风景，那他们亲自来好了。"

我同意她的观点，但是目前做不到。同时，我很明白，在西藏，目光所及之处是天上人间。取景框限制了视线，记录的只是片段。

我学着当地人的样子，抱着一堆脏衣服去河边洗。有几位阿姐在洗地毯。我经过她们的时候，她们发出脆脆的笑声，还有人捏了一下我的屁股。我喜欢这样的性骚扰，这是她们原始自然的待客之道。我还喜欢那些旧地毯。若非携带困难，我肯定以物易物。

河水很凉。到了晚上，我感觉全身发热。早早上床，用厚被子捂紧了睡。幸好翌日醒来，一切无恙。

我来到萨迦寺的时候，大经堂还是铁将军把门。工作人员让我买了门票。我拿出借来的介绍信，请寺庙安排一个喇嘛给我讲解这座被称为敦煌第二的萨迦寺。介绍信很管用，我如愿以偿。大经堂里有位年轻的格西，用法螺给我摸了顶。我的义务讲解员告诉我说这可不是一般的海螺，当年佛祖就吹奏过它，现在是萨迦寺的镇寺之宝。我再凝神盯住在黄绸布下露出一角的海螺，玉一般的洁白晶莹，温润透明。当我离开大经堂的时候，格西又吹起法螺，声音低沉悠扬。我感觉自己乘乐声穿越厚厚的经墙，回到鼎盛的萨迦时代。

仲曲河对岸的山坡上，残垣断壁，那是萨迦北寺遗址。萨迦寺的命运和西藏的很多寺庙一样，在那个时代没有逃脱厄运，被毁殆尽。

我没有急着离开萨迦。我喜欢这个安静的小镇，白天在茶馆里喝甜茶，读闲书，黄昏沿着仲曲河在村子的边缘散步，爬上如城堡一样厚实的寺墙眺望夕阳下丰收的青稞田。我又遇到在转山时认识的那支多国部队。他们特想在萨迦过一夜，但他们和旅行社的合同里并没有这项内容，司机有点为难。我在塔钦的冈拉梅朵见过他们的藏族司机，人特老实，听到黄段子总是脸红。我建议他们给拉萨的旅行社打电话。

对于远方的客人，这样的要求总不算什么问题。我带他们到家庭旅馆住下。他们高兴得又跳又叫，像孩子似的。我想，自从他们登上高原，西藏肯定在不断地给他们惊喜。

离开萨迦的那天是国庆节，本来居民就不多的镇子更是空空荡荡，似乎所有的人都去日喀则快活地过节去了。

班车还没有离开萨迦，我就已经开始期待回到这里，回到这个遥远的远方。

///// 日喀则

作家扎西达娃曾经把日喀则比喻成没有思想的少妇。他的这个比喻使得"西藏第二圣地"多了几分暧昧。扎西达娃在日喀则度过了他的少年时代。他回忆说随父流放专署农场的时候，场长的女儿试图勾引他。当时，那个女孩十四五岁大，与他年龄相仿。女孩的举动显然惊吓了他。他不敢和女孩玩藏猫游戏，生怕被扒下裤子。所以，我怀疑扎西达娃的比喻完全来自他少年时代严重受挫的性幻想。

在一个艳阳高照的下午，我来到日喀则。日喀则是西藏的第二大城市。在旅途中，大城市往往会给我一种错觉，好像旅行结束了，于是斗志涣散，腐败有了借口。

我还在拉孜的时候，宝贝给我发短信，告诉我他们住在日喀则的刚杰宾馆。刚杰宾馆面对着扎什伦布寺。我跟前台的小妹妹要了最便宜的床位，二十块钱。房间里有四张床，地面干净得能照出人的影子。我抓紧时间搞个人卫生，先洗身体，后洗衣服。由于一整天没吃东西，我不时听到空洞的胃里传来阵阵回响。我向服务员打听夜市，一脸质朴的小妹妹看着我说："喔，你想去吃烧烤啊。"

烧烤，多么诱惑人啊，我顿时不再想念肉丝面了。于是，我享用了这样一顿晚餐，烤羊肉串、烤鱼、烤土豆、烤韭菜、烤豆角，末了又来了一碗砂锅面。对我来说，这是一顿难忘的晚餐。它简直就是对幸福生活的盖棺论定，是我用了不到二十块钱的代价换来的。

晚风和煦，夜色宜人。我在回刚杰的路上，一边打着饱嗝，一边想起了海子的诗。"今夜在日喀则，上半夜下起了小雨……下半夜天空满是星辰。"

那时的日喀则肯定比现在更接近诗人气质。海子写了日喀则的黑，而在扎西达

这是日喀则扎什伦布寺外的一幕。我没有像他们那样对班禅大师顶礼膜拜，但我同样心怀崇敬。

娃眼里，日喀则的颜色是土黄色。城里有黄色的土墙和土房，也有一些柳树。漫长的黄昏里，会有很多人在街上散步。我不是很幸运，没有看到这样的景象。海子肯定看到了，他觉得充满诗意。

人们来到日喀则，并不都是像海子那样，为了写诗。我们大家都想看一看扎什伦布寺。欧洲的藏学家们也把扎什伦布寺称作班禅喇嘛庙，就像他们把拉萨叫作"喇嘛教的罗马"一样。老外仿佛是天生的教育家，总有办法给一件抽象的事物添加生动的图注，帮助理解和记忆。

我们老说阿弥陀佛，阿弥陀佛就是班禅。他的工作就是带领我们去往西方极乐世界，这些都是藏传佛经里的说法。除了宗教领袖，班禅也是后藏的最高行政长官。他的办公室和宿舍就是扎什伦布寺，可事实上，班禅总是游荡或流亡在外，班禅的信徒和人民听到的只是关于他片言只语的消息。

西藏有这样的说法，天上日月一双，地上达赖班禅。这句话至少有两个意思。一是达赖和班禅在人们心中的崇高地位，二是达赖和班禅的关系亲密无间。歌谣唱的尽管美好，现实却很残酷。

到了十三世达赖和九世班禅，师徒关系日益恶化，最后因财政问题而分道扬镳。四十岁的班禅不甘坐以待毙，艰难出逃内地，至死也没能再回到日喀则。十四年后，

215

当年的江孜守军从宗山上俯视,英军渺如尘粒。

班禅在青海玉树圆寂。西藏现代史中,有很多令人惋惜甚至痛心的事件发生,至今令我难以理解。

我时常会想,神一样的班禅大师也会伫立在古道西风里,感叹归期渺渺,此恨绵绵吗?

翌日清早,我来到扎什伦布寺对面的广场,找了偏僻的角落坐下。朝霞里,人们此起彼伏地磕着长头。依山而建的扎什伦布寺显得金碧辉煌。这样的眺望是对班禅大师的一种凭吊。

我花了一整天的时间在寺庙里游荡。我像所有的游客一样,看到了九世班禅耗时四年呕心沥血修建的强巴佛像,以及合葬的班禅灵塔,我也看到了喇嘛搁下经文,集体点钞票的场面。

中午出寺门去吃饭的时候,我让售票处的喇嘛在我的门票上签上名字。这样,我下午再来寺庙就不用重复买票了。通常,寺庙的门票很贵。很多背包客以逃票为荣。但我从来不这样做。我的旅行就是我的朝圣。

回到北京,躺在家中宽大舒适的床上,望着窗外黑漆漆的夜空,我再次记起海子的那两句诗。也许,海子想告诉我们,是日喀则的宽厚和智慧安抚了一个游子忧伤的心灵,尽管没有最终挽救诗人的生命。

扎西达娃现在是西藏文联的副主席。他可能也像班禅那样,常年待在西藏的外面。他也许不会再想起那个女孩,但肯定还会想起当年土黄色的日喀则。

///// 江 孜

日喀则和江孜相距八十五公里,班车多为金杯客车,一般坐满就走,方便得就像市内公共交通。

刚杰宾馆的服务员告诉我:"你现在去,天黑就可以回来了。"

日喀则和亚东之间也有班车,一天一班,经过江孜县城外的三岔路口。

白居寺是西藏唯一一座兼容萨迦、噶举和格鲁三大教派的寺庙。人称来到白居寺，十万佛塔不能不看。塔内供奉佛像三万尊，加上随处可见的擦擦，数量逾十万。

到了江孜，我没打算回日喀则。我住在宗山城堡遗址对面的家具厂旅馆。家具厂已经不再生产家具了，车间改成了客房，院子改成了停车场。房间里有电视。我已经好久没看电视了。这种地方电视机显得多余，是个不讨人喜欢的摆设，却成了房价上涨的理由。

宗山脚下是广场，由当年的上海援藏干部倡议并筹措资金所建。广场中央矗立着江孜宗山英雄纪念碑。我一向痛恨这样的画蛇添足，它硬是在你和历史之间横插一脚，让你在缅怀过去的时候无法摆脱现在的浮躁；我更愿意称之为善意的破坏。爬山是要买门票的，价格不菲。很多游客爬上山顶肯定会后悔，因为山顶的遗址接近废墟。陈列馆里文史资料缺乏，却有不少泥塑人物，分别扮演奴隶主和奴隶的角色，试图演绎过去的岁月。我很难把这样的旅游景点和爱国主义教育基地联系起来，因为我由此根本联想不到一百年前宗山上那场惨烈的战斗。

在山顶，我看到歪歪斜斜地插着块牌子，上面写着跳崖处，总算让我依稀看到腥风血雨中，英雄的身影重现。

当年的英军统帅荣赫鹏在占领江孜后登上宗山远眺，终于明白藏军拼死抵抗的原因。因为在他们眼里，英军渺如尘粒。但是拉萨制造的土枪搂草打兔子可以，却无法与大炮机枪过招。战斗尚未开始，胜负已有定论。

占领江孜后，英军几乎没再遇到像样的抵抗，他们像旅行团一样进入了拉萨。也许，只有拉萨的居民从店铺中和门槛内向侵略者投去的那一束束满不在乎的目光，让那些趾高气扬的士兵感到些许受挫。在笃信佛教的西藏人民看来，入侵无异于亵渎宗教，不可饶恕。然而他们无可奈何，他们剩下的武器只有冷漠。在历史上，中国的每次开放，都是在挨打之后。这次也没有例外。根据刺刀下签订的拉萨条约，江孜炮台被拆除，江孜被辟为商埠。

我登上山顶的瞭望台。古战场的硝烟已经散尽。黄昏中，江孜平原气氛祥和，一派丰收后的景象，令人满足、陶醉。

我来到白居寺的时候，游客几乎已经散尽了。大门洞开，售票处的喇嘛也不见了踪影。我无意之中逃了一次票，大摇大摆地从正门进入。

白居寺是西藏唯一一座兼容萨迦、噶举和格鲁三大教派的寺庙。但全寺被万里长城般的高大围墙包围，开放和封闭在不同的形态上完美地结合起来。人称来到白居寺，十万佛塔不能不看。塔内供奉佛像三万尊，加上随处可见的擦擦，数量逾十万。我没有进去看，也不感到惋惜。对我来说，这就够了。但凡美好的事物，都需保持距离。

第二天早上，刚过九点，我就已经来到离县城一公里左右的路口，等候日喀则开往亚东的班车经过。等了很久，始终没见车影。有好心人告诉我，班车也许已经路过了。也有人告诉我，亚东下着大雪，班车可能被临时取消了。下午两点，我沮丧地决定取消亚东之行。我来到马路对面，坐车回到了日喀则，没有回刚杰宾馆，而是坐上了去拉萨的班车。

班车离开日喀则的时候已经是下午四点了。天色变得阴郁，接着就下起了小雨。我一想到晚上就能到拉萨了，心里渐渐涌起温暖的潮水，期待也变得有点儿迫不及待了。

///// 拉　萨

01

到拉萨的时候，天已经完全黑了。路灯亮了起来，天空里依然飘着雨。我从阿里的荒野来到无数人向往的圣城，这样的夜晚顿时迷住了我的双眼。

我招手拦下一辆小公共，问到不到东措国际青年旅馆。司机操四川口音。四川话在拉萨俨然就是普通话。司机没听说过东措，我说就在吉日旅馆附近。司机朝我一挥手："上车。"

吉日旅馆大名鼎鼎，拉萨的居民和外来的游客没有不知道的。我本来想投奔吉日，可还在班车上的时候，宝贝给我发短信，邀请我一起住在东措。

东措是家新近开张的青年旅馆，很干净，多人间的房价和吉日的一样，一张床三十块。我来到东措，见到不少驴子进出。他们肤色白净，举止斯文，都穿着整洁的"北脸"，色彩基本上是红绿蓝，可能是觉得万一需要营救时容易被发现。

我低头看看自己，又黑又脏，有点寒碜。

前台的两个小姑娘正弯腰忙着收拾票据，没注意到柜台前立着一座铁塔。我没说话，耐心等着，背囊依然在肩上。她们意识到有人，就直起身子问我："您需要点什么？"

我差点笑出声来，打尖住店这么多年，真没见过问得这么娱乐化的，这样的幽默绝对可以算作再三回味的那种了。我回答："给我来根冰棍。"

她们盯着我，肯定不敢相信自己的耳朵，只一会儿，我们就大声笑了起来。

光明甜茶馆是来拉萨的驴友们都喜欢的地方，我在拉萨时每天必到。这里灯影迷离，气氛氤氲，神色恍惚，正适合喝茶、读书、聊天、交朋友。可惜，这家百年老店已经被拆除了。

宝贝正在隔壁的网吧上网。一向低调的宝贝让我吃惊不小，他居然包下了网吧唯一一间VIP房间。房间里有一面玻璃墙，正对大厅。我推门进去的时候，宝贝正摆开所有的设备，忙得都没正眼看我，好像他就是机场塔台的调度，正指挥飞机起降呢。

我的其他室友们跟我有点不一样。他们来到西藏，不看雪山，不转寺庙，在青年旅馆一住就是好几个月。白天基本上用来睡觉，晚上搬几箱啤酒回房间，叫上些认识或不认识的驴友一起喝，喝大了倒头就睡。有的人第二天醒来才发觉睡错房间了。他们想哭就哭，想笑就笑，没有性别差异，男生女生反正都是爹妈生的。每个人岁数不同，却一样率性可爱。我觉得这也是一种旅行形态，直接代表了一种生活方式。我很期待自己能像他们那样，可我还是觉得不太明白他们。同样，他们也不明白我。他们喝酒的时候，我就坐在床上看他们嬉戏。听他们说各自的故事。说到伤心处，不免有人声泪俱下。敢情他们都是迷途知返的羔羊，来拉萨重新投胎做人。

次日早晨，我睁眼一看，兄弟姐妹们摆开各种曼妙睡姿，配以此起彼落的动听鼾声为背景音乐，正神游拉萨呢。我起身来到街上。清晨的拉萨街头很安静，行人不多，车也很少。街边的小饭馆已经开门候客了，蒸包子的热气飘散了出来。我有点迷惑，宿命终究难以摆脱。我的旅行结束了，不是在抵达的夜晚，而是在苏醒的早晨。

决定结束旅行是件自然而然的事情。这样的结束绝对不是简单的审美疲劳能够概括的。这好比读书，通篇阅览，但是在结尾的时候没有掩卷沉思，肯定美中不足。拉萨恰好是这样的一个地方，在漫长的旅行过后，可以让思绪在稀薄的空气里信马由缰。拉萨可以帮助你记忆，就像能帮助你忘却一样。拉萨也可以帮助你积攒，就像能帮助你掏空一样。

没有思想的人来到拉萨，离开的时候变得很充实；有思想的人来到拉萨，离开的时候很轻松。

02

我又遇见了鱼。身高一米八的西北汉子，胡子拉碴，身上的衣服皱巴巴，脚上穿着双回力球鞋。鱼就像个落难的英雄，站在拉萨的街头。

我们这次相遇是有预谋的，不像2004年在青海，纯粹邂逅。

当时，我在囊谦，白天在路口等车去类乌齐。傍晚回到巴米寺公寓，服务员大姐告诉我有伴了。她说的伴就是鱼和他的同事。

当晚，我们就坐在一起推杯换盏了。

鱼是兰州人。我曾经因为工作的缘故在兰州待过两年，离开后更是对这座西北的城市有着莫名的亲切感。鱼特能喝，至今他对我不喝酒、不抽烟的生活态度嗤之以鼻，他差点就要说我不像男人了。席间他给稻城的哥们儿打电话，碰巧我也认识。原来我和鱼都在亚丁人社区混。鱼是版主，受人尊敬，尤其受女生青睐；我是论坛游民，其实就是流氓或盲流，经常因为发言不慎被女生群殴得体无完肤；我们都喜欢西藏。两人有缘，在旅途上惺惺相惜起来，建立起了男人之间的友谊。自古以来，可靠的友情就需要共同的爱好来维系。

鱼去了可可西里。返回的途中车子陷入湍急的河流。鱼是老江湖，经验了得。

说时迟，那时快，他从车窗钻出，跳进河中。冰冷的河水已经齐胸了。鱼和伙伴奋力爬上河中突起的沙地上，冻得全身哆嗦，笼罩他们的是藏北灿烂的星空。司机的小灵通救了大家。申扎县的县长在接到求援电话后，放下酒杯，开上他的4500直扑出事地点。人被转移到了安全地带，车天亮后才拖出来。

在吉日旅馆二楼的走廊里，鱼一边晒着他的装备，一边跟我聊天。鱼多次进藏，但他很少跟我谈起他的旅行。我一直认为，真正的高手就该是这样凡事举重若轻，遇险轻描淡写。鱼在讲述那晚的经历时，神态平稳，面露淡廓从容的微笑。鱼心里明白，如果没有救援，他们那晚就很有可能直接水葬了。

晚上大家喝了不少酒。先是拉萨啤酒，后是青稞酒。先祝鱼死里逃生，后祝友谊地久天长。我特惊讶自己喝了很多。我发现在西藏，醉酒的过程被延长了，幸福的过程却被浓缩了。鱼和他的伙伴在拉萨只待了一晚，次日清早就奔贡嘎机场了。

鱼和我的相遇，都是以我们喜欢的方式，在我们喜欢的地方。

这样的友谊弥足珍贵。

03

旺堆是拉萨人，身材魁梧，像座黑塔，谁见了都不由得肃然起敬。旺堆目光深邃，令他站在高原，看得很远。他以前当兵拿枪，现在当记者拿笔。

我第一次见到旺堆是在北京。朋友小聚，旺堆建议吃鱼，这让我吃惊不小。当时我只知道西藏人民不吃鱼。他笑了笑，解释说："我们吃鱼啊，而且也有讲究呢，要吃活鱼。实行水葬的地区，人们才不吃鱼。"

我这才恍然大悟。后来，旺堆教给我很多关于西藏的知识，我对旺堆多了份对老师的尊重。

我到狮泉河后，远在拉萨的旺堆给他在阿里当警察的亲戚打电话，让他照顾我。我到札达，旺堆的朋友让札达的邮电局长找车送我去普兰，还执意分文不取。我一直把旅行当成朝圣，多苦多累，我都觉得是磨炼，是精神世界的幸福。藏族朋友的待客热情让我变得惶恐起来。到了塔钦，我得知旺堆去北京开会了，就没跟他通报。后来到了拉萨，才知道自己错过了一次深入了解西藏人文历史的绝佳机会。

到拉萨的第三天，我才告诉旺堆。放下电话没多久，旺堆就到吉日旅馆206房间来看我。他进屋，拿出哈达，给我戴上，然后坐在床沿，环顾房间。

房间很简单，在我看来却很舒服：三张床，一张桌子，还有一个洗漱架，架子上有两个脸盆。凭经验我知道上面的脸盆是用来洗脸，下面的脸盆用来洗脚。墙角立着一个暖壶。旺堆直摇头，觉得太简陋了，让我搬去他那儿。于是，我在拉萨的后几日住进了旺堆的客房。

一日上午，我还在暖阳里做着春秋大梦。旺堆叫醒了我："来了拉萨，哪有不去布达拉宫和大昭寺的道理。"布达拉宫是西藏政教合一的神圣场所，万人景仰。对旺堆来说，布达拉宫有更深的含义。旺堆的爷爷是个有名的工匠，当年修过布达拉宫。旺堆早先的家就在布达拉宫脚下。房子至今还在，跟布达拉宫连在一起。旺堆带我去参观布达拉宫，其实是带我回家。那一天过后，我对布达拉宫和大昭寺的了解，不再停留在讲解般枯燥的文字上，而是有了鲜活、生动的影像记忆。旺堆给我讲解的时候，常常围上来一堆人。旺堆讲得生动，就像是在讲家里发生的故事。

我没想到旺堆会带我去玛吉阿米。玛吉阿米不是体验西藏传统的地方，却肯定是拉萨最时尚的去处。很多游客到玛吉阿米小坐，望望窗外熙熙攘攘的八廓街，揣摩一下历史传奇故事。

在玛吉阿米的那个下午，我和旺堆聊了很多。旺堆得知我在塔钦住了一周的时间后，发出一声叹息。原来，塔钦有一座藏医学院，院长是阿里最有声望的活佛，也是旺堆的好朋友。当年孔繁森请教于旺堆，旺堆告诉孔繁森，得此活佛者得阿里。

我知道旺堆有一个意义深远的计划，就是为西藏的藏医学家、建筑工匠、宫廷画师和藏学艺术家等立传。旺堆忧心忡忡，他担心这些人过世后，藏族文化会渐趋萎缩。这绝对不是热爱西藏的人们愿意看到的。听了旺堆的感慨，我越发地为塔钦的错过而惋惜。我当时就想能够留在西藏，协助旺堆一起来做这项发掘保护西藏传统文化的工作。

旺堆夸我是学者型的行者。可我对西藏的了解只是一滴水，而旺堆是大海。

从玛吉阿米出来，旺堆带我去了林廓路上的阿尼仓空尼姑庙。旺堆说，这是拉萨安静的去处。踏进庙门，喧哗繁闹都被挡在了门外。庙内鲜花盛开，香烟缭绕。尼姑们都认识旺堆。二十年前的寺庙可不像现在这样，僧俗混居，更有尼姑出家了却无处安身。旺堆四处奔走，仗义执言。最终政府迁走了住在寺庙里的居民，还给了寺庙纯净的本来面目。当年的尼姑已不再年轻，她们管理着自己的寺庙。我看得出，她们很感激旺堆。

旺堆做了一件了不起的事情。

04

我经常自嘲没文化，所以不停地买书。有些书是买来阅读的，有些书是买来收藏的。在我的书柜里，关于西藏的书很多。到了拉萨，还没去看布达拉宫和大昭寺，我就先去淘书了。

八廓街上有一家不起眼的新华书店，门面很小，走进去才发现别有洞天。我在书架的最底层看到西藏人民出版社出版的《青史》。书很沉，七百多页，讲的是西藏佛教的创建和发展的历史。现在书店有售的几乎只有2003年的再版，我一直没买，因为太贵，三十二元一本。而我手中的这本是1985年拉萨第一版第一次印刷，定价三元六角。在我的心目中，这就是本必须请回家的好书。它静静地躺在那里，咫尺之遥人群川流不息，直到有缘的我对它弯腰，把它捧起，带它回家。我在空白的扉页里端正地写上：在八廓街觅得此书，无异至宝。

我决定去林廓北路上西藏人民出版社的门市部和库房淘书。在门市部，我买了《西藏文史资料选辑》的第二辑至第八辑。在我看来，这套内部发行的资料是西藏近现代的口述历史，就像是当事人坐在光明甜茶馆昏暗的灯光里跟你娓娓道来。可惜，第一辑找不到了，就连西藏政协文史资料研究委员会也没有了，毕竟是二十年前的出版物了。在第二辑的封底上，印着"工本费0.70元"。

门市部的阿姐很热情，把我带到库房。发行部的工作人员告诉我库房里全是新近出版的书，已经找不到二十年前的书了。见我面露愁容，阿姐安慰我说："去社科院看看吧，他们也有好多书。"

社科院离出版社不远。我跟传达室说买书就进了院子。院子里有很多树，落叶缤纷。也许还在国庆假期里，社科院里几乎没人。我在楼上楼下跑了两遍，终于遇到一位大姐。她听了我的来意，带我来到资料处。在大姐热心指点下，我买下了社科院资料情报研究所编印的《西藏的文明》《英国侵略西藏史》和《无护照西藏之行》。三本书都没有书号，属内部发行。书的封底印着价钱。《西藏的文明》最厚，也最贵，三元。大姐告诉我，这些二十多年前出的书，就剩下这几本了。所里规定，十元一本。我没有犹豫，觉得合情合理。

《西藏的文明》的作者是法国藏学家石泰安。石泰安是德国籍犹太人，希特勒掌权后流亡法国，二战期间还远赴印度抗日。石泰安著书颇丰，《西藏的文明》是他最重要的著作，被译成了多种文字。中国藏学出版社2004年出版了"西藏文明之旅"书系，《西藏的文明》是其中一本。

另外，社科院西藏学汉文文献编辑室的七本线装影印丛书也被我收入囊中。它们分别是《宗喀巴大师传》上下册、《西域遗闻》、《西藏日记》、《西藏记述》、《藏事稿本》和《西征纪略》。大姐告诉我说，这套书每册就印了两百本，社科院留下了一百本。后来，坐在吉日旅馆二楼走廊上的长椅上，以及光明甜茶馆靠窗的位子上，我读完了《藏事稿本》。这本书特别有意思，讲的是民国期间，西藏多事，局势空前危急，热爱西藏的有识之师殚精竭虑，提出各种安边兴邦之策。有些设想至今仍有意义。

大姐由于没有零钱找给我，就从她自己办公室的书架上抽出1982年出版的《西藏志》给我。这本书竖版印刷，往右翻页。大姐说，这样的书你在其他地方根本就找不到了。两元八角的书也被标价成了十元。

临走前，大姐说："要是在以前，这些书根本不会公开卖。"

书，在不同的历史阶段和政治环境里，有着不同的命运。

看了无数的风景，真正打动我的始终是人。

喧嚣过后，繁花散尽的大昭寺难得有这样的清净。

///// 西　宁

　　终于到了离开拉萨的日子。沿着漫长的新藏线旅行，拉萨是我的终点站。离开拉萨，跟前往拉萨一样，都需要勇气。不会有另外一个旅行目的地可以跟拉萨一样，成为很多人的精神家园。

　　我乘卧铺班车前往西宁。车资不菲，三百二十元，其中二十元司机付给了车站里拉客的黄牛。我选了个靠窗的下铺，未曾料到窗户关不严实，夜里寒风刺骨，难以入眠。

　　旺堆送我的时候给我带了水果、月饼和虫草饮料，说路上肯定需要。果然，下午四点在当雄吃过饭后，班车不停地走了二十四小时，到青海湖边的江西沟才再次停车吃饭。途中凄风冷雨，饥寒交迫。

　　车过那曲，上来了很多撒拉族老乡。他们在那曲打工。工程结束了，大伙高高兴兴地回循化过开斋节。额定载客二十八人的班车挤了四十多个乘客。过道里放上被褥，他们就坐在上面。为此，司机全程被罚款两次。我很同情司机。他们日夜行驶在青藏线上，艰辛程度不为常人所知。挣钱就是唯一响当当的理由，不超载怎么挣钱！

　　撒拉族的老乡显然不适应这样的旅行，有的晕车了。售票大姐极富专业精神。她拿出准备好的塑料袋，让老乡吐在袋子里。这真是难忘的一夜。车厢里弥漫着劣质的烟草味、呕吐的刺鼻酸味、袜子的臭味以及其他根本说不清楚的难闻气味。

　　车过唐古拉山口，已是深夜。我擦掉车窗上的雾气，看到夜幕中有零星的灯光

旅行其实是一个积累遗憾的过程，不管你看到多美的风景，你总以为错过的更多。不同的自然风景养育不同的生活方式，而生活方式的最终体现是通过人的活动来完成的。

闪烁。到格尔木是凌晨，天气阴沉沉的，不时有雨点飘落。有人下车，车厢里终于宽敞了一些。

在江西沟，我吃掉了最后一小块月饼，喝掉了最后一罐虫草。因为撒尿极其不方便，我在路上始终没敢多喝水。在江西沟，我似乎已经闻到西宁夜市的肉香了。

到西宁后，我住进了肉联厂旁边的青年旅社。朋友的司机送来了第二天中午回北京的火车票。

我从来没有想过，我熟悉西部的城镇，好像它们被悉数装进了我的背囊。我更没有想过，我热爱的拉萨、西宁、乌鲁木齐和兰州这些遥远得令人恍惚的城市，好像它们都是我在高原的兄弟。我相信这样的感情与生俱来，无可替代。没有哪里能与西部相比，能毫无保留地给予我最真实意义上的自由。

图书在版编目（CIP）数据

藏地孤旅：纪念版／村郎著． —— 3版． —— 北京：新星出版社，2019.7
ISBN 978-7-5133-3617-8

Ⅰ.①藏… Ⅱ.①村… Ⅲ.①游记－作品集－中国－当代 Ⅳ.①I267.4

中国版本图书馆CIP数据核字（2019）第134752号

藏地孤旅（纪念版）

村郎 著

出版统筹：姜　淮
责任编辑：白华昭
责任校对：刘　义
责任印制：李珊珊

出版发行：新星出版社
出 版 人：马汝军
社　　址：北京市西城区车公庄大街丙3号楼　100044
网　　址：www.newstarpress.com
电　　话：010-88310888
传　　真：010-65270449
法律顾问：北京市岳成律师事务所

读者服务：010-88310811　service@newstarpress.com
邮购地址：北京市西城区车公庄大街丙3号楼　100044

印　　刷：北京美图印务有限公司
开　　本：710mm×1000mm　1/16
印　　张：16
字　　数：260千字
版　　次：2019年7月第三版　2019年7月第一次印刷
书　　号：ISBN 978-7-5133-3617-8
定　　价：45.00元

版权专有，侵权必究．如有质量问题，请与印刷厂联系调换．